『種族：樹人』を選んでみたら
異世界に放り出されたけれど何とかやってます

雪乃《ゆきの》
微妙だと噂の
バーチャルリアリティ
ゲーム『無題』を
始めた少女。
ノムル
雪乃が旅の途中で
出会った胡散臭い
魔法使い。
あまり人に関心を
示さない
男だった
が……
雪乃
ver.樹人
雪乃の『無題』での姿。
なぜか、ゲーム世界から
ログアウトできないでいる。
とりあえず、状況に抗わず
旅をすること
にした。

登場人物紹介
マンドラゴラ
雪乃から
生み出される
可愛い植物
(?)。
ジョイ
雪乃を馬車に
乗せてくれる
薬商人。
シナノ
カイの
姉貴分の
狼樹人。
ヒュウガ
カイの仲間の
狼獣人。
カイ
雪乃と旅を
伴にしてくれた
狼獣人の
少年。

プロローグ

「――何を引き連れてきているんですかっ⁉　ふみゃあっ⁉」

雪乃《ゆきの》は視界に映った光景を見て、思わず素《す》っ頓狂《とんきょう》な声を上げた。

ここ、草木がうっそうと茂る湿原は、彼女の知る植物とは全く異なる生態を持つ、不気味な植物たちが徘徊《はいかい》している。蛇《へび》のように木の幹や枝を這《は》う蔓《つる》。綺麗だと思って見惚《みと》れていると、ぱっくりと口を開いて動物を食べる肉食の植物。

そんな奇怪な湿原で彼女に迫りくる植物は、たとえるならば草丈二メートルほどの立派な向日葵《ひまわり》だろうか。肉厚な花弁は目が痛くなるほど黄色く、種が実る中央部分には大きな口があるが。

ぷっくりとしたタラコ唇。鮫《さめ》のように凶悪な歯。口の中に入り切らないと思われる長く厚みのある舌からは、涎《よだれ》に見える酸性の粘液がしたたり落ちている。

「わー」

走る向日葵《ひまわり》もどきの根下《あしもと》からは、声変わり前の少年に似た声が聞こえる。しかしそこに少年の姿はない。声を上げているのは、掌《てのひら》ほどの大きさの植物だ。

蕪《かぶ》のように丸みを帯《お》びた体は、黄葉途中の銀杏《いちょう》みたいに緑と黄茶色が混じっている。頭にはホテイアオイに似た丸い葉っぱを乗せて、雪乃に向かってすいすいと泳いでくる。

「ユキノちゃんといると退屈しないよね」

古びた草色のローブを着て、頭に山の高いつば広帽子を被《かぶ》った魔法使いは、その様子を見て腹を抱えて爆笑する。後ろで一つにまとめた茶色い髪はぼさぼさで、顎《あご》には不精髭《ぶしょうひげ》。とても強そうには見えない。

「笑っている場合ですか？　来ますよ？　ふみゃあああーっ！」

背を向けて逃げ出した雪乃だが、彼女が走る速度は大人が歩くよりも遅い。なにせ彼女には足がないのだから。ぽてぽてぽてぽてぽてと一生懸命に動いているのは、どう見ても木の根だ。

様々な葉っぱが生えたマリモのように丸い頭。樹高一メートルほどとまだ未熟な幹は細く、簡単に折れそうだ。腕代わりに伸びる左右の枝の先は、五つに枝分かれしている。

雪乃は動く木——種族『樹人《じゅじん》』の子供だった。

1

専用のゴーグルを装着するだけで、プログラムされた世界が実際に存在しているかのように体験できる、VR《バーチャルリアリティ》ゲーム。

その中でも『本物の異世界』をテーマに、リアリティを追求して作られたという『無題《むだい》』は、映像の美しさや基本プレイ無料などという理由で一世を風靡《ふうび》した。公開から半年ほどは。

公開から二年以上が経過した現在でも、登録人数は相変わらず他のオンラインゲームを圧倒している。だが現役プレイヤーはほとんどいない、忘れられた存在だ。

そんな過疎化したゲームに新規登録する人間など、滅多にいない。

「――えーっと、種族は」

滅多にいないのだが、たまに迷い込む人間がいたりする。

「いっぱいありますねえ。人間、猫獣人、驢《ろ》馬《ば》獣人、鼠《ねずみ》獣人……、獣人はもういいです。スクロールして。え？　蟻人《ありじん》？　えーっと、スライム、ゴブリン、樹人……樹人？　木ですか？」

空中に浮かぶ画面に映し出された、種族一覧を確認していた雪乃の目が、一点で止まった。

アバターとして、人間以外の種族を選べるゲームは珍しくない。しかし『無題《むだい》』はその選択肢がとにかく多かった。よくある人間、獣人、エルフなどは、当然のように網羅《もうら》している。その上でさらに、魔物として討伐対象になる種族まで選択肢に加わっていた。

それだけ多いというのに、一度選択したら種族の変更は不可。一時の好奇心で選べば後悔することは目に見えている。

けれど雪乃は、迷わず選択した。

「では、種族はこれでお願いします」

『決定後、変更はできません。よろしいですか？』

確認する艶《つや》のある男の声に、「はい」と、はっきりと答える。

次の瞬間、立ちくらみのような症状に襲われて、転んだ気がした。

痛みはないものの、少し驚く。何が起こったのかと雪乃は視線を動かすが、何も見えない。ゲームでよく見かけるファンタジー世界の町並みも、最初に魔物と戦う草原や荒野も、そこにはなかった。

ただひたすらに、真っ暗だ。

動こうとすれば硬い殻状《からじょう》のものに阻《はば》まれ、手を伸ばすこともできない。雪乃は胎児のように体を丸めたまま、ふむうっと唸《うな》る。

「これは、どういう状況なのでしょう？」

柔らかな毛に包まれているので、居心地は悪くない。だが頭の中は困惑で埋めつくされていた。

とりあえず、メニュー画面を開いて現在地を確認してみる。

『【現在地】土の中』

文字列の意味を脳が理解するなり、笑いが込み上げてきた。

「つまり私は、種ということでしょうか？　いつ発芽するのでしょう？」

雪乃が選んだ種族は、『樹人』。その文字が示す通り、樹木の姿をした魔物である。

種族を選択する際に見た説明によると、外見は木そのもの。動くことも可能だが、動きを止めて木になりきれば、人間が木と見分けることは難しいという。

しかしまさか、種からスタートさせられるとは思わなかった。なにせここは、ＶＲの世界である。自らが種となり、土の中に埋まっていなければならないのだから。

「ありえません。噂《うわさ》以上の珍ゲームでした」

なんとか笑いを収めたが、笑い疲れて呆然としながら呟《つぶや》いてしまう。

ゲームにそれほど興味のなかった雪乃だが、それでもこの『無題《むだい》』の噂《うわさ》は小耳に挟んでいた。

曰《いわ》く、「リアリティを追求するにも限度がある、製作者自己満足の謎ゲー」と。

それが『無題《むだい》』を体験したプレイヤーたちの、ほぼ共通の認識だという。普通ならば、もう少し違う意見も出るだろう。けれど『無題《むだい》』に関しては、その限りではなかった。

インターネット上の掲示板を覗くと、「敵だと思って倒した魔物のプレイヤー率が高すぎる。これ区別する方法あるの？　ペナルティが地味に痛い。心も痛い」、「スライムを選択したんだけど、毎回ログインと同時に瞬殺される（涙）誰か助けて！」、「冒険者ギルドの試験に落ち続けてるんだが。貴族と会食する時の作法とか知らないし」などという、「どんなゲームなんだ？」とツッコミ要素満載の内容が、出てくる出てくる。

雪乃は下調べを入念にして、満を持して登録に至ったつもりだったのだが、「予想を斜め上に裏切られました」と、もう笑うしかない状況に陥《おちい》っていた。

「ここから、どう進めればいいのでしょうか？」

ゲーム初心者である彼女では、まったく手も足も出ない。比喩《ひゆ》だけでなく、物理的にも。

けれどこのままじっとしていても始まらない。ステータス画面を開いて、自分の情報を確認してみる。

『【種族】樹人　【レベル】1　【現在地】土の中』

以上である。

さらに何かヒントはないかと、メニュー画面の隅々まで目を通してみたものの、チュートリアルどころかヘルプも見当たらない。視界に時計を表示させてみると、すでに開始してから一時間以上が経過していた。だが体にも景色にも、一片たりとて変化を感じる部分はない。

さすがにこのままでは精神に影響が出そうだ。一旦ログアウトしたほうがいいだろうと考え、メニュー画面を開いてログアウトを指示する。

『発芽するまでログアウトできません』

「嘘でしょう？」

事前説明もなく一定時間の拘束をするなど、人によっては死活問題だ。そんな懸念を読み取ったのか、再びメッセージが現れる。

『発芽促進剤を購入しますか？』

そのメッセージの下には、緑色の小瓶と価格が表示されていた。どうやら有料アイテムを購入すれば、脱出できるようだ。

「基本は無料でも、課金をしないと進めないタイプのゲームというわけですか」

時間に余裕のある人でなければ、購入の一択しかないだろう。

呆《あき》れて虚《うつ》ろな目となった雪乃だが、頭を振って意識を戻す。すぐに現実に戻らなければならない用事はない。せっかくなので、のんびりと土の中を楽しもうと決め、メッセージを閉じた。

けれど動けない、見えない、聞こえないという状況に変わりはない。光も音も遮断した狭い空間に一人でいると、短時間で精神に異常を来《きた》すという実験が脳裏を過《よぎ》る。

まあ、今はまだその兆候は現れていないので、深刻に考えなくてもいいだろう。

それにしても、樹人を選択した他の人たちは無事だったのだろうかと、疑問が浮かぶ。

「退屈ですね」

てしてしと殻《から》を蹴ってみるが、びくともしない。

時折り殻《から》を蹴ったり押したりしながら、暗闇の中で過ごすことさらに二時間。

「ていっ」と伸ばした右足が、殻《から》を突き抜けた。

「あ」

右足だけが突き出てしまい、なんだか気まずい。

とはいえ壊せるようになったのだ。雪乃は蹴ったり叩《たた》いたりして、殻《から》を壊していく。右足に続いて左足が突き出る。

「ふんっにゅーっ」

両手を思いっきり伸ばすと、すぽんっと音がして種から顔が出た。

「あ、明るくなりました」

どうやら発芽したらしい。辺りを窺《うかが》うと、どちらを向いても青々とした草が茂っていた。

イネ科の植物に似た、平たく真っ直ぐな草が多く目に付くが、ぎざぎざ葉っぱの草や、花の咲いた草もある。

どれも鉄塔のように高く、まるで小人にでもなった気分だ。

さらに視線を上げると、巨大な木々が天に伸び、枝葉の隙間から青く澄んだ空と太陽が覗く。風が吹くたびに木漏《こも》れ日が揺れ、雪乃を歓迎するように踊る。

左側には、若草色の丸い葉っぱが一枚、雪乃の茎から広がっていた。右には、団栗《どんぐり》が付いたままの、やっぱり若草色の丸い葉っぱ。

発芽した雪乃の姿は、可愛い双葉といった感じみたいだ。樹人は、団栗《どんぐり》から生まれるらしい。

右手を動かすように上下に振ってみると、右の若葉が上下に動き、葉先に引っかかっていた団栗《どんぐり》が飛んでいった。

けれど足となるはずの根は大地にしっかりと埋まっていて、動かすことができない。

「これは何日続けたら移動できるのでしょうか？」

土から出て視界が開けたのは嬉しいが、素朴な疑問が口を突く。

メニューを確認すると、発芽したのでログアウトが可能になっていた。雪乃は一旦、ゲーム世界から現実世界に戻る。

「もう無理です」

ゴーグルを外して人間の姿に戻った雪乃は、お腹を押さえてうずくまり、声を殺して笑う。笑い続けたせいで目尻に涙が浮かび、息も苦しくなってきた。

なんとか呼吸を整えて、横になっていた布団の上から起き上がる。

ゴーグルを被《かぶ》ってVR世界に入っている間、体は眠っているような状態になるため、布団に横たわるなど、安全な体勢で使用することが推奨されていた。

あまり根を詰《つ》めて体を壊してしまっては、楽しみが楽しみでなくなってしまう。初日はそこでゲームを終わりにした。

翌日も、帰宅した雪乃は手早く夕食や入浴を済ませると『無題《むだい》』の世界に突入する。

アバターの姿は、可愛らしい双葉のままだ。

森の中を歩き回るなどはできないが、『無題《むだい》』の世界では五感も疑似体験できる。土や草の匂いを吸い込み、風に揺られていると、心が洗われていった。

「こういう生活もいいですね」

日の光を透《す》かして宝石みたいにきらめく木の葉。なんだか嬉しくなって、雪乃はさわりと揺れる。

現実世界では空を見上げても、必ずどこかに人工物が映る。豊かな緑に囲まれて、どこまでも続く青い空を見るなんて、とても贅沢《ぜいたく》な時間に思えた。その空自体が、人工物ではあるが。

そして三日目になると、本葉が伸びて目線が高くなる。

ゆっくりと育っていく樹人の苗。

雪乃は本当に植物になったような気がして、ふふっと笑う。

そんなふうにのんびりと日向《ひなた》ぼっこを満喫《まんきつ》していた雪乃の上に、突如《とつじょ》黒い影が差した。視線を動かすと、白くてふわふわな胸毛が頭上を覆《おお》っていく。鹿《しか》に似た獣《けもの》が来たようだ。

あの白い毛に包まれてみたい――

そんな願いが通じたのか、黒く艶《つや》やかな鼻先が、雪乃に近付いてきた。

「って、近いです。近すぎます。口を開けて何を……。あ」

「もっしゃもっしゃ」

食べられた。

雪乃の小さな芽はたった一口で、葉も茎も食べつくされてしまった。

「えぇー？」

情けない声を上げるが、どうしようもない。なんとか土の中から脱出できたと思ったのに、三日目にして、まさかの種から再スタートを切る。

「もしやこれは、樹人として育つこと自体が不可能なのではないでしょうか？　それとも草食動物を避ける裏技でもあるのでしょうか？」

ふうむと唸《うな》ってみるが、答えは分からない。

「まあいいです。とりあえず今日は終わりにしましょう」

ＶＲゲームの世界から現実に戻ってきた雪乃は、ゴーグルを取る。

そして翌日。いつものように家を出た雪乃は近くの神社に立ち寄った。朝早く家を出る雪乃は時間に余裕がある。だから雨さえ降っていなければ、ここの神様に朝の挨拶《あいさつ》をするのが習慣になっていた。

鳥居をくぐって石段を上り、社《やしろ》に詣《もう》でる。裏手に回り御神木の大きな椚《くぬぎ》を見上げた。

「私も、あなたのような立派な木になれたらよいのですが。秋になれば実を結んで、鳥や動物たちのご飯になって。落とした葉は大地を豊かにするのです。皆さんのお役に立てる、素敵な木に」

そう言って寂しそうに笑った雪乃は、そろそろ行こうと足を動かす。その時、がさがさと茂みが動いた。

「ユキノちゃーんっ！」

驚いた雪乃の肩がびくりと跳ねる。自分の名前を呼んでいるのに、知らない男の声だ。いったい誰だろうかと、警戒心が生まれる。

「出ておいでー。おとーさんだよー」

雪乃の頭上に疑問符が浮かぶ。男は自分のことをお父さんと言うが、雪乃の父とは声も口調も違う。

気付かれないように、そっと声のするほうを覗いてみた。

全身を覆《おお》う草色のローブ。山の高いつば広帽から零れた焦《こ》げ茶《ちゃ》色の髪は、無造作に束ねられている。手には所々に亜麻色《あまいろ》の縞《しま》模様が見える黒い杖《つえ》。上部は太く、大きな緑色の石が埋め込まれていた。魔法使いのコスプレだろうか。

「ユキノちゃーん。そろそろ帰ろうよー？」

男は茂みを必死に掻《か》き分けては中を覗き込んでいる。どうやら彼が捜しているのは、雪乃と同じ名前の犬か猫のようだ。警戒が解けて、雪乃の口から息が零れ落ちる。そのわずかな音を拾ったのか、男が顔を上げた。

「誰かいるの？」

茂みから出て、数歩ほどしか離れていない位置まで近付いてきた。

「ねえ、君。ユキノちゃんを見なかった？　猫の耳と尻尾《しっぽ》が付いた、若緑色のローブを着ててね。このくらいの背なんだけど」

と、手で一メートルほどの高さを示す。彼と同じような服ということは、おそらく人間なのだろう。だとすれば、彼の娘であっていたらしい。人間の子供を捜すのに、どうして茂みを掻《か》き分けていたのか、疑問ではあるが。

雪乃は首を左右に振って知らないと伝える。

「そう」

残念そうに頷《うなず》いた男は、大袈裟《おおげさ》に見えるほど肩を落とした。居心地の悪さを、雪乃は彼女の足下に転がっていた団栗《どんぐり》を見つめて紛らわせる。

「ねえ、君もユキノちゃんを捜してよ？　一人でこんな訳の分からない所に放り出されて、寂しがっていると思うんだよね。俺がいなくて泣いているかもよ？　『おとーさーん』って」

子供が迷子になったという深刻な台詞《せりふ》のはずなのに、なぜか彼の表情はでれでれと緩んでいた。

「もうねー、可愛いんだよー？　いつもはしっかりした子なのに、突然甘えてきたりしてさー。俺、子供なんて鬱陶《うっとう》しいだけで、どこがいいのかさっぱり理解できなかったんだけど、ユキノちゃんは別だね。本当に可愛くてさー」

惚気《のろけ》が男の口から滝のように流れ落ちる。

こんなに娘を大切に思う親が実在するのだと、雪乃は驚愕《きょうがく》した。彼女の父は仕事が忙しいのか、滅多に顔を合わせることはない。母も雪乃に関心を示さない。それが雪乃にとっての家族だ。

こんな風に愛してくれるお父さんが欲しかったと、雪乃の胸はきゅっと縮こまる。

「なのに強がっちゃってさー。素直に甘えてくれればいいのに。そういうところもまた可愛いんだけどねー」

男は雪乃の反応などお構いなしに、娘の愛らしさを語り続ける。

「頭もいいんだよー？　大人顔負けの博識でね。俺の自慢の娘なんだー」

緩みすぎて崩壊しそうな顔を両手で支えながら、くねくねと体を動かした。

雪乃は心の中で、前言を撤回する。

この人が本当に父親だったら、ちょっと大変そうだ。思わずユキノちゃんに同情してしまう。

「おとーさんは、こんなにユキノちゃんが大好きで、一緒にいないと心配になっちゃうのに、どこに行っちゃったんだろう？　ユキノちゃーん。おとーさんはここだよー。出ておいでー」

「交番に行ってみたらどうですか？　ユキノちゃんが保護されているかもしれませんよ？」

雪乃はお巡《まわ》りさんに丸投げすることにした。こんな親ばかな男、手に負えそうにない。

「それでは私は急ぎますので」

「あ、ちょっと待ってよ！」

そそくさと逃げる雪乃を、男は呼び止める。けれど男が伸ばした手は空を切ったようで、雪乃はそのまま石段を下りた。

「なんだったのでしょう？」

鳥居をくぐったところで振り返ってみるが、木々に遮《さえぎ》られて男の姿は見えない。ユキノちゃんのことは心配だが、雪乃がいても役に立てるとは思えない。

「日本のお巡《まわ》りさんは優秀ですから、大丈夫でしょう」

自分に言い聞かせるようにそう呟《つぶや》き、歩き出した。

♪　♪　♪

『無題《むだい》』を始めてから十日目。雪乃はようやく歩けるようになった。

樹高七十センチほどの幹からは、二本の枝が左右に伸び、腕みたいに動く。枝先は二つに分かれているものの、指のように複雑な動きはできない。試しに落ち葉を拾ってみるが、小枝の指では上《う》手《ま》く挟めず、わずかに地面から浮いただけで落ちていった。漫画などで見かける、物がくっ付くなどといった補正はないようだ。

「箸《はし》のほうが使いやすいです」

雪乃は不揃《ふぞろ》いな太さと長さをした枝先を、恨めしく見つめた。

全体的な姿はどうだろうかと、スクリーンショットを起動して自分の姿を写してみる。すると、細い苗木のような画像が表示された。まだ葉も付いていなくて、顔らしき部分も見当たらない。

それでも雪乃は、自分の分身体である樹人の成長を喜ぶ。すると、その成長を祝うかのように、ピコンッという電子音と共に、プレゼントボックスが出現する。

地面に置かれたそれに触れると、箱は煙となって消え、代わりに一冊の本が現れた。薄い木の表紙が付いた、分厚い辞書のような本だ。

「ええっと、薬草図鑑ですか？」

表紙をめくると、植物名と思われる単語の一覧が並ぶ。実在する植物に似ているが、どこかが間違っている、実際には存在しない植物だ。中には明らかにファンタジーな植物もあった。

試しに一つを選ぶとページがめくれ、セピアカラーの立体映像と共に植物名、生息地などが表示された。

「せっかく動けるようになったのです。薬草を探しがてら、散歩でもしてみましょう」

メニュー画面を操作して、薬草図鑑をアイテムボックスに収納すると、雪乃は根っこを足代わりに森の中を歩き始める。発芽した時には鉄塔のように高く見えた森の植物たちは、今では雪乃の胸ほどの高さになり、その草を掻《か》き分けながら進んでいると、倒木が行く手を阻《はば》んだ。

「ふんにゅううーっ」

倒木の上に掛けた小枝に力を込めて、幹を持ち上げる。なんとか倒木に幹の上半分を乗せ、反対側に下りようとした雪乃は、「ふみゃっ⁉」と、尻尾《しっぽ》を触られた猫のような声を上げて、頭から落ちた。腐葉土《ふようど》まみれになってしまった幹をふるふると振って立ち上がり、再び歩き出す。

水が流れる音に気付いて近付くと、きらきらと輝く澄んだ小川が現れた。

綺麗な小川など、現実世界では滅多にお目にかかれない。そして現実世界ではないということは、飲んでも体を壊す心配はないだろう。

さっそく雪乃は水を掬《すく》おうとする。だが小枝の手では、どんなに頑張ってもできなかった。

この小枝が手として自然に使える日は来るのだろうかと、思わず自分の小枝を凝視してしまう。

気持ちを切り替えて、口がある辺りを水面に付けてみた。やはりというべきか、残念ながら口の中や咽《のど》に、水が流れてくる感覚は訪れない。

「なるほど。樹人には口がないのですね。植物は根っこから水を吸収しますから、根を浸《つ》ければよいのでしょうか？」

試してみると、咽《のど》に冷たい水が流れ込む感覚が伝わってきた。

「おお。水を飲むことに成功したようです。しかし、なぜ根から吸収して咽《のど》へ？」

理解に苦しむが目的は達成したので、再び慣れない根の足で、ぽてぽてと進んだ。

そして草の隙間に見覚えのある植物を見つけた雪乃は、根を止める。薬草図鑑に掲載されていた、深く切り込むぎざぎざ葉っぱが特徴の、モギという薬草だ。

薬草を集めて、お金やアイテムに替えるゲームは多い。だから採取してアイテムボックスに収納しておけば、いつか役に立つかもしれない。

そう考えた雪乃は、見つけたモギを引き抜く。するとモギは光の粒子となって、雪乃の幹に吸収されていった。

「おお？」

思わず驚きの声が零れる。

最後の光の粒子が幹の中へ消えると、ピコンッとメッセージが現れた。

『【モギ】レシピを取得するには、残り九株必要です』

どうやら指定の数だけ薬草を集めれば、何かのレシピが手に入るようだ。雪乃は薬草集めに精を出すことにする。スタート地点に近い初心者用の森だからなのか、薬草は次々と見つかった。

「モギ十株、達成です！」

これで薬のレシピを入手できるはずだと、雪乃はわくわくしながら変化を見守る。

『モギのレシピを取得しました』

メッセージと共に、薬草図鑑が目の前に現れた。風が吹いたかのように、ぱらぱらとめくれていき、『モギ』が記されたページが開く。セピアカラーだったモギの立体映像がフルカラーに変わり、効能と薬のレシピが書き加えられていった。表示されたレシピは、腰痛と痔《じ》の回復薬だ。

「なぜそんなにピンポイントなのでしょう？」

普通のゲームで使われる薬は、ＨＰ《ヒットポイント》回復薬など、もっと大雑把《おおざっぱ》なものだ。

「ドラゴンに剣を振りかぶったら、ぎっくり腰になってしまったりするのでしょうか？」

想像すると、なんとも滑稽《こっけい》である。ふふっと笑いが零れてしまう。

『布袋に詰《つ》めて風呂に入れ、薬湯を作って入浴しましょう』

「ゲーム、ですよね？」

リアリティの追求は、薬草の使い方にまで及ぶようだ。

変化が起きたのは薬草図鑑だけではなかった。枝だけだった雪乃の頭に、モギの葉が数枚生える。

どうやら薬草を集めると、樹人の体も成長していくらしい。

雪乃は森の中を歩き、薬草を次々と集めていく。

そうして三ヶ月ほど経った頃には、雪乃は樹高一メートル近くまで育っていた。枝先は人間の指と同じく五本に枝分かれしている。

頭の部分はこんもり丸く茂ったマリモ型になったが、生えている葉に統一性はなく、なんの木だか分からない。

「最後のリボンウリです。美肌薬のレシピですか？　役に立つ時が来るのでしょうか？」

VRゲームの世界に肌荒れが存在するのかなど疑問は尽きないが、とりあえずレシピを入手したことを喜ぶ。否、微妙に自棄《やけ》気味だったかもしれない。

いずれにせよこれで雪乃は、この辺りの森に生息している薬草を制覇した。

薬草図鑑を見ると、どうやら地域限定の薬草もあるらしい。全てを集めるにはこの始まりの森とマップに書かれた場所を出て、旅をする必要がある。

「このままゆっくりと森で暮らすか、頑張って薬草コンプリートを目指すか、悩みどころですね」

その呟《つぶや》きが聞こえたのかどうか。ピコンッと例の音が鳴り、メッセージが表示された。

『おめでとうございます！　始まりの森に自生する薬草をコンプリートしました』

「ありがとうございます」

『調合スキルを獲得しました。レシピを選んで新種の薬草を生やすことができます。また、複数の薬草を調合して、オリジナルの薬草を生やすことも可能です』

「おお！　それは僥倖《ぎょうこう》です」

いくつかの材料を調合しなければ作れない薬も、どうやらスキル――樹人の能力で解決するようだ。

念願の力を手に入れた雪乃は、ほくほくと葉をきらめかせる。けれど、喜びは束の間だった。

『これにより、始まりの森から出ることが可能になりました』

「つまり今までは出られなかったのでしょうか？　試さなかったので、気が付きませんでした」

思いがけない事実に驚きながらも、メッセージに視線を戻す。そこには選択肢が表示されていた。

『　▼この世界から出る
　　魔王になる　　　　』

樹人に目玉は付いていないが、付いていれば点になっていただろう。

『この世界から出る』というのは、森を出るという意味だと解釈できる。だから、そちらには疑問を感じなかった。

問題は、もう一方の選択肢だ。

「どうして魔王なのでしょうか？　ここは魔王の森だったのでしょうか？　お城らしき建造物は見かけませんでしたが。それに樹人が魔王というのは有りなのでしょうか？」

ふむうっと人間ならば首に当たる、枝上の幹を捻《ひね》り、その展開を想像してみる。

色々な魔物を倒したり、ダンジョンを攻略したりして、辿《たど》り着《つ》いた魔王城。強敵に苦戦しながらも、なんとか最奥の部屋まで到達し、重厚な扉を開ける勇者たち。赤い絨毯《じゅうたん》が敷かれた先で彼らを待ち受けていたのは、一本の木。

なんとも緊張感が削《そ》がれるラスボスである。きっと樹人は勇者たちに無視されて、「魔王はどこだ？」と、捜し回られることだろう。そんな役どころは御免である。

放心する雪乃に追い討ちをかけるように、メッセージが追加された。

『今日中に出ていかない場合、魔王に進化します』

「なんと理不尽な」

もはや悩んでいる暇はない。雪乃は森を出ることに決めた。

「誰もいませんね？」

森の出口まで来た雪乃は、木に擬態した状態で辺りを確認してから、一歩踏み出す。すると蜘蛛《くも》の巣にかかったような微《かす》かな抵抗があり、淡い光が周囲を覆《おお》った。

根《あし》を止めて幹や枝をしげしげと観察してみるが、特に変化は見当たらない。けれどなぜか、根下《あしもと》に薬草図鑑と地図が実体化して転がっていた。きょとんと小幹《こくび》を傾《かし》げながら拾うと、薬草図鑑は薄い光に包まれて雪乃の幹に吸い込まれるように消える。

不思議に思いつつも、これはゲームだからと自分を納得させた。それから残った地図をアイテムボックスにしまおうと、メニュー画面を表示させる。

「おや？」

いつもと同じように操作したはずなのに、現れない。

「おかしいですね？　メニュー画面を表示してください」

声に出して指示するが、やっぱり出てこない。通常ならば空中にメニュー画面が現れ、そこに選択項目が並んでいるはずなのに。

小幹《こくび》を傾《かし》げてふむうっと唸《うな》った雪乃は、別の指示を出してみる。

「えっと、ログアウトをお願いします」

ところが予想通りというべきか、しばらく待っても、何も起こらない。

「強制終了をお願いします」

不安を感じながら駄目で元々と思いつつ命じてみたが、やはり反応はない。

脳裏に浮かぶ言葉は、『異世界転移』と『デスゲーム』。いずれもゲームの世界に閉じ込められてしまうという内容だ。

「漫画や小説ではあるまいし、そんなことは」

ありえない答えに、歪《ゆが》めた口葉から乾いた笑い声が漏れ出る。

しかし始まりの森にある薬草を揃《そろ》え終えた時、雪乃に提示された二つの選択肢は、『この世界から出る』と『魔王になる』だった。

嫌な予感を覚えて、雪乃の葉裏がじとりと湿《しめ》る。樹人も冷や汗というものを掻《か》くようだ。

「始まりの森に戻ってみましょう。セーブできない場所もあると聞きますし」

ホームや宿屋など、安全な場所でのログアウトを推奨しているゲームもある。無理にログアウトすると、再度ログインした時にデータが保存されていなかったり、死に戻りしていたりするのだ。

雪乃は出てきたばかりの、始まりの森へと根を返《きびす》す。けれども踏み込もうとした途端に電気ショックみたいな衝撃が全身に走り、周囲に火花が散った。

「痛いっ！　なんですか？　今のは？」

困惑する雪乃の疑問に返ってきたのは、一枚のカード。空から降ってきたようだが、見上げてみても、なんの影も形もない。

とりあえず、雪乃はカードを確認する。

『ようこそ我が世界へ。魔王になりますか？』

こんな状況でもぶれない問いかけに、怒りだか笑いだか、よく分からない感情が込み上げてきて、雪乃はふるふると震えた。

「なりませんっ！」

カードを地面に叩《たた》き付《つ》け根の向きを変えると、再び始まりの森から離れていく。残されたカードは煙を立ち昇らせて消滅した。

♪　♪　♪

地図の端に付いていたリングを腰辺りから伸びる小枝にかけ、雪乃は森から出た所で見つけた道を歩いていた。森とは違う、草もほとんど生えていない踏み固められた道だ。

「とはいえ、どうしましょう？　せっかくだから図鑑を完成させてみましょうか……」

先行きの見えない不安を前に弱音が零れる。

見つけた道をそのまま進んでいるが、この道がどこまで続いているのか、どこに辿《たど》り着《つ》くのかも分からない。根《あし》を止めた雪乃は、腰にぶら下げていた地図を開いてみる。

描かれているのは地形と薬草が生える場所だけで、道や地名は記載されていない。人間の町に行く必要のない魔物には、これで充分なのだろう。

「始まりの森からは離れましたから、もう森に入れますかね？」

恐る恐る踏み込むと、すんなりと森に入ることができた。

安心した雪乃は歌を口ずさみながら、まだ回収していない薬草を求めて森の中をさまよう。

本来の世界なら一時間も歩き続ければ、疲れたり足が痛くなったりするはずだが、なぜかそういうことはない。

しばらく森の中を散策していると、根下《あしもと》から小さな声が聞こえてくる。

「わー」

「わー」

なんだろうかと思い視線を下げた雪乃は、「わあっ⁉」と驚いて飛び上がった。

「わー？」

黄茶色をした人参《にんじん》のような植物が、どこからか大量に現れて雪乃を見上げている。葉は人参《にんじん》とは違い、蕪《かぶ》に似て丸みを帯《お》びていた。

十五センチほどの小さな植物は、二股に分かれた根を足のように使って雪乃の周りを駆け回ったり、ぴょこぴょこと跳ねたりしている。

小動物がはしゃいでいるみたいで可愛らしく、雪乃は思わず枝を差し出して掬《すく》うように持ち上げた。すると今まで採取してきた植物と同様、淡く輝いて雪乃の幹に吸収されてしまう。

「え？　ええ？」

戸惑《とまど》う雪乃に、天からカードが降ってくる。

『【マンドラゴラ】レシピを取得するには、残り八株必要です』

「この子たちも対象ですか？」

今まで感じなかった抵抗を覚えたのは、彼らが動いているからだろうか。吸収されたマンドラゴラたちの意思はどうなるのかと、申し訳なく思う。

雪乃が気落ちしている間にも、マンドラゴラたちは彼女の幹を登り、枝の上で跳ねたり、ぶら下がったりして遊んでいる。手もないのに器用なものだ。

「私、遊具ではないですよ？　というより、君たち自由すぎではないでしょうか？」

リスや小猿を見ているようで愛らしいが、これが自分から生えてくると考えると、色々と気になる部分が出てくる。枝から生えている間も動くのだろうか？　とか、生み出したマンドラゴラは自分の子供という扱いになるのだろうか？　とか、疑問は尽きない。

悩んでいると、またもや天からカードが降ってきた。

『マンドラゴラのレシピを取得しました』

「私は何もしていませんよ？」

意味が分からなくて呆然とする雪乃だが、樹人の体で遊ぶマンドラゴラたちを見て、なんとなく理解する。自分たちの意思で動ける彼らは、自ら雪乃の小枝に触れて吸収されたようだ。

それだけでも予想外の行動であったのに、必要数に到達したため吸収されなかったマンドラゴラたちが、不満そうに抗議してくる。

「わー！」

「わー！」

「私は悪くないです。たぶん」

反論しようとしたものの、多勢に無勢だ。集まっていた大勢のマンドラゴラたちから責められて、雪乃は思わず幹《ひざ》を曲げてその場に正座した。

ちなみにマンドラゴラは、魔力回復薬の主原料となるらしい。乾燥させたものを煎《せん》じたり、生のまま擦り下ろしてフレッシュ・ジュースにしたりして使う。また、彼らが発する声には幻覚を見せる作用があるそうだ。

「自分から生まれる生命体を人に食べさせるとか、無理です」

植物に分類されるとはいえ、無邪気に駆け回る彼らを擦り下ろすなんて真似はできそうにない。

「それはそうと、吸収されて嬉しいのですか？」

ひとしきり騒いで落ち着いたマンドラゴラたちに疑問をぶつけてみると、一斉に頷《うなず》いた。どうやら彼らは、樹人に吸収されることに喜びを感じるらしい。

魔物の生態がよく分からない雪乃は、ただただ困惑する。マンドラゴラは薬草で、魔物ではないのかもしれないが。

それはともかく、時間を追うごとに増えるマンドラゴラの群《むれ》に囲まれて、雪乃は動けなくなった。少しでも動けば、根下《あしもと》に集まるマンドラゴラたちを蹴るか踏むかしてしまいそうだ。

マンドラゴラたち自身も、動こうとしては他のマンドラゴラの上に乗っかったり、転んで踏まれたりしている。

「わー……」

「大丈夫ですか？」

潰《つぶ》れそうなマンドラゴラを救出しながら、されるがままに遊ばれているうちに日が暮れた。

雪乃は大勢のマンドラゴラたちに囲まれたまま、根を張って眠りに就《つ》く。マンドラゴラたちも土に埋まって眠る。そして朝日が昇ると、彼らは一斉にどこかに去っていった。

「お気を付けてー」

「わー！」

「わー！」

枝《て》を振って見送った雪乃は、軽く幹《せ》を伸ばしてから歩き出す。

薬草を探しつつ進んでいる間に、気付けば始まりの森を出て半月ほどが経っていた。

最初の頃こそ元の世界の状況が気になっていたものの、これだけ日が過ぎると考えも変わってくる。ログアウトについては、誰かプレイヤーに会った時に聞けばいいのだ。

「今さら帰ったところで、すでに騒動は起きているでしょう。のんびり行きましょう」

開き直った部分もあるのだろうが、元々雪乃は元の世界への未練が薄い。

家族はいるが両親は雪乃にあまり関心がなく、知人はいても親友と呼べる相手はいなかった。

失うものが少なかったからこそ、この不思議な世界に放り出されても、雪乃は前を向けたのかもしれない。そんな風に重くなった気持ちを打ち消すため、枝上《くび》の幹をふるふると振るう。

呼吸を整えて顔を上げると、空は青く澄み渡り、薄い雲がわずかに浮かんでいた。絶好の散歩日和《びより》である。雪乃は森の中をずんずんと進んでいく。

けれど、勢いがあるのは最初だけだ。言葉は分からなくとも久しぶりに自分以外の生き物と交流したことで、一人ぼっちの寂しさを思い出してしまった。

そこで根《あし》を止めてうつむいた雪乃は、ぴこんと思い立つ。

「そうです。マンドラゴラたちを生やせばいいのです」

不可抗力ではあるが、彼女はマンドラゴラを吸収している。必要数を吸収した薬草は、レシピを取得するだけでなく、樹人の体から生やすこともできるのだ。

意識すると、多種多様な薬草が茂る真ん丸頭から、にょきにょきと蕪《かぶ》みたいな葉が伸びてきた。蕪《かぶ》の葉はマリモ頭からさらに突き出て、黄茶色をした人参《にんじん》のような根まで現れる。そして、「わー?」という幼い子供に似た声を上げながら、ぽてんっと地面に落ちた。

「大丈夫ですか?　怪我はありませんか?」

まだ幼木とはいえ、それでも雪乃の樹高は一メートルほどある。十五センチほどの小さなマンドラゴラにとっては、充分に高い位置だったろう。雪乃は心配して膝《ひざ》を曲げるみたいに幹を折り、小枝を差し出す。

立ち上がったマンドラゴラは、「大丈夫」と伝えるかのように、「わー!」と元気な声を上げながら、ぴょんこぴょんこと跳ねてみせた。

ほっと幹《むね》を撫《な》で下《お》ろした雪乃は、マンドラゴラに向けて微笑《ほほえ》むように葉をきらめかせ、さわりと揺らす。

「一緒に薬草を探してくれませんか?」

「わー!」

了解とばかりに無邪気に跳ねるマンドラゴラに癒《い》やされながら、雪乃は薬草探しを再開した。

マンドラゴラは思った以上に優秀で、次々と薬草を見つけては声を上げながら跳ねる。

雪乃はマンドラゴラと連れ立って、森の中を進んでいった。

2

「――ネムネム草を発見しました」

薬草を見つけた雪乃は、採取するために草むらに分け入った。小さなマンドラゴラも、草の隙間を縫ってついてくる。

ネムネム草は花弁こそ控えめだが、群《むれ》を成して咲く花から糸のように細長い薄紅色《うすべにいろ》をした雄しべの束が垂れる、その姿は花火のようで美しい。

「これで残り一株です！」

「わー！」

採取したネムネム草が光の粒子となって、幹に吸収される。他にもないかと辺りを見回す雪乃の聴覚に、草が不自然に揺れる音が届いた。

慌てて木に擬態すると、異変に気付いたマンドラゴラも、雪乃の幹を登り枝葉の中に潜《もぐ》り込《こ》む。

それから時を置かずに、茂みの向こうに幾《いく》つもの人影が現れた。鎖帷子《くさりかたびら》を着た体格のいい人間たちと、黒いローブに身を包んだ三人組が争っているようだ。

三人組の一人は怪我を負っているのか、動きが鈍い。他の二人に庇《かば》われながら、鎖帷子《くさりかたびら》を着た人間たちの攻撃をなんとか往《い》なしていた。

戦いの場は徐々に近付いてくる。雪乃は逃げたほうがいいのではないかと考えるが、下手に動けば気付かれて、却《かえ》って危険な目に遭《あ》いかねない。

どうしたものかと悩んでいるうちに、もはや逃げられない距離まで迫ってきた。

雪乃は観念して、そのまま木になりきることにする。

「いい加減にしなさいっての！　しつこい男は嫌われるわよ？」

黒ローブの一人が苦言を述べながら、鎖帷子《くさりかたびら》を着た人間の腹に膝蹴《ひざげ》りを入れる。声から察するに女だろう。

彼女の蹴りは綺麗に鳩尾《みぞおち》に決まったようで、蹴られた人間は短い呻《うめ》き声《ごえ》を上げて地面に倒れた。

もう一人の黒ローブは、刀で応戦している。逆袈裟《ぎゃくけさ》に斬り上げたところで、雪乃は思わず視界を閉じて顔を逸《そ》らした。

どさりと人が倒れる音を聞いてから、改めて視界を開けてみる。

斬られたはずの人間に、出血している様子はない。着ていた鎖帷子《くさりかたびら》のお陰もあるだろうが、黒ローブは峰打《みねう》ちで倒していたようだ。

雪乃は戦闘をするのも見るのも好まない。だが黒ローブ二人の鮮やかな手際に、芝居でも見ている気持ちになって、思ったほどの恐怖は抱かなかった。

「きりがないわね」

「ああ」

短く答えた刀使いの黒ローブは、男の声だ。

黒ローブ二人と鎖帷子《くさりかたびら》を着た人間たちの力量の差は、素人目にも明らかだった。しかし怪我人を抱えていることもあり、数の差をひっくり返すことは難しそうだ。

「もういい。二人とも俺を置いていけ。そうすれば」

「冗談を言うな。なんのためにここまで来たと思っている？」

「くだらないこと言ってる体力があるなら、先に進みなさい」

負傷していると思われる黒ローブが見かねて声を張ると、即座に仲間の二人は彼の発言を切り捨て、目前の敵に向かった。

悔しそうに握りしめられた拳《こぶし》で、負傷している黒ローブも近くの鎖帷子《くさりかたびら》を着た人間に応戦する。彼の拳《こぶし》は一人を戦闘不能に至らしめたが、木陰に隠れていた別の鎖帷子《くさりかたびら》を着た人間の攻撃によって、腹部を負傷してしまう。

「ヒュウガっ！」

刀使いの黒ローブが慌てて地面を蹴り、傷付いた仲間のもとに駆け寄る。一目散に走る隙を狙って、二人の間に位置する場所にいた鎖帷子《くさりかたびら》を着た人間が、横から斬りかかった。

けれどその刃が、刀使いを傷付けることはない。女黒ローブが投げた金属製の武器によって阻《はば》まれたのだ。

ヒュウガと呼ばれた仲間のもとに駆け付けた刀使いの黒ローブ。仲間に傷を負わせた人間を打《う》ち据《す》えて気絶させると、ヒュウガの状態を確かめる。

雪乃も怪我は大丈夫なのだろうか、命に別状はないのだろうかと、心配でならない。

「そうです。こういう時のための薬草です」

自分の能力を思い出した雪乃は、動揺しながらも薬草図鑑から知識を引き出す。

「ええっと、切り傷や止血に使える薬草は、と」

役に立ちそうな薬草を選び出すことに、夢中になる雪乃。だが周囲は戦いの最中である。ぴっと何かが頬葉を掠《かす》めた。

「ん？」

ひらひらと舞う葉の欠片《かけら》。風に撫《な》でられた程度の感触があるだけで痛みは感じなかったが、飛んできた物が少し離れた木に突き刺さったのを見て、樹液《ち》の気《け》が引いた。

黒光りするナイフのような武器は、忍者が使うクナイによく似ている。

「のおおっ⁉」

無意識に声を発してしまい、慌てて両小枝《りょうて》で口の辺りを押さえる。口はないのに反射的な行動だ。

「子供⁉」

雪乃の素《す》っ頓狂《とんきょう》な声を耳にした黒ローブたちが、驚きの声を上げた。とはいえ互いにそれ以上の行動を取る余裕はない。

「私は木、私は木。秋になれば美味《おい》しい木の実を結ぶ、将来性豊かな広葉樹」

自己催眠をかけるように言い聞かせ、雪乃は木になりきるために視界を閉じる。そこに「わーっ！」と、マンドラゴラの焦《あせ》った声が聞こえた。

何事かと振り返ると、鎖帷子《くさりかたびら》を着た人間が抜き身の剣を構えて、雪乃に迫っているではないか。

「魔物め！　成敗してくれる！」

「のおおーっ!?」

木に擬態している場合ではない。雪乃は慌てて逃げようとして、こけた。短い根は走るのに適していないのだ。

しかしお蔭で、間一髪《かんいっぱつ》ながら横薙《よこな》ぎに払われた剣から逃れた。

「私はプレイヤーです。魔物ですけど魔物ではありません」

「何を訳の分からないことを言っている？」

雪乃の訴えも虚《むな》しく、鎖帷子《くさりかたびら》を着た人間は、容赦《ようしゃ》なく剣を振りかぶる。

「ふんみゃあああーっ！」

雪乃から絶叫が迸《ほとばし》った。

ゲームなのだから、実際に命を奪われることはないはずだ。そう思いはしても、凶刃《きょうじん》が襲いかかってくるのは怖い。雪乃は小枝《て》で頭を覆《おお》い、ぎゅっと視界を閉じた。

「カイっ！」

「分かっている」

動けなくなったヒュウガを庇《かば》うため、一ケ所に固まって戦っていた黒ローブ。その輪から刀使いが抜けた。ひゅんっという風鳴りと共に、鎖帷子《くさりかたびら》を着た人間が剣を振り下ろす。

刃が届くまでの時間が、雪乃にはとても長く感じた。事故に遭遇すると、目の前の光景がスローモーションのように見えると言うが、こういうことだったのかと納得する。

金属同士がぶつかる音が響く。だが雪乃には、その意味を考える余裕などなかった。ただひたすら、恐怖の時間に耐える。しかし一向に終わりの時は訪れない。

「少々長すぎませんか？　一思いに伐《き》ってくださったほうが、怖くなくてよいと思うのですが」

焦《じ》らされる恐怖に耐えかねて、そろりと顔を上げる。視界に映ったのは、彼女を伐《き》り倒《たお》さんと襲ってくる刃ではなかった。

抜き身の刀を構えた黒いローブ姿の少年が、困惑した顔で雪乃を見下ろしている。予想していなかった光景に状況が理解できず、雪乃は少年を見上げたまま固まってしまう。

人間の雪乃より少し年上だろうか。少年は切れ長の黒い目が印象的な、整った顔立ちをしていた。

視線を下げると、彼の足下に雪乃を襲おうとした鎖帷子《くさりかたびら》を着た人間が倒れている。

「もしや助けていただいたのでしょうか？　ありがとうございます」

慌てて起き上がった雪乃は、深々と頭《こうべ》を垂れてお礼を述べた。

「樹人？」

「はい。樹人の雪乃と申します」

問われて雪乃は自己紹介をする。その間にも、襲いかかってきた鎖帷子《くさりかたびら》を着た人間がいたのだが、少年は視線を向けることもなく峰《みね》打《う》ちで倒した。

「俺はカイだ。……樹人は喋《しゃべ》るのか？」

混乱している中でも、カイは名乗り返すことを忘れない。どうも律儀な性格のようである。

「カイっ！　何してるの？　早く戻りなさい」

「すまん、シナノ。すぐ行く」

女黒ローブ――シナノの切迫した声で冷静さを取り戻したカイは、雪乃を頭から根まで見やると、「ここは危ない。必ず護るから、少し我慢してくれ」と、一声かけてから、雪乃の幹を左手で掴んだ。

「へ？」

雪乃が了承する間もなく、彼は仲間のもとへ駆け戻る。

「ふみゃあっ⁉」

葉が風になびき、数枚飛んでいった。あっという間にカイは仲間のもとへ戻り、雪乃を地面に下ろす。

「なんという速力。カイさんはもしや、陸上で世界を狙えるのではないでしょうか？」

ばくばくと音を立てる維管束《いかんそく》を小枝で押さえ、雪乃はどうでもいい感想を呟《つぶや》いた。

「ちょっとカイ？　何よその木は？　襲われていた子は？」

「この子がそうだ」

「はい？」

早打ちする維管束《いかんそく》を抑えようと雪乃が努力している間、樹上ではカイとシナノが混乱している。

とはいえのんびりと事情を説明できる状況ではない。二人とも疑問は投げ捨てて、襲ってくる鎖《くさり》帷子《かたびら》を着た人間たちとの対峙《たいじ》に意識を戻す。

「魔物を使役するとは。やはり貴様ら獣人は、魔王の手下だったか！」

「なんでも俺たちのせいにしないでくれ」

鎖帷子《くさりかたびら》を着た人間たちの凶刃《きょうじん》を防ぎながら、カイは不愉快そうに顔をしかめた。

「はて？　魔王と仰《おっしゃ》いましたか？」

気になる単語が聞こえてきたので顔を向けた雪乃だったが、詳しく聞ける雰囲気ではない。争う人々から視線を外し、目の前でうずくまるヒュウガを見る。裂けたローブの隙間から見える傷が痛々しいが、雪乃は物怖《ものお》じせず彼に近付いた。

フードの下からヒュウガの顔が見える。年は三十代前半くらいだろうか。左目の下から口の少し上にかけて、古い切り傷の痕《あと》があった。雪乃の動きを探るように見ていた彼は、彼女に敵意がないと分かると相好《そうごう》を崩す。

「大丈夫だ。あの二人は強いから、お前くらいは護ってくれるよ」

ヒュウガは苦しい時でも相手を思いやることのできる、優しい強さを持っているようだ。

雪乃の心がほんわりと温かくなって、葉がきらきらと輝く。その葉の中から、蕗《ふき》に似た丸い葉が生えてきた。白く短い毛で覆《おお》われた、ツワキフという名前の葉だ。子供の手ほどの大きさをしたその葉を引っこ抜くと、雪乃はヒュウガに差し出す。

「止血と鎮痛作用のある薬草をかけ合わせ、効能を上乗せした薬草です。どうぞ揉《も》んでから傷口に当ててください」

元々のツワキフの葉自体にも止血作用はあるが、樹人の能力でさらに鎮痛作用を強化した薬草を作り出したのだ。

ヒュウガは驚いた面持《おもも》ちで、雪乃と差し出された薬草を見比べる。

「ありがとう」

ほんのわずかな間を置いて、受け取った。

傷口を晒《さら》すためにローブを脱ごうとするが、ボタンの上を指が滑る。痛みからか、あるいは出血のせいで力が入らないのか、上手《うま》く指を動かせないようだ。

雪乃も手伝うが、小枝の指では思うように外せなかった。

ヒュウガは雪乃の小枝を離させると、裂け目に手を入れて、力業でローブを破く。顕《あら》わになった傷口。雪乃とヒュウガは揉《も》んで汁を出した特製ツワキフを、隙間なく何枚も貼り付けていく。それから切り裂いたローブを巻き付けて固定した。

傷の手当てが終わると、雪乃は再び薬草図鑑から知識を引き出して別の薬草を作り出す。基礎に選んだアエロ草は、ステゴザウルスの尻尾《しっぽ》みたいに棘《とげ》が並ぶ、肉厚の葉だ。厚みのある外皮を取り除くと、とろみの強い粘液に覆《おお》われたゼリーのような葉肉が現れる。口に入れれば咽《のど》にすんなり落ちていくので、衰弱していても呑み込めるだろう。

「造血と疲労回復の薬草です」

頭から生やした特製アエロ草を引っこ抜くと、雪乃は皮を剥《む》こうと奮闘した。けれどやはり小枝の指では難しい。

「皮ごと食ったら駄目なのか？」

「特に問題はありませんが、皮を剥《む》いたほうが食べやすいと思います」

雪乃の答えを聞くなり、ヒュウガはアエロ草を引ったくり、皮ごと齧《かじ》りついた。

「あの、棘《とげ》だけでも――」

取ったほうがよいのではないかと言おうとしたのだが、それより先に、ヒュウガはアエロ草を咀《そ》嚼《しゃく》し、そして表情を歪《ゆが》める。

「え？　毒はないはずなのですが、棘《とげ》が刺さりましたか？　大丈夫ですか？」

「だ、大丈夫だ。問題ない」

心配して慌てふためく雪乃に、ヒュウガは震える声を返す。食事をしない樹人には知る由《よし》もないが、アエロ草の外皮はとてつもなく苦い。それでもヒュウガは、なんとか噛み砕いて呑み込んだ。

「凄《すご》い味《あじ》だな。まあ、このくらいなら耐えられる」

ちらりとシナノに視線を向けてから、立ち上がる。

「まだじっとしていないと駄目ですよ」

雪乃は止めるが、彼は困惑気味に白い歯を見せて笑うと、戦線に復帰した。

「ヒュウガ？」

「ちょっと大丈夫なの？　無理しないでよ」

カイたちも慌てて声をかけるが、ヒュウガは牙のような八重歯《やえば》を剥《む》き出《だ》しにした凶悪な笑みを浮かべて、襲ってくる鎖帷子《くさりかたびら》を着た人間たちを次々と拳《こぶし》で沈めていく。

数メートル吹き飛んだ人間もいて、雪乃は飛んでいった人間たちは無事なのか心配になった。

一方、急に復活を遂《と》げた仲間の姿に戸惑《とまど》うも、カイたちは動きを止めない。二人が三人となったことで、あっという間に形勢は逆転する。鎖帷子《くさりかたびら》を着た人間たちは、全員が地に沈んだ。

「生きてますかー？」

雪乃は拾った小枝で、倒れている人間を恐る恐る突っついてみる。ぴくりと指先が動いたのを確認して、ほっと安堵《あんど》の息を吐いた。

「生きてますね。大きな怪我は……見た感じではないようですが、大丈夫でしょうか？」

大立ち回りを終えたカイたち三人は、膝《ひざ》に手を突いたり木にもたれかかったりして、呼吸を整えている。

「怪我は平気なのか？　ヒュウガ」

呼吸が落ち着いたカイが、ようやく疑問を口にした。ヒュウガの目が雪乃へ向かう。

視線を感じた雪乃は立ち上がり、三人に近付く。

「助けていただき、ありがとうございました。樹人の雪乃と申します。お近付きの印という訳ではありませんが、よろしければこちらの薬草をどうぞ。疲労回復に役立つかと思います」

先ほどヒュウガに渡したものよりも小振りな特製アエロ草を、頭から三本引っこ抜く。造血作用は必要なさそうなので、疲労回復に特化した。

すでに一度食べているヒュウガは、嬉々として受け取る。けれどカイとシナノは逡巡《しゅんじゅん》しながら手に取ると、透《す》かし見たり匂いを嗅《か》いだりした。

「心配しなくても大丈夫だぞ？　ありがたく食っとけ。疲労が一遍《いっぺん》に飛んでいく」

ためらうことなく口に放り込んだヒュウガに倣《なら》って、カイとシナノも齧《かじ》る。顎《あご》を動かしたカイの顔が、渋く歪《ゆが》んだ。

「苦い」

「あら？　面白い味ね」

シナノのほうは平気らしい。むしろ楽しそうに食べている。

「さすが味覚音痴」

呟《つぶや》いたヒュウガの鳩尾《みぞおち》に、目にも留まらぬ速さでシナノの肘鉄が叩《たた》き込《こ》まれた。

悶絶《もんぜつ》するヒュウガはさておき、雪乃のアエロ草を食べ終えたカイとシナノは、自分たちの体の変化に気付き目を見張る。

「凄《すご》いな」

「ええ、驚くべき回復力だわ」

「だろう？　俺の腹の傷なんて、ほとんどふさがったぞ？」

「は？」

カイとシナノの会話に混じってきたヒュウガの発言に、二人は揃《そろ》って音のずれた声を返した。

「軽く見ただけだが、かなりの深手だったんだぞ？　それがこの短時間でふさがるなんて」

そう疑問を口にしたカイと、彼に同意していたシナノの顔が、雪乃に向かう。

会話を聞いていた雪乃も、きょとんと驚いた様子で三人を見上げた。

「え？　凄《すご》い怪我に見えたのですが、こんなに短時間で治るものなのですか？　実は特殊メイクでしたか？」

薬草を提供した本人である樹人の台詞《せりふ》に、三人は困惑を深める。

「とりあえず移動しましょう？　話はその後で」

「そうだな」

「ああ」

混沌としてきた空気の流れを切るシナノの提案に、全員が賛成した。周囲には、未だ意識を失ったままの鎖帷子《くさりかたびら》を着た人間たちが転がっている。目が覚めれば再び襲ってくるかもしれない。

「雪乃もとりあえず一緒に移動しよう。ここは危険だ」

三人が襲われた理由も状況も、未だ理解できていない雪乃。だがカイたちが悪い人ではないことは、理解できている。

彼女は一緒に行こうと決めて頷《うなず》いた。


「――ふみゃあぁーっ⁉　葉っぱが、葉っぱがあっ！　のおおーっ！」

根《あし》の遅い雪乃は、すぐに鎖帷子《くさりかたびら》を着た追っ手たちに追い付かれてしまう。

そこでカイに抱えられて移動しているのだが、彼らの足は驚くほど速かった。風圧で葉が飛ばされそうになり、雪乃は悲鳴を上げる。

もっと速い乗り物にも慣れている彼女だが、風が直接当たるだけで、体感速度は何倍にも感じた。ついでに上下運動も加わるので、ジェットコースターなみに怖い。

「雪乃、追っ手に気付かれる。静かに」

「申し訳ありません」

カイにたしなめられ、口葉をしっかりと引き結んで悲鳴を呑み込んだものの、怖いものは怖かった。ぎゅっとカイの首筋に掴まって幹を安定させ、必死に耐える。

「大丈夫？　雪乃ちゃん？」

「はい、大丈夫れす」

気遣うように声をかけてくれたシナノになんとか答えたものの、まったく大丈夫と思える心境ではない。三人がようやく足を止めた頃には、ぐったりと萎《しお》れていた。

「三半規管はないはずなのに酔うとは。いったいこの体は、どうなっているのでしょう？」

疑問を声にしながら地面に下ろしてもらった雪乃は、ふらふらと覚束ない根《あし》で歩く。柔らかく栄養もありそうな腐葉土《ふようど》を見つけると、考えるよりも先に根が伸びて、地中から水分と栄養を補給し始めた。

「さて、改めて自己紹介をしよう」

そう言ってカイは深く被《かぶ》っていたフードを脱いで、濡れたように艶《つや》やかな烏羽色《からすばいろ》の髪を晒《さら》した。

雪乃の視線は彼の頭の、さらに上で止まる。ぴょこんと尖《とが》った犬のような耳が、髪の間から生えていたのだ。

シナノとヒュウガもフードを外す。蜂蜜色《はちみついろ》のふわふわとした長い髪をしたシナノの頭にも、錆色《さびいろ》の髪を短く切っているヒュウガの頭にも、犬のような尖《とが》った耳が生えていた。

「獣人さんだったのですね？　犬さんですか？」

雪乃が聞いた途端に、三人の周囲の空気がぴりりと棘《とげ》を宿す。

「雪乃？　俺たちは狼獣人だ」

「はひ⁉　申し訳ありません。狼さんは見たことがありませんでしたので、間違えてしまいました。狼さんのお噂《うわさ》は聞いております。家族を大切にする、素晴らしい種族だとか」

「気にしなくていいのよ？　大陸で獣人に会うことなんて中々ないもの」

反射的に謝罪して狼への印象を付け加えると、シナノが嬉しそうに微笑《ほほえ》む。カイは表情にこそ目立った変化はないが、ローブの下で尻尾《しっぽ》が嬉しそうに揺れる。ヒュウガは満更でもなさそうな顔で頷《うなず》いた。

獣人の種類を間違えると逆鱗《げきりん》に触れることになるのだと、雪乃は心に刻んでおく。

「ところで先ほどの方々は、いったいなんだったのでしょうか？」

話題を変えるように雪乃が問うと、三人はしかめた顔を見合わせる。それからおもむろに、カイが事情を説明し始めた。シナノはヒュウガに声をかけてから、茂みの奥へ入っていく。

「雪乃は今までに、人間と関わったことは？」

問い返されてしまい、雪乃は考える。この世界に来る前は、人間として生活していた。だが、それに関しては除外して答えるべきだろう。枝上の幹《くびび》を左右に振って答えとする。

一つ頷《うなず》いたカイは、人間と獣人との関係を説明してくれた。

「獣人は人間たちから差別を受けている。中には奴隷のように扱う輩《やから》や、珍しいペットとして手に入れようとする輩《やから》もいるんだ」

告げられた内容に驚いて、雪乃はカイを凝視する。頭の上にちょこんと生える耳と尻尾《しっぽ》以外は、人間と変わらない姿だ。

「獣人が捕まっていると聞いて助けに行ったつもりが、罠でな。まんまと嵌《は》まって捕まった」

ヒュウガが困ったような恥ずかしそうな顔をして、頬を掻《か》く。

「それで俺とシナノが救出に向かった」

そうして救出には成功したが、衰弱したヒュウガを連れての逃走では歩みが遅く、追い付かれて争いになったようだ。

雪乃は自分の小枝を見る。皮膚や爪はなく、人間とは異なる細く硬い木の指だ。でも人間と同じ五本の小枝がある。

「姿が少々違うだけだというのに、人間とは不思議な思考回路ですね」

雪乃が生きていた世界には、獣人や樹人といった、人間と明確に区別できる外見の人族は存在しない。それでも肌の色や宗教、国籍など、違う部分を見つけては差別行為が繰り返された。

はふうっと呆《あき》れるように嘆息する雪乃も元人間なのだが、彼女の本来の姿を知らないカイとヒュウガは、困惑し、苦笑した。獣人と人間の違いを、少々と言える者は少ないだろう。

「雪乃に話す内容ではなかったかもしれないが、憶えておいてほしい。獣人ですら酷《ひど》い扱いを受けることがある。だから……」

カイは最後まで言えずに、気まずそうに雪乃から視線を逸《そ》らす。それでも充分に彼が伝えようとしている意味を察した雪乃は、頷《うなず》いた。

「はい。気を付けます。教えてくださってありがとうございました」

人間に近い姿を持つ獣人ですら、まともに人として扱われないのだ。獣人よりも人間から離れた姿を持ち、さらに魔物と分類される樹人が、どのような扱いを受けるのか、容易に想像がつく。

「俺たちはそういった垣根をなくしたいと思っているのだが、道のりは遠い」

重くなった空気を吹き飛ばすようにカイは明るい声を出し、雪乃の頭をぽんぽんと優しく撫《な》でた。

「カイさんたちは、魔物に対して偏見がないのですね？」

「魔物にもよるが、基本的には普通の獣《けもの》と変わらない扱いだな。人間たちみたいに、魔物全てが悪だとは思わない。雪乃のように意思の疎通ができるのであれば、なおさらだな」

カイたちの故郷では、魔物を馬や牛みたいに移動や畑を耕すのに用いることもあるという。

「正直に言えば、人間たちがなぜここまで魔物を嫌悪するのか理解できない。怒らせれば危険だが、縄張りを荒らしたり、刺激したりしなければ、襲ってくることは滅多にないのにな」

どうやら人間と獣人では、考え方なども違うようだ。

「先ほど魔王と仰《おっしゃ》っていましたが、耳と尻尾《しっぽ》だけでなく、カイさんたちは魔王をご存知なのですか？」

雪乃が問うと、カイとヒュウガは苦い顔を見合わせた。

魔王になるつもりはないが、情報収集は大切である。

「俺たちも詳しくは知らない。そもそも魔王と呼ばれる存在は、人間たちが住む大陸でしか生まれない。俺たち獣人とは関係のない存在だ」

カイの説明に、ヒュウガも同意するように頷《うなず》く。

話が一段落した辺りで、シナノが帰ってきた。手には仕留めた獣《けもの》が握られている。

「雪乃ちゃんは、お肉を食べられる？」

「いいえ。私は地中に根を張って栄養を吸収するので、土さえあれば食事は不要です」

「そう」

雪乃に確認してから獣《けもの》を捌《さば》こうとしたシナノだったが、その前にヒュウガの手が伸びて獲物を奪い取った。手早く解体すると、カイが掌《てのひら》に出した野球ボール大の火球で焼く。

一連の作業を見てしまった雪乃は、幹《くび》を竦《すく》めた。この世界に来て初めて魔法というものを目にしたのだが、そのことに興奮する余裕などない。

肉を食べる文化は日本にもある。しかしすでに解体された状態で売られている社会で生活していた彼女は、生きていた動物が食肉となるまでの過程を目《ま》の当《あ》たりにした経験はなかった。

生々しい光景は予想以上に衝撃が大きくて、雪乃は申し訳ないと思いながらも、カイたちが食事を終えるまで、三人から距離を取ってしまった。

怯《おび》える雪乃の姿を見て、獣人たちは困ったように渋い顔を見合わせる。

「雪乃、大丈夫か？」

食事を終えたカイは雪乃の傍《かたわ》らに座り、顔色を窺《うかが》おうと覗き込んできた。ふるふると震えている樹人の子供は、葉を元気なく萎《しお》れさせている。

「その、俺たちは肉食系の獣人だから、動物も食べないと生きてはいけないんだ」

「大丈夫です。動物が捌《さば》かれる様子がちょっと衝撃的だっただけで、必要なことだって分かっていますから。嫌な気分にさせてしまって、ごめんなさい」

雪乃だって人間だった時には、命を食べていたのだ。食事の最中に怯《おび》えた態度を取った、自分のほうに問題があることは分かっている。

そう頭では理解していても、心は思うようにいかない。

「次からは、雪乃の前で捌《さば》くのは控えよう」

「大丈夫です。お気になさらないでください」

迷惑はかけられないと、慌てて顔を上げた雪乃の頭を、カイはぽんぽんと優しく撫《な》でる。

「無理はするな。それに血を流せば魔物が寄ってくる。野営地で捌《さば》くのは失態だった。さあ、明日も早い。そろそろ寝よう」

獣人たちは脱いだローブを草むらに敷き、その上に横になる。カイが広げたローブの上を軽く叩《たた》いて、雪乃を隣に誘った。けれど雪乃は、枝上《くび》の幹を横に振って断り、土に根を張る。

呆気に取られて見ていた獣人たちは、「そういえば、樹人だったな」などと呟《つぶや》き、辺りが暗闇に包まれる前に眠りに就《つ》いた。


「ここまで連れてきちゃったけど、雪乃ちゃんはこの森に棲《す》んでいるのよね？　群《むれ》から離れちゃったのじゃないかしら？　大丈夫？」

日が昇る前に移動を開始したカイたちに連れられて、雪乃も移動していた。まだ追っ手の危険があるということで、本日も雪乃はカイに抱きかかえられての移動である。

昨日ほど本気で走っているわけではなく、彼らとしては軽いランニングをしている程度のペースらしい。それでも充分に速い。もしも前日の疾走がなければ、雪乃は恐怖を感じていただろう。

「確かにこの森の近くで生まれましたが、旅立つ予定でしたので問題はありません。ところで樹人とは、群《むれ》で生活するものなのですか？」

今さらな質問をすることに苦笑を浮かべていたシナノたちだったが、雪乃の答えを聞くなり、表情が強張《こわば》った。樹人自身から樹人の生態について質問されるとは、思っていなかったのだろう。

「雪乃？　旅立つってなんだ？　いやそれよりも、群《むれ》の中で育たなかったのか？」

三人から注目されて、雪乃はきょとんと動きを止めると、「私、自分以外の樹人には、まだお会いしていません」と、正直に答えた。カイたちの表情が哀れむようなものに変わったが、生粋《きっすい》の樹人ではない雪乃には、群《むれ》に所属しない樹人の問題点が分からなかった。

「この森に、樹人の群《むれ》はないのか？」

「はて？　私が歩いてきた限りでは、見当たりませんでした」

「雪乃ちゃん、最初の記憶ってある？」

カイに次いでシナノにも問われ、雪乃はこくりと頷《うなず》く。

「真っ暗な土の中でした」

「土の中」

三人の声が重なった。

「私たちでたとえるなら、お腹の中にいた頃っていうことかしら？」

「樹人は生まれる前から記憶があるのか」

戸惑《とまど》う三人の会話に、雪乃も心の中で同意する。彼女だって人間として生まれてきた時の記憶は持っていない。

「樹人って、どうやって生まれるんだ？」

そんな疑問をヒュウガが口にした。

「団栗《どんぐり》から生まれました」

「団栗《どんぐり》」

三人の声が、またもや綺麗に重なった。

樹人が団栗《どんぐり》から生まれることは、あまり知られていないようだ。

「つまり、樹人の団栗《どんぐり》を鳥か何かがこの森に運んできて、雪乃は群《むれ》から離れて一人で発芽してしまったわけか」

カイの推論に、シナノとヒュウガも納得したように頷《うなず》いたが、どこか納得しきれていない表情をしていた。

「そういえば雪乃ちゃん、あの薬草は本当に助かったけど、頭から生やしていなかったかしら？」

微妙な空気を掃《は》き出《だ》すように、シナノが話題を変える。

「はい。必要数を集めた薬草は、自分で生やすことができるのです。こんな風に」

「わー？」

綺麗なチャチャの花を咲かせようと思った雪乃だったが、現れたのはマンドラゴラだった。獣人三人の目が、雪乃の頭から葉と上半身を突き出すマンドラゴラに集中する。

「わぁー」

三人に見つめられたマンドラゴラは、ほんのり赤らめた根を恥ずかしそうにくねらせた。

カイたちから表情が抜け落ちていく。周囲の空気はさらに珍妙なものへと進化を遂《と》げた。

森の中を走りながらのよそ見は危険であるが、ちゃんと木々を躱《かわ》しながら走る彼らは、中々に器用である。

「は？　それってマンドラゴラだよな？　薬草だよな？」

「マンドラゴラね。動きはするけれど、植物よ？　意思はないはず」

ヒュウガとシナノは混乱している。どうやら二人の知るマンドラゴラは、ただ走るだけで、自己主張はしないらしい。

「樹人が喋《しゃべ》れるということも初めて知ったが、マンドラゴラも意思の疎通ができたのだな。よろしく頼む。カイだ」

「わー」

一人カイだけは、目の前の出来事を素直に受け入れていた。他の二人から宇宙人でも見るような目を向けられているが、彼もマンドラゴラも気にしない。

「それにしても、雪乃ちゃんの薬草には驚いたわね」

「ああ。治癒魔法に匹敵する、いや、それ以上の回復力だったな」

マンドラゴラショックから立ち直ったシナノとヒュウガが、会話に戻ってきた。話も戻る。

頭のどこかで、ゲームの世界だから現実と違って薬草の効果が即出たのだろうと思い込もうとしていた雪乃だったが、この世界でも異常だったたことに気付く。

しかし彼女が食いついたのは、他の部分だ。

「治癒魔法！」

剣と魔法の世界を舞台としている『無題《むだい》』だが、雪乃はまだ魔法の使い方を知らない。

薬草を頭に生やしたりかけ合わせたりするのも魔法の一種である気がするが、やはり呪文を唱えたり杖《つえ》を振ったりして奇跡を起こす魔法に憧れる。

声を昂《たかぶ》らせた雪乃に、獣人たちは目尻を下げた。

樹高一メートルほどのこの樹人は、外見もさることながら、世間の常識もほとんど身に付けていない。彼らには幼い子供のように映る。獣人に対する恐怖や侮蔑《ぶべつ》といった感情を持たず、純粋な好奇心を浮かべて耳や尻尾《しっぽ》をじっと見つめている様子などは、愛らしく思えた。

「雪乃は魔法に興味があるのか？」

「はい！」

勢いよく答えた雪乃に、カイは大きく頷《うなず》くと微笑《ほほえ》む。精悍《せいかん》な顔付きで近寄り難い雰囲気を帯《お》びているカイだが、笑顔になれば途端に優しい雰囲気に変わる。

「魔法については、どのくらい知っている？」

問われて雪乃は枝上《くび》の幹を斜めに傾《かし》げた。

魔法という概念は当然知っている。様々な創作物に登場する、不思議な力のことだ。

共通する部分は多いけれど、それぞれの作品によって違いはある。この世界の魔法がどういったものなのかは、まったく分からない。

考え込んだ雪乃を見て知識はないと判断したのだろう。カイは初歩的な説明から始めた。

「命あるものには魔力が流れている。魔力を糧《かて》として聖霊の力を借り、発動させた現象が魔法だ」

雪乃を左腕だけで支え、右の掌《てのひら》を上向けると、野球ボールほどの火球を出現させる。

「おお！」

昨夜も目にしているはずなのだが、獣《けもの》の解体に気を取られてまともに見ていなかった雪乃は、突然現れた火球に歓声を上げた。

カイは満足そうに頷《うなず》いてから、軽く握り込むようにして火球を消す。

興奮してはしゃいでいた雪乃だが、ふと気が付いて、項垂《うなだ》れるように葉を萎《しお》れさせた。

「私、樹人なんです。火を出したら、燃えてしまわないでしょうか？」

生木なのでそう易々《やすやす》と着火しないだろうが、木は燃えやすい。自分の魔法で出現させた火では燃えないのかもしれないものの、一抹《いちまつ》の不安が過《よぎ》った。

カイも想像したのだろう。困ったように表情をしかめる。しかしすぐに苦笑を零して説明を続けた。

「俺は火魔法が得意だが、シナノは水魔法を、ヒュウガは土魔法を使う。雪乃は治癒魔法が使いたいのだろう？　だったら危険はないさ」

雪乃の頭をぽんぽんと撫《な》でて、慰《なぐさ》めるような声を出した。

言われてみればその通りだと、雪乃は気を取り直して顔を上げる。けれどカイは眉尻《まゆじり》を下げて、気の毒そうな顔で雪乃を見ていた。

「とはいえ、適性がない魔法は使えないのだがな。俺たち三人とも、治癒魔法を使うために必要な光属性の魔力は扱えない。だから残念だが、教えてやることもできない」

雪乃が視線を動かすと、シナノとヒュウガも困ったように苦笑を浮かべている。

どうやら治癒魔法をすぐに習得するのは難しいようだ。浮上していた雪乃の気持ちが沈んでいき、再び葉先から元気を失っていく。

「そんなに落ち込むな、雪乃。まだ試してもいないのだから」

そう言ってカイが励まそうとしたのだが、「残念だけど、樹人が魔法を使うという話は聞かないわね」と、シナノが頬に手を当てて呟《つぶや》いた声が、しっかりと雪乃の聴覚に届いた。

ずーんと落ち込んで萎《しお》れてしまった雪乃を慰《なぐさ》めようと、カイは雪乃の頭をせっせと撫《な》でる。撫《な》ですぎて、葉が擦《す》り切《き》れそうだ。

「気にするなって。治癒魔法が使えなくても、薬だって貴重なものだからな？」

「ヒュウガの言う通りだ。雪乃の薬草はとても素晴らしい。俺たちも助かった」

「そうね。雪乃ちゃんの薬草がなかったらと想像すると、ぞっとするわ」

称賛のこもったカイの瞳には、小さな樹人の姿が映っている。ヒュウガとシナノも、感謝を含んだ優しい眼差《まなざ》しを雪乃に向けていた。

「お役に立てて嬉しいです」

雪乃はほんのりと紅葉した葉を、さわりと揺らす。

雪乃の気持ちが浮上したと見て取ると、獣人たちは安心して温かく笑った。しかしすぐにその表情が、真剣なものに変わる。

「だが、雪乃。君が作った薬草は、あまり使わないほうがいい」

足を緩めたカイの重苦しい雰囲気に、雪乃はたじろぐ。

「あれほどの薬草を作ると知られたら、雪乃を狙う者が現れることは容易に想像できる。それでなくても君は人間ではない。厳しい言い方かもしれないが、もっと自分の置かれた立場に危機感を持ってほしい」

樹人というだけでも魔物として討伐される危険が付きまとうのに、どうやら雪乃はレアアイテムを所有する、希少な魔物に昇格したようだ。これから自分を取り巻くかもしれない状況を思い浮かべて、ふるりと震えた雪乃だが、ここで指摘してもらえてよかったと、前向きに考え直した。

「分かりました。気を付けます。教えてくださってありがとうございます」

「ああ。だが素晴らしい能力だということは憶えておくんだ」

「はい」

元気に答えた雪乃に、カイは微笑《ほほえ》んで頷《うなず》いた。

「丁度《ちょうど》いい。この辺りで少し休憩にするか」

ヒュウガの指示で、三人は緩めていた足を止めて適当に座り込む。雪乃も土に根を張って、水分と栄養を補給する。そして一息つき、さわりと葉を揺らして、はっと気が付いた。

樹人の雪乃は根を張れば栄養が取れるが、獣人の三人はそうはいかない。シナノが魔法で出した水で咽《のど》の渇きを潤《うるお》しているが、食事は獲物を狩る時間が惜しいと、夜と朝しか取っていなかった。

「皆さん、カカの実はお好きでしょうか？」

きらりーんっと葉をきらめかせて、雪乃は問いかける。

カカの実は柿に似た、甘くて美味《おい》しい果物だ。本来は秋に実るのだが、季節を問わずに花が咲き実を結ぶらしい始まりの森で採取できた。その際、喜び勇んで枝に生《な》らせた雪乃は、黒い鳥に襲われて奪われるという、トラウマになりそうな目に遭《あ》っている。ちなみに入手した薬のレシピは、しゃっくり止めだ。

「秋になると、庭に生《な》っているカカをよく食べるな」

「カイは昔から好きよね？　子供の頃に、山に生《な》っているシブカカを食べて、もがいていたし」

シブカカは、歯を立てただけで一日中口の中が渋味に襲われるという、恐ろしい実である。しかし皮を剥《む》いて紐《ひも》に吊《つる》し、しっかりと干せば、甘味の強い干しカカになる。

自分の失敗談を聞かせまいと思ったのか、カイは雪乃の耳をふさぐように彼女の頭を両手で挟んだ。その努力も虚《むな》しく、雪乃の聴覚に変化はなかったのだが。

空気の読める雪乃は聞こえないふりをすることにして、素知らぬ顔で枝に意識を集中する。枝先に白いカカの花が咲き、実が結ばれていく。

大きくて艶《つや》のある立派なカカの実に育つと、雪乃は自ら収穫して三人に差し出した。

「ありがとう。この時期に食べられるとは思わなかった」

カイは笑顔で受け取ってくれたが、ヒュウガとシナノは真顔で自分たちの掌《てのひら》に乗ったカカの実をしげしげと凝視する。

「樹人ってのは便利なんだな。とはいえこれ、雪乃の一部だよな？」

「そうね。雪乃ちゃん、こんなに簡単に生やしてくれて大丈夫なの？　体調に変化はない？」

「大丈夫ですよ？　遠慮なく食べてください」

葉をきらきらときらめかせて、嬉しそうにしている小さな樹人。

三人は貰ったカカの実を、ありがたくいただく。

「それで、旅立つという話だったが、雪乃はどこに行く予定だったのだ？」

カカの実を食べながら、カイが問うてきた。

「明確な目的地はないのですが、目標は、世界中の薬草を集めることです」

小枝《て》をぐっと握りしめて決意を表す雪乃。カイは食べかけのカカに視線を落としながら、感心したように頷《うなず》いた。

「樹人の中には植物を育てる者もいるとは聞いていたが、思っていた以上に貪欲《どんよく》に知識を求める種族だったのだな」

「はて？　どうなのでしょう？」

「違うのか？　ああ、他の樹人に会ったことがないから、分からないのか」

「はい」

自分の無知さにしょんぼりと萎《しお》れる雪乃を慰《なぐさ》めるように、カイが優しく頭を撫《な》でる。

「シナノ、お前は何か知っているか？」

「少しはね。でも樹人の多くは生まれた森で暮らすと聞いたわ。旅をする樹人は珍しいのではないかしら？」

「そうなのですね」

中身が人間なのだから仕方ないが、どうやら樹人としては風変わりな行動をしているようだ。シナノたちに樹人について教えてもらいながら、雪乃は改めてそう思うのだった。

「だが世界中を旅するとなると、雪乃を連れて帰ることは難しいか」

カカの実を食べ終えて、再び雪乃を抱えて走り出したカイが、ぽつりと零す。

「カイさんたちは、どこに行くのですか？」

いずれ別れるにしても、居場所を聞いておけば訪ねていくこともできるかもしれない。

「海を渡った東の果てだ。種族にこだわらずに受け入れるから、雪乃も暮らしやすい場所だと思う。けれど一度入ると中々出国できない。世界中を旅するのならば、今は来ないほうがいいだろう」

そう簡単に会いに行ける場所ではないと知り、しゅんっと雪乃は葉を萎《しお》れさせて項垂《うなだ》れる。せっかく仲良くなれたのだ。別れは辛《つら》い。

彼女の気持ちを汲《く》み取ったカイが、優しく頭を撫《な》でる。

「しかし今の雪乃が一人で旅をするのは反対だ。人間の世界の常識を知らないようだし、何よりその姿だ。森を抜けても、しばらくは一緒にいないか？　森の向こうまでは追っ手も来ないだろうから、少しは落ち着けるだろう」

カイの言う通り、雪乃はこの世界について何も知らない。この世界で生まれ育った人が、初めのうちだけでも行動を共にして色々と教えてくれれば、どれだけ心強いだろう。

「よろしくお願いします」

カイに抱きかかえられたまま、雪乃は三人に向かってぺこりと頭を下げた。

「わー！」

ひょこんと出てきたマンドラゴラも、一緒に葉を下げる。

雪乃には温かい眼差《まなざ》しを向けていたシナノとヒュウガの表情が、マンドラゴラに対しては真顔になった。まだ彼らの存在に慣れないようだ。

「こちらこそ、よろしく頼む」

空気を読まないカイが返すと、ヒュウガもシナノも意識を雪乃に戻してカイに続く。

「困ったことがあったら遠慮なく言ってくれ」

「野暮な男ばかりだけど、私もいるから安心してちょうだい」

「お前が言うのか？　シナノ」

「あら、どういう意味かしら？　ヒュウガ？」

顔をしかめるヒュウガに対して、刺々《とげとげ》しい視線を向けるシナノ。噴き出した雪乃に釣られるように、三人も笑い出す。

追われている身だというのに、彼らの心には余裕があった。もう充分に追っ手を引き離しているのだろう。そうは思いつつも微《かす》かな不安を覚えて、雪乃は後ろを振り返る。

「俺たちの鼻は一キロ先の匂いも嗅《か》ぎ分《わ》ける。近付けば分かるから心配しなくていい」

「まあ雪乃が助けてくれなかったら、怪我で動きは遅いわ血痕を追跡されるわで、ちょっと危なかったかもしれないがな」

雪乃の心を読み取ったカイがすぐに不安を払拭《ふっしょく》する言葉を口にし、ヒュウガは快活に笑う。

何度か休憩を挟みながら日が傾くまで移動を続け、夜になると揃《そろ》って森の中で眠った。

朝が来ると、周囲の匂いや音を確認したシナノとヒュウガが、もう追っ手は気にしなくても問題ないだろうとの判断を下す。

追っ手の心配が消えたので、今日は雪乃も自分の根《あし》で歩く。小さな雪乃の根《あし》は遅く、歩みを遅らせていることは一目瞭然《いちもくりょうぜん》である。申し訳なく思うが、カイたちは雪乃を急《せ》かそうとはしなかった。

「疲れたら言うんだぞ？」

「はい、大丈夫です」

小枝と手を繋いでいるカイから気遣われて、雪乃は微笑《ほほえ》むようにさわりと葉を揺らす。カイも柔らかく笑みを返してくれた。

そして日が暮れる前に、雪乃たちは森の端が見える場所まで辿《たど》り着《つ》く。しかしそのまま森を抜けることはせず、カイとシナノは雪乃をヒュウガに任せて、茂みの奥に入っていった。

夕食となる獣《けもの》を狩りに行くのだろうと見送った雪乃だったが、戻ってきたカイとシナノの手には、肉の他に見慣れない麻袋がある。どうやらヒュウガを救出に行く前に、荷物を隠していたらしい。

「今夜はここで野宿をして、明日は人間の町に入る。必ず護るから心配するな」

「はい。よろしくお願いします」

笑顔を向ける三人に、雪乃も葉をきらめかせてお辞儀した。


翌朝。まだ早い時間から、カイたちがごそごそと動いていた。目を覚ました雪乃は、慌てて後ろを向く。カイとヒュウガが麻袋の中から服を取り出して、着替えていたのだ。

「さすがに黒ローブの集団だと目立つからな」

雪乃が起きたことに気付いたカイが、自分たちの格好を確認しながら説明した。カイはまたしてもフード付きの服だが、ヒュウガはローブを脱いでいる。

質素なシャツに、だぼだぼのズボンを穿《は》き、頭と腰には布を巻いていた。筋骨隆々《きんこつりゅうりゅう》とした体躯《たいく》に顔の古傷も相まって、海賊みたいだ。

茂みの中から出てきたシナノは、ズボンの上に華やかな色をした薄手の巻きスカートを、頭にはストールを巻いて、お洒落《しゃれ》なお姉さんに様変《さまが》わりしていた。

二人が着けている頭と腰の布は、尻尾《しっぽ》と耳を押さえて目立たなくするためのようだ。

「カイはローブを脱いじゃ駄目よ？　まだ耳と尻尾《しっぽ》の制御ができないんだから」

「分かっている」

獣人は感情によって耳や尻尾《しっぽ》が動く。未熟さを指摘されたカイは、不機嫌そうに睨《にら》み返《かえ》した。

「雪乃ちゃんは、とりあえず私のローブを着ておいてくれるかしら？」

全身を隠さなければならない雪乃は、ローブ姿のほうが安全だろう。すんなりと頷《うなず》いた雪乃に、シナノのローブが着せられた。

生粋《きっすい》の樹人であれば、服を着るなど嫌がるかもしれない。しかし雪乃は本来人間である。少しばかり葉がごわごわしたが、問題なくローブをまとう。

「ぶかぶかだな」

大人用のローブは、引《ひ》き摺《ず》るというレベルではないほど大きすぎた。

「詰《つ》めてもいいが、どうせすぐ町だ。早めに何か買おう」

「お手数をおかけします」

ぺこりと頭を下げると、カイにひょいっと抱き上げられた。そのまま森を抜け、町に入る。

「さて、ここからは人間の世界だ。正体に気付かれないように、気を付けるんだぞ？」

「はい」

人間に魔物だからと剣を向けられた出来事を思い出して、雪乃はちょっぴり怖《お》じ気《け》付きそうになる。しかしすぐにこの優しい獣人たちと一緒ならば、恐れることはないと思い直した。

それにしてもと、雪乃は冷静になって振り返る。

子供扱いをされているが、人間の雪乃はこんな風に抱き上げてもらう年齢ではない。恥ずかしく感じるが、自分の姿を見下ろして、そんな思考を彼方《かなた》に追いやった。

今の雪乃は、小さな樹人なのだから。

町に入ると道の両端に、乳白色をした二階建ての家が立ち並んでいた。その中には一階が店舗になっている家もある。

あまり大きな町ではないようだが、一通りの物を揃《そろ》えるには充分な規模だ。

小さな樹人は初めて見る人間の町に浮かれ、獣人たちの知らない珍しい歌を口ずさむ。それが異世界の曲だとは思いもよらないだろう彼らは、魔物たちには自分たちとは違う文化があるのだろうと、勝手に納得していた。

「ここがよさそうね」

一軒の古着屋に目を付けたシナノが、先陣を切って入る。雪乃を抱えているカイと、ヒュウガも続いた。

普段着からお洒落着《しゃれぎ》まで、ぎっしりと積み上げられたり、ぶら下げられたりしている。シナノは子供服が置かれている一角に進むと、もの凄《すご》い速度で選別を始めた。

「くっ、このワンピース可愛いわ。でも雪乃ちゃんには着せられないわね」、「もっとお洒落《しゃれ》なローブはないの？」などと、何かと戦っているような鋭い声が聞こえてくる。

「外で待っているか？」

「そうだな」

自分の服を選んでもらっているのだ。シナノ一人を残していくことに雪乃は抵抗を感じた。だがシナノからは、般若《はんにゃ》の幻影が見えそうな恐ろしい気配が漂《ただよ》っている。

ふるりと震えた雪乃は、カイとヒュウガに従って店を出た。

待っている間、二階の窓辺に花の咲いた植木鉢を飾っている家を見つけ、なんの花だろうかと眺める。しかし確かめる前に、カイの大きな手が雪乃の頭を軽く押さえた。

「あまり上を見ていると、顔が見えてしまう」

彼は雪乃の耳元でそっと囁《ささや》くと、フードを深く被《かぶ》り直《なお》させる。

「ごめんなさい。ありがとうございます」

雪乃が謝罪とお礼の言葉を述べると、カイはどこか切なげな表情で口元に弧を描く。

「本当はなんの遠慮もなく、自由に見物させてあげたいのだが」

「充分に楽しいです」

きらきらと葉を輝かせて喜びの感情を顕《あら》わにする雪乃に、カイも表情を緩めた。

「雪乃ちゃん、可愛いローブを見つけたわよ？　着てみて」

古着屋から出てきたシナノが笑顔で掲《かか》げたのは、若緑色をした子供用のローブだ。フードには猫の耳が付き、腰には尻尾《しっぽ》が付いている。

「可愛いですね」

雪乃は嬉しそうに葉を輝かせた。

「でしょう？　でも本当は、狼があればよかったのだけれど」

どうやら狼獣人であるシナノは、猫であることが不満らしい。それでも楽しそうに雪乃を物陰に連れていき、着替えさせる。

にゃんこローブは雪乃には大きく、袖は枝がしっかり隠れ、根も見えない。小枝や顔を見られれば騒ぎになると考えて、わざわざ大きめのローブを選んでくれたのだろう。

シナノの気遣いが嬉しくて、雪乃は葉をきらめかせた。

「似合いますか？」

「ええ、可愛いわよ」

買ってもらったばかりのにゃんこローブを着て、くるくると回る。どう見ても小さな子供が、新しい服にはしゃいでいるようにしか見えない。

「こんな可愛い子と知り合えるなんて。ヒュウガ、いい仕事したわね」

「好きで捕まったわけじゃないからな？」

笑顔で親指を立てるシナノに、ヒュウガは肩を落として頭を掻《か》く。仲のいい二人を見てふふっと笑う雪乃の頭を、カイが撫《な》でた。

準備の整った雪乃は、カイに小枝《て》を引かれ、町の中を進んでいく。

「ここだ」

剣とドラゴンの紋章が描かれた旗が掲《かか》げられている店の前で、カイが足を止めた。木製の扉を開けると、からりと木片同士がぶつかる音が響く。

なんの店だろうかと好奇心を覗かせながら、雪乃はカイに連れられて中に入る。シナノとヒュウガも二人に続いた。入ってすぐにカウンターがあり、受付の男が座っている。その奥には事務仕事に精を出している人間たちの姿も見えた。

視線をカウンターとは反対側の壁へ動かすと、掲示板にメモが張り出され、何人かの人間たちが熱心に見ている。店というよりも、市役所や職業安定所のほうが近い雰囲気だ。

「ここは？」

「冒険者ギルドだ。登録していると、色々な仕事を斡旋《あっせん》してくれる」

雪乃の疑問に答えたカイは、カウンターに進み出て、小さな金属板を受付の男に差し出した。シナノとヒュウガも、同じような金属板を差し出す。

「タバンの港方面への護衛依頼を」

金属板を確認した職員は少し驚いた顔をした後で、カウンターの下から書類の束を取り出した。

その中から一枚を抜き出し、提示する。

「高ランクの護衛が見つかり次第、出発するという依頼です」

三人は書類を覗き込んで内容を確認すると、目で頷《うなず》き合《あ》う。

「ではこの依頼を」

「明朝の出立《しゅったつ》で構いませんか？」

「ああ。頼む」

手続きをして前金などを受け取ると、カイたちは雪乃を連れて冒険者ギルドの建物を出た。

「さて、金も手に入ったことだし、今夜は宿に泊まれるな」

「久しぶりにお風呂に入りたいわ。温泉付きの宿なんてないかしら？」

「温泉どころか風呂も無理だろうな。諦めろ」

ヒュウガに即答されて、シナノは不満そうに唇を尖《とが》らせる。

「この辺りのお宿には、お風呂は付いていないのですか？」

日本だと風呂がない宿のほうが珍しい。不思議に思って聞いた雪乃に、カイが頷《うなず》く。

「風呂に浸《つ》かるという文化がないわけではないが、大陸は雨が少なく、使える水の量が限られる地域が多い。宿では井戸を借りるか、桶《おけ》一杯分の湯か水を貰って体を拭くのが一般的だな」

水が豊富な日本に住んでいると、当たり前のように毎日お風呂に入る。しかし地球でも、コップ一杯の水でさえ、貴重な品として扱われる国もあった。

「それにしても雪乃、樹人は湯に浸《つ》かれないだろう？　よく風呂を知っていたな？」

カイはその知識に感心して聞いたのだが、正体を隠している後ろめたさのある雪乃は、そっと顔を逸《そ》らす。

「お猿さんに聞きマシタ」

「そうか」

嘘を重ねてしまったと心を痛めながら、カイに小枝《て》を引かれるまま歩いた。

温泉に浸《つ》かる猿というのは、日本独特といってもよい光景だ。そんな言い訳で納得したということは、カイたちの故郷にも温泉に浸《つ》かる猿がいるのかもしれない。

「あそこでいいんじゃないか？」

見つけた宿屋をヒュウガが示す。特に問題はなさそうなので、一行はその宿に泊まることにする。

宿は一階が食堂になっていた。夕食にはまだ早い時間帯だが、宿泊客だけではなく、地元の人間と思われる客たちも食事を楽しんでいる。

どうやらメインは食堂で、空いている部屋を宿として貸しているという経営スタイルのようだ。

カイたちは宿泊の手続きを済ませて荷物を部屋に置くと、食堂に戻った。

樹人の雪乃は食べられないのだが、部屋に一人で残すことを三人が嫌がったのと、本人も異世界の料理に興味があったため、一緒にいる。

隅の机を選んだカイたちは、雪乃を他の客から見《み》え辛《づら》い、奥の席に座らせた。すぐにカイたちの視線は壁に向かう。文字らしきものが書かれているので、お品書きだろう。雪乃も眺めてみたが、日本語とは違う文字のため読めなかった。他の机に並ぶ料理を見てみると、肉を中心に、野菜などを加えて焼いたり炒めたりしたものが多い。見た目は地球の料理とあまり変わらないようだ。

しばらくすると、獣人三人の前に分厚い肉の塊《かたまり》が並んだ。

「やっぱりちゃんと調理されている肉は美味《うま》いな」

ナイフで大きめに切った肉を頬張りながら、ヒュウガがしみじみと呟《つぶや》く。獲物自体も異なるが、きちんと下拵《したごしら》えをして適切に焼かれた肉と、狩ったその場で焼いただけの肉では違いが出るようだ。

四人は食事を終えると部屋に戻った。飾り気のない簡素な部屋には、二つの寝台だけが置かれている。

「そっちはカイと雪乃ちゃんが使えばいいわ。ヒュウガは床でいいわよね？」

「ああ」

シナノの一方的な指示を聞いても、ヒュウガは文句一つ言わない。彼の扱いが悪くないだろうかと雪乃が気の毒そうな視線を送ると、苦笑が返ってきた。

「気にしなくていいぞ？　俺は元々、板間で寝ることが多いからな。寝台は却《かえ》って落ち着かん」

「飲んでそのまま眠っちゃうのよ」

ヒュウガの言葉を聞いて雪乃が小幹《こくび》を傾《かし》げていると、シナノが補足してくれる。酒に酔っぱらって所構わず眠ってしまうのかと納得しかけた雪乃だったが、ふと疑問を覚えて問うてみた。

「お二人は、一緒に暮らしているのですか？」

「そうよ。父が里一番の武人で、ヒュウガは子供の頃に内弟子になったの。だから兄妹弟子どころか兄妹みたいなものね」

「お前なあ。俺がいないと誰が飯の支度とかするんだよ？　さっさとお嫁さんを貰って独立すればいいのに」

「あら？　私がするわよ？」

さらりとシナノが答えると、ヒュウガだけでなくカイまでが真顔になってシナノを見る。

「冗談でもやめろ。死人が出かねん」

「ヒュウガに同意する。やめろ」

「失礼ね」

意気投合する男二人に対して、シナノは頭から角が生えそうな怒気《どき》をまとう。

つまり彼女は、料理が苦手なのだなと解釈した雪乃だが、カイとヒュウガの反応は少し過剰じゃないかと、二人にわずかながら腹を立てた。

しかし後にシナノの手料理を目撃した雪乃は、カイとヒュウガの言葉は正しかったのだと、知ることになる。シナノが創り出した料理は、味以前に蠢《うごめ》いていた。

それはともかく、一階の食堂からはまだ賑やかな声が聞こえてくるが、外はもう暗くなってきている。明日も早いからもう寝ようと、カイに抱き上げられて、雪乃は寝台に横たわった。

現在の外見は小さな樹人だが、中身は人間の少女である。少年の隣で寝るなど、冷静ではいられない。葉は真っ赤に紅葉し、維管束《いかんそく》はばくばくと激しく音を立てる。だがそれ以上に問題があった。

カイの腕の中から逃げ出して寝台を下りた雪乃は、どうしたものかと出口に向かいかけては根《あし》を止め、所在なさげに床の上をうろうろと歩く。

「雪乃？　どうした？」

横たわっていた身を起こしたカイは、何をしているのだろうかと、小さな樹人の奇妙な行動を見る。シナノとヒュウガも何事かと顔を向けた。

「あ、あの」

「うん？」

「根が張れません」

そう、雪乃は樹人。眠る時は土に根を張らなければならないのだ。

揃《そろ》って手で顔を覆《おお》ってうつむく獣人たちだったが、このままでは雪乃が眠れそうにない。

「そうだったな。すっかり抜けていた」

「裏手に林があったな」

「あったわね」

雪乃を抱き上げたカイは、部屋を出て階段を下りると、そのまま宿を出た。

「ここなら眠れそうか？」

裏手に回って林に入ると、雪乃を下ろす。膝《ひざ》を曲げて、目のない樹人の子供と視線を合わせた。根を土に潜《もぐ》らせた雪乃は、ほうっと一息吐いてから、葉をさわりと揺らす。

「はい。ありがとうございます」

ぺこりと頭を下げた雪乃に対して、カイの目は穏やかだがどこか悲しげだ。見つめる雪乃の視線に気付くと、照れたように苦笑する。

「樹人は長命だと聞くから、雪乃が生きている間に、種族の壁を壊せればいいのだが」

星空に溶け込みそうな漆黒《しっこく》の瞳の奥には、強い光が見て取れた。

簡単な道ではないと、彼は知っている。それでも種族を超えて互いを尊重し合える世界になるように、彼はこれからも一歩ずつ進むのだろう。

「もしも旅に疲れたなら、東に向かって海を渡った先にある、ヒイヅル国を訪ねておいで。竜人やエルフ、人魚など、人間以外の様々な種族と交流がある。雪乃のことも受け入れてくれるはずだ」

「はい。ありがとうございます」

雪乃が頷《うなず》くと、カイは柔らかな笑みを浮かべる。

「夜明け前に迎えに来るから」

そう言って雪乃の頭をぽんぽんと優しく撫《な》でると、カイは雪乃のローブを預かり、宿の部屋に戻っていった。

雪乃は夜空を見上げる。宿から漏れ出る光を挟んでも、空にはたくさんの星が瞬《またた》いていた。

「優しい人たちに出会えた私は、幸運です。この出会いに感謝します。ありがとうございます」

未だにゲームの世界にいるのか、それとも異世界に来てしまったのか、雪乃には判然としない。

それでもカイやシナノ、ヒュウガに出会えた幸運に、自然と感謝の言葉が零れた。

「わー！」

ひょっこりと顔を出したマンドラゴラが、自分もと主張する。

「そうですね。マンドラゴラたちにも会えました。一緒に来てくれて、ありがとうございます」

「わー」

嬉しそうに葉を揺らしたマンドラゴラが枝葉の奥に戻ると、雪乃もさわりと葉を揺らしてから眠りに就《つ》いた。


カイに小枝《て》を引かれて、雪乃はまだ店も開いていない早朝の町を歩いていた。もちろん、ヒュウガとシナノも一緒だ。そして商店が途切れた先にある円形状の広場まで来ると、根《あし》を止める。

広場には馬車が並び、人間たちが朝早くから慌ただしく活動していた。

「お馬さん」

雪乃の目は大小様々な馬車や威勢のいい人間たちよりも、馬に注がれる。栗毛《くりげ》の馬がほとんどだが、白色と栗色《くりいろ》の斑《まだら》模様もいた。

「雪乃は馬が好きなのか？」

「はい！」

今にも馬に向かって駆け出しそうな雪乃の無邪気さに、カイたちは目尻を下げる。

「遊んでおいで、と言いたいところだが、これから仕事だ。今は我慢してくれるか？」

雪乃は素直に頷《うなず》いた。護衛として馬車に乗せてもらうのだ。遊びではない。

それでもカイは、雪乃のために提案する。

「休憩時間になったら、遊ばせてもらおう」

ぱあっと葉を輝かせる雪乃を見て、カイも嬉しそうに微笑《ほほえ》む。

隊列を組んでいる馬車に近付いたカイが指揮をしていた男に声をかけ、木製の割り符を見せた。

声をかけられた小太りの男は近くにいた別の男に後を頼み、獣人たちに向き合う。

「この隊商を取りまとめています、ギョシュウと申します。ススクの町で一泊しますが、後は野宿の予定です。道中の食事は最低限のものは提供させていただきますが、足りない分は各自で調達してください。タバンの港まで六日間、よろしくお願いいたします」

依頼内容の説明と挨拶《あいさつ》を述べたギョシュウに続き、獣人たちが自己紹介を兼ねた挨拶《あいさつ》を返す。

「俺はカイ。剣士だ。こっちの男はヒュウガ。体術を得意とする。もう一人のシナノはナイフを使う。全員Bランクだ」

シナノの得物はクナイだが、どうやら獣人の国でしか使用されていないようで、人間たちにも分かりやすいナイフと説明した。カイの紹介に合わせ、ヒュウガとシナノは軽く会釈《えしゃく》する。

最後の全員Bランクという言葉を聞いた途端、ギョシュウの顔が綻《ほころ》んだ。

Bランクは通常レベルの魔物ならば一対一で対峙《たいじ》できる力量を持つと同時に、経験や知識なども一定レベルに達している、一流の冒険者である。冒険者の中でも数パーセントしかおらず、国を越えて身分を保障されているそうだ。

高ランクの冒険者を依頼していたとはいえ、Bランクが一人でもいればよいと考えていたギョシュウとしては、勿怪《もっけ》の幸いだったという。

「それと、この子は雪乃。戦力としては期待しないでくれ。もちろん任務優先で迷惑はかけない」

最後に紹介されて、雪乃はぺこりと頭《こうべ》を垂れた。

「お子さん連れですか。大変ですね。ええ、ええ、構いませんよ」

戦力とならない子供を連れていることを、嫌がる依頼主もいる。少しばかり不安を抱いていたカイたちは上機嫌なギョシュウを見て、心のうちで安堵《あんど》の息を漏らした。

挨拶《あいさつ》を終え馬車の準備が整うと、獣人たちは分かれて馬車に乗り込む。先頭の馬車にはヒュウガが、最後尾にはシナノが乗る。雪乃は中ほどとなる三台目の馬車に、カイと共に乗せてもらった。

護衛がいることを野盗などの不届き者にアピールする必要もあるため、座るのは御者台《ぎょしゃだい》だ。

カイの膝《ひざ》の上に乗せられた雪乃は、初めての馬車に興奮を抑えきれず、葉をきらきらと輝かせて出発の時を待つ。

ぴしゃりと手綱《たづな》が音を立て、ゆっくりと一台目の馬車が動き出した。間隔を開けて二台目の馬車も進み始め、ついに雪乃が乗る馬車の番が来た。隣に座る老いた御者《ぎょしゃ》が手綱《たづな》を振るうと、馬車を曳《ひ》く栗毛《くりげ》の馬が足を踏み出す。一拍遅れて馬車がかたりと揺れ、景色が流れ始めた。

「おお！」

感動の声を上げて、馬の背中や流れていく町の景色をきょろきょろと眺める雪乃に、カイも御者《ぎょしゃ》も温かな眼差《まなざ》しを向ける。

「嬢ちゃんは、馬車に乗るのは初めてかい？」

「はい。いつか乗ってみたいと思っていたので嬉しいです。お馬さんは凄《すご》いですね。こんなに重たい荷物を引っ張って歩けるのですから」

「そうさのう」

馬や馬車を褒《ほ》める雪乃を見る御者《ぎょしゃ》の目尻が、どんどん下がっていく。和気あいあいとした空気に包まれて、馬車の旅は始まった。

町から出ると道が悪くなり、凸凹《でこぼこ》の轍跡《てっせき》や道に転がる小石を踏んで、馬車は大きく揺れたり跳ねたりを繰り返す。それでもカイの膝《ひざ》に乗せられている雪乃は、彼の太腿《ふともも》がクッションになって衝撃は緩和されている。おまけに幹をしっかりと押さえてもらっていたので、バランスを取ったり踏ん張ったりすることもなく、ずいぶんと楽をさせてもらっていた。けれどその分、カイの負担は増している。

「大丈夫ですか？　疲れませんか？」

申し訳なくて後ろを向いて問う雪乃に、カイは笑みを返す。

「雪乃は軽いから気にしなくていい。鎧《よろい》を着て移動した時のほうがきつかった」

安心させるように頭をぽんぽんと撫《な》でられて、雪乃は気になりつつも前を向いた。

栗毛《くりげ》の馬の鬣《たてがみ》が、風になびいて揺れている。魔物のいる世界なのに馬がいるんだなーと、どうでもいいことを考えている彼女を乗せて、馬車はタバンの港を目指して街道を走っていた。

「兄妹かい？　小さいのを連れて、兄ちゃんも大変だな」

御者《ぎょしゃ》に問われたカイは、否定することなく曖昧《あいまい》に頷《うなず》く。

馬に水を飲ませたり、草を食《は》ませたりといった休憩を挟みながら、ぽつん、ぽつんと家の見える畑や牧草地帯を、馬車はのんびりと進んだ。休憩の合間に、草を食《は》むのに夢中になっていた馬の首筋を撫《な》でさせてもらった雪乃は、ご満悦とばかりにフードの下の葉をきらめかせながらカイの膝《ひざ》に戻る。

牧草の広がる長閑《のどか》な景色は、昼頃には草木の生い茂る森に変わっていた。人里を離れた森の道は、さらに揺れが酷《ひど》くなる。

「カイ、代わろうか？」

休憩になったところでヒュウガが声をかけてきた。朝からずっと雪乃を膝《ひざ》に乗せているカイを気遣ったのだろう。

「必要ない。ヒュウガは先陣を切らなければならないのだから、一人のほうがいいだろう？」

「いや、お前が先頭に乗れば済むことだろう？」

呆《あき》れたように腰に手を当ててカイを見るヒュウガだが、カイは雪乃を抱き上げたまま、ふいっと顔を背《そむ》けてしまう。ヒュウガはさっさと諦めると、頭を掻《か》きながら先頭の馬車に戻っていった。

だから一日目はずっと、雪乃はカイの膝《ひざ》の上に座っていた。

日が傾き空の色が変わり始めた頃、開けた道で馬車が停まる。

「今夜はここで野宿となります」

ギョシュウの合図で、一斉に全員が野営の準備に取りかかった。

とはいえ干し肉とビスケットという簡素な保存食で夕食を済ませた後は、見張りの護衛を残して眠るだけ。それとてマントや毛布に包まって地べたで眠るので、準備というほどではない。せいぜい枯れ枝を拾ってきて火を焚《た》くくらいだ。

「そういえば雪乃ちゃん、ずっと地面から根が離れていたけれど、大丈夫だったの？」

シナノが人間たちに聞かれないよう、小声で話しかけてくる。

樹人は口から水を飲めない。雪乃が干からびかけなかったかと、心配してくれているのだ。

「心配してくださりありがとうございます。大丈夫ですよ。定期的に休憩がありましたから、こっそり根を張って給水していました。カイさんが御者《ぎょしゃ》さんに気付かれないように、根に水を吸わせてもくれましたし」

話を聞いていたヒュウガが、樹人と人との違いに困惑したように曖昧《あいまい》に笑った。

日が暮れるより先に、商人たちは早々に眠りに就《つ》く。旅の疲れもあるだろうが、夜明けと共に出発するためには早く寝るに限るのだ。それに、遅くまで起きていれば、それだけ薪《まき》や油といった燃料を消費する。そうなると荷を増やすか、薪《まき》を拾い集める時間と労力を割《さ》く必要が出てくる。やはり寝るのが一番だ。

お蔭で雪乃は商人たちに気付かれることなく、木立の中に入り根を張って休むことができた。

そして日が昇る前の薄暗い時間に、商人たちは手早く荷をまとめて馬車に乗り込んでいく。

雪乃もカイに起こされて、根を引っこ抜いた。しかし植物としての本能なのか、光の差さぬうちは眠りたいとばかりに動きが鈍い。根も土を求めて伸び、ローブから少しばかりはみ出している。

「このくらいなら、まだ暗いから人間には気付かれないわ。不審な動きをしないの」

カイが人間たちに見つからないか焦《あせ》っていたところ、雪乃の状態を確かめたシナノが、獣人にだけ聞こえる小さな声でたしなめた。

うつらうつらと船をこぎながら、雪乃はカイに抱えられて昨日と同じ御者台《ぎょしゃだい》に乗る。

「大丈夫か？　雪乃」

「あい。大丈夫れす。今日も一日よろしくお願いいたします」

ふらふらと揺れながら、ぺこりと丁寧にお辞儀をする小さな子供の姿に、カイと御者《ぎょしゃ》は目尻を下げる。

空が白み、森の向こうに太陽が顔を出す頃になって、雪乃はようやくしっかりと目を覚ました。

「今日もいい天気になりそうですね」

「そうだな」

フードの隙間から差し込む朝日を葉で受け、爽快感《そうかいかん》と満足感が幹の中を満たしていく。

樹高の低い幼木は、森の中では直射日光を浴びる機会は少ない。街道や人里といった遮《さえぎ》る木々がない場所では、日の光を浴びすぎて日焼けしてしまう危険があった。

シナノが用意してくれたローブは、樹人という正体を隠すためのものだったが、結果として日差しを和《やわ》らげることにも役立っている。

空が青く染まり森の中も明るくなった頃、馬車が停まった。御者台《ぎょしゃだい》から下りた商人たちは適当に草むらに腰を下ろし、休憩がてら朝食を取り始める。

水とビスケットという簡素な食事だが、保存用に水分を飛ばした硬いビスケットを食べ終えるには、少しばかり時間がかかる。食事を必要としない雪乃は、こちらも草を食《は》むのに夢中になっている馬に近付いていく。

「今日もよろしくお願いしますね」

挨拶《あいさつ》をする雪乃に、馬も鼻先を寄せる。近付いてきた馬の頬や顎《あご》を撫《な》でてご機嫌だった雪乃だが、徐々に違和感を覚え始めた。

「ん？」

もっしゃもっしゃという嫌な音と感覚に、そうっと馬の口元を見る。それから目線を下げた。

馬は先ほどまで街道脇の草むらに鼻を突っ込んで草を食べていた。けれどそこに、今、馬が口に咥《くわ》えている種類の植物は生えていない。

なんとなく嫌な予感を覚えた雪乃は、恐る恐る馬の動きを観察する。

馬は地面に生える草ではなく、雪乃の顔に鼻先を寄せ、ぷちっと音を立ててから首を上げた。

「――っ⁉」

雪乃は慌てて身を引き、馬の口から覗くものを確認する。それはどう見ても、雪乃の顔に生えている葉っぱだ。

馬は草食動物であり、雪乃は樹人である。馬にとって、雪乃は美味《おい》しいご飯に見えたのだろう。

そして、美味《おい》しかったのだろう。呑み込むとすぐに雪乃に口を近付けてくる。

だらだらと嫌な汗が流れるような錯覚に陥《おちい》りながら、雪乃は葉を逆立てて距離を取った。

馬が悲しそうな瞳で見つめてくるが、絆《ほだ》されてはいけない。枝上の幹《くび》を左右に振って、食べられることを拒否した。

そうっと枝で顔に触れてみると、密に茂っていた葉に空洞が開いている気がする。自分の顔も心配だが、それ以上に馬の容態が心配だ。なにせ雪乃の頭に生える葉は、どれも薬草。

変な薬効が馬に出ないかと、正面や横から注意深く観察するが、特に変化はない。

どうしたものかと考え込む雪乃の枝を、ぽんっとカイが叩《たた》いた。

「雪乃、そろそろ出発するぞ」

思わず幹《からだ》を跳ねた雪乃を見て、カイは異変に気付き、心配そうに眉を寄せる。

「何かあったのか？」

声を潜《ひそ》めて聞かれ、雪乃には隠すことなどできなかった。商人たちの位置を確認して彼らに背を向けると、カイだけに見えるようにフードの口を広げる。

訝《いぶか》しげに覗いたカイは、一度視線を外して馬をちらりと見てから、改めて雪乃の顔を凝視した。

心配しつつも困惑が隠せない、なんとも言えない表情だ。

口を開いたが、出てきたのは言葉にならない音ばかり。彼が見つめる先には、葉を毟《むし》られ一部の枝が剥《む》き出《だ》しになっている、歪《いびつ》に凹《へこ》んだ樹人の顔がある。

わずかな面積とはいえ、丸く茂っていた場所に穴が開いてしまった姿には、悲愴《ひそう》感が漂《ただよ》っていた。

カイは雪乃を見つめては、居心地の悪さから逃げるように馬へ視線を動かすという、建設的ではない行動を繰り返す。

「どうかしたの？」

雪乃とカイの挙動がおかしいと気付いてやってきたシナノも、雪乃の顔を見ると言葉を詰《つ》まらせる。しかし後から来て笑いを堪《こら》えるヒュウガの脇腹に肘鉄を食らわせるのは、ためらわなかった。

「雪乃、今後は馬に近付くのは禁止だ」

「はい」

なんとか言葉を発したカイに、雪乃は項垂《うなだ》れるように頷《うなず》く。弁明のしようもない。その最中にも馬が雪乃の顔に口を近付けてきたが、カイが睨《にら》みを利かせて防いだ。

「馬に噛まれましたか？」

商人たちも気になったのか、代表してギョシュウが近付いてきた。様子を窺《うかが》っている商人たちを視界の端で一瞥《いちべつ》したカイは、「大丈夫だ。大したことではない」と、軽い声音で答え、雪乃の小枝《て》を引いて馬車に向かう。

とはいえ内心では、本当に大したことはないと言えるのか、不安を抱いていた。樹人は痛みに鈍いと言われているが、本当に痛みはないのか、回復にどれくらいの時間がかかるのか、分からない。まともな説明もせずに立ち去ってしまったカイの後ろ姿を、困惑気味に眺めるギョシュウ。すかさずシナノがフォローに回る。

「舐《な》められて髪がべとべとになっただけよ。気にしないで」

「それならいいのですが」

どこか納得していない様子ながらも、ギョシュウはそれ以上は何も言わずに引き下がった。彼としては、仕事さえきちんとしてくれれば文句はない。

「大丈夫なのか？」

御者台《ぎょしゃだい》に腰を下ろし雪乃を膝《ひざ》に乗せたカイは、気遣わしげに問いかける。

「すぐに回復すると思います。たぶん」

顔が凹《へこ》むほどの葉を食べられた経験はなかったので、どの程度の時間で自然回復するのか、雪乃にも分からない。

薬草を生やす要領で葉を生やせば、早く復活できるだろう。けれど意識して生やした葉と自然に生える葉では、少し性質が違う気がする。だから、なるべく自然に回復するのを待ちたい。

痛みはほとんどないのであまり気にならないが、悲しげに眉を下げているカイを見ていると、心が痛んだ。

しかし雪乃とカイの心配は杞憂《きゆう》に終わり、昼の休憩を取る頃には、雪乃の顔は元に戻っていた。喜んだシナノが抱きついて離さなかったのは、心配料というところだ。

そんなトラブルもあったが、馬車はタバンの港を目指して着々と進んでいった。

途中で魔物に襲われたりもしたようだが、先頭の馬車に乗っていたヒュウガが難なく対処したため、雪乃も後続の馬車に乗っていた商人たちも、それを知ったのは野営の準備を始めた頃だ。

「よっと」というかけ声と共に、猪《いのしし》に似たヤマイノブタという魔物が、一台目の馬車から運び出されるのを見て、雪乃も商人も、頭の上に疑問符を浮かべる。

道中でヤマイノブタを見つけたヒュウガが馬車が停まる前に素早く倒し、荷台に放り込んだのだ。積み込むために馬車を停めたが、ほんの短い時間だった。

自動車などと違い、馬車を曳《ひ》く馬は生き物である。腹が空《す》けば足を止めて草を食《は》むこともあるし、生理現象を催《もよお》して足を止めることもある。

だから倒すところを目撃した一台目の御者《ぎょしゃ》と、積み込む姿を見た二台目の御者《ぎょしゃ》以外は、異変に気付かなかったようだ。

「Bランクの冒険者は、やはり頼りになりますね」

笑顔のギョシュウが感心するように言ったが、その口元は引きつっていた。

ヤマイノブタは生息地が広く味もいいため、一般の人間にも食肉として馴染《なじ》みのある魔物だ。とはいえ、鋭い牙と素早い動きを持つ、中々厄介《やっかい》な魔物である。

通常は罠を張って数人がかりで討伐するところを、ヒュウガは一人で仕留めてしまった。

商人たちはBランク冒険者の強さを垣間《かいま》見て、畏敬《いけい》の念を抱くと共に、この旅に彼らが同行してくれた幸運を改めて噛みしめる。

そしてヤマイノブタは、ヒュウガの手によって手際よく捌《さば》かれた。その間に、雪乃はカイと一緒に森へ入り、まだ手に入れていない薬草や、今夜のおかずに使えそうな野草を集める。

人間たちは焚《た》き火《び》で焼いた肉に舌鼓《したつづみ》を打ち終えると、昨夜と同じように、見張りをする獣人たちを残して早々に眠りに就《つ》いた。

遅くても夕方には、中継地点となるススクの町に到着するだろうという三日目。野宿の続いた商人たちは、急《せ》くような足取りで御者台《ぎょしゃだい》に乗り込み、馬を走らせた。

かたかたと揺れる車輪の音を聞きながら、雪乃はふと視線を上げる。隣に座る御者《ぎょしゃ》の老人が顔をしかめ、時々小さな呻《うめ》き声《ごえ》を漏らしていることに気付いたのだ。

「大丈夫ですか？」

尋ねると、御者《ぎょしゃ》は苦く笑む。

「腰がねえ。ずっと馬車に揺れていると、どうしてもね」

座り続けていれば腰に負担がかかる。さらにこの世界の馬車はよく揺れる、というより跳ねる。幹の尻を打ち付けるような感覚を、雪乃も数え切れないほどに味わっていた。

雪乃はカイの膝《ひざ》の上なので普通よりも緩和されているはずだが、それでも辛《つら》い。木製の御者台《ぎょしゃだい》にそのまま座っていれば、さらに負担は大きいだろう。

気の毒に思って見つめる雪乃の頭を、カイはぽんぽんと慰《なぐさ》めるように撫《な》でる。

「仕事だからねえ。仕方ないさ」

御者《ぎょしゃ》も雪乃の心配を吹き飛ばすように笑ってみせた。

馬車はからからと音を立てて進んでいく。夕焼けより早い時間に、今日の目的地であるススクの町に到着した。

森の中にぽつんと現れた宿場町は、木の温かみを感じさせるログハウスが立ち並ぶ、町と呼ぶには小さな集落だ。とはいえ、利用する旅人が多いというだけあって、宿屋や飯屋は揃《そろ》っている。

「こちらは素泊まりとなりますので、夕食と朝食はご自由にお取りください。明日は五時に出発します。よろしくお願いします」

商人たちは慣れた様子で宿屋に声をかけると、身の回りの荷物を持って案内されたログハウスに入っていく。雪乃たち四人にも、小振りの一棟が割り振られた。

仕切りも家具もないワンルーム。安全に寝るための空間が確保されただけのシンプルな造りだ。

飯屋へ繰り出していく商人たちの足音を聞きながら、獣人たちは顔を見合わせる。

「まだ早い時間だが、俺たちも行くか？」

ヒュウガの提案にカイとシナノも賛同し、四人は外へ出た。

適度に空《す》いている店を選び、隅の席を確保する。奥に雪乃を座らせ、隣にカイが座り、シナノとヒュウガは向かいの席に並んで腰を下ろした。

「お、ポポテプの姿煮があるのか」

「ちょっと、雪乃ちゃんの前でそんなの頼まないでよ」

「大丈夫だって。雪乃も気に入るさ。な？」

壁のお品書きを見ていたヒュウガが嬉しそうに声を上げると、シナノは苦虫を噛み潰《つぶ》したように顔をしかめ、カイも眉間《みけん》に深い皺《しわ》を寄せる。

「ポポテプ？」

獣人たちの白熱したやり取りを見ていた雪乃は、いったいそれがどのような食べ物であるのか想像が付かず、枝上の幹《くび》をぽてりと倒した。

「すっげえ美味《うま》いんだぜ？」

雪乃を仲間に引き込もうとばかりに身を乗り出し鼻息が荒くなっているヒュウガとは対照的に、シナノとカイは顔を歪《ゆが》めて、げんなりとテンションが低い。

よくある光景なのか、店員は両極端な反応を示しているヒュウガたちを見て、またかという表情で苦笑した。料理にケチを付けられているというのに、嫌悪感はないようだ。

結局ヒュウガは、反対する二人を押し切ってポポテプを注文する。不快そうに顔をしかめながら、カイとシナノも肉料理を中心に頼む。

店員が席から離れると、ヒュウガによるポポテプ塾が開講された。

「ポポテプは、部位によって味が変わるんだ。背中の肉はサクサクしてて、噛むほどに旨《うま》みが滲《にじ》み出《で》てくる。頭は濃厚な出汁《だし》で作ったゼリーのようだが、噛《か》み応《ごた》えのある玉が入っていてな。こいつが少し苦いんだが酒によく合うんだ。足はとろけるように柔らかく、尾はちょっと噛み千切るのは大変だけど、弾力があって面白い。あと、腹にある卵はぷちっと潰《つぶ》れて甘いクリームが出てくる」

熱く語るヒュウガの話を聞いていると、とても美味《おい》しい食べ物だと分かる。

なぜカイが、表情の抜けきった虚《うつ》ろな目で天井を見上げているのか。笑っているシナノの目が、うっかり合わせたら石にされてしまいそうな冷気を湛《たた》えているのか。疑問に思わないでもない雪乃だが、いったいどんな料理が出てくるのだろうかと、わくわくしながら待ち望んだ。

葉を輝かせる雪乃に、カイとシナノは憐憫《れんびん》と同情のこもった眼差《まなざ》しを向けるが、ヒュウガの説明を否定しようとはしなかった。

そしていよいよ店員がポポテプの姿煮を運んできた。

机に乗せられた大きな器《うつわ》。覗き込もうと小枝を机に突き、幹《くび》を伸ばした雪乃はフリーズする。

器《うつわ》に盛られていたのは、たとえるならば三十センチ近くある巨大なイナゴ。

いや、普通のイナゴならばまだよかった。頭は無数のピンポン玉くらいの目玉が束ねられ、足はとろけるようにというより、すでにどろりと溶けかけている。尾はお菓子のグミみたいな長い触手がわさわさと伸びていた。最後に腹にあるという卵だが、どう見ても死骸《しがい》に群がる〈以下自主規制〉。

雪乃は思考を放棄した。ついでに枝《て》と幹《くび》を引っ込めて、椅子にちょこんと座り直す。小枝を太腿《ふともも》辺りと思われる幹に重ねて置いて、手本のように行儀よく座る。

「お前らも、食わず嫌いしていないで食べてみろ。この味を知らないなんて、もったいないぞ？」

ヒュウガが頬張りながらすすめるが、カイとシナノは顔をしかめたまま断固として拒否した。

「世の中は広いです」

居酒屋の隅で、雪乃はただの木の如《ごと》く、動かなくなる。

樹人の体になって何も口にできなくなった雪乃だが、そのことを今ほど強く感謝した時はない。

「戻って来い、雪乃」

カイに頭を撫《な》でられて現実に帰ってきたが、ヒュウガの口の中へ入っていくポポテプが視界に映ると、ふるふると震えた。

「あれを最初に食べた人を尊敬します。勇者ですね」

「確かにな」

ぽつりと零れ出た独り言に、カイとシナノも同意を示す。三人とも、ポポテプを食べるヒュウガの存在は、視界から消しておいた。

じっと見ていてもカイたちに気を使わせてしまうだろうと、雪乃は店内をぐるっと見回してみる。夕食にはまだ早いとはいえ、仕事を終えた地元の人間や早く着いた旅人が、それぞれに酒や食事を楽しんでいた。

「こんな時間から飲んでていいのか？」

「ああ、もう俺は必要ないからな。秋になるまで休みだ」

雪乃の視線がある場所で止まる。地元の人間らしき男たちが、酒を酌《く》み交《か》わしながら喋《しゃべ》っていた。すぐに雪乃は顔を自分たちの机に戻す。男たちがポポテプの目玉や足を食べていたから逸《そ》らしたのでは断じてない。食事しているところを見つめ続けるのが失礼だと考えたからだ。

「勇者が他にも」

無意識に呟《つぶや》きが零れ、カイに頭をぽんぽんと撫《な》でられたが、決してポポテプから逃げたわけではないのだ。

「この時期になれば、水浴びで充分だからな。熱い風呂に金を払ってまで入ろうとは思わねえよ」

「だよなあ」

そこで雪乃はがばりと振り向いた。カイとヒュウガも反応して、耳を向ける。

「この町には、お風呂屋さんがあるの？」

「あ、ああ。夏の間は水風呂だけどな」

なぜか風呂の話をしていた男たちの席に、見慣れた女が混じっている。雪乃はまぶ《まぶ》葉《た》を瞬《また》かせ、それから幹を回して対面に座っているはずのシナノを確認するなり、「いません」と芝居がかった渋い声を出す。

先ほどまでここにいたシナノが、一瞬にして風呂屋と思われる男のもとへ移動していたのだ。

「瞬間移動でしょうか？」

「いや、跳躍していっただけだ」

「あいつは無類の風呂好きだからな」

呟《つぶや》いた雪乃に、冷静なカイの声が教えてくれた。ついでにヒュウガも補足してくれる。

それにしても見事な身体能力だ。雪乃にはシナノの動きが見えなかった。

「けど人間の里では入れないだろう？」

ぽつりと零したカイの台詞《せりふ》を拾ったようで、爛々《らんらん》と瞳を輝かせて風呂屋に迫っていたシナノは途端に肩を落としてしょげる。

しかし離れた席にいるカイの小声など、人間の耳には聞こえない。風呂屋たちは、温かい風呂はないと聞いて落ち込んだと思い込んだようだ。

「もう暖かい季節だ。熱い湯になんて入らないだろう？」

「いいえ。寒い冬に入るお風呂も気持ちいいけれど、夏に入って出た時の爽快感《そうかいかん》は、他では味わえないわ。それに疲れた時には、やっぱり温かいお風呂よ」

落ち込むシナノの口から、いかにも弱々しい声が出る。その弱った姿を見て気の毒に思ったのだろう。風呂屋が提案する。

「だったら、一人風呂のほうを沸《わ》かしてやろうか？」

「一人風呂があるの⁉」

シナノは復活した。一人用の風呂ならば、獣人である彼女も人間の目を気にせず入れる。風呂屋の手を握り、きらきらとした目で見つめた。

綺麗なお姉さんに詰《つ》め寄《よ》られて、風呂屋の鼻の下が伸びまくる。居合わせた酒の入った男性客たちは、羨《うらや》ましそうに彼を睨《にら》み付《つ》けていた。

「沸《わ》かすまでに少し時間がかかるが、それでよけりゃあ」

「嬉しい！　国に帰るまで入れないと、諦めていたのよ。待つわ。本当にありがとう。いい人ね」

ほっぺにちゅーまでサービスされた風呂屋は鼻の下が伸びきり、ラクダ顔になっている。目もへの字型だ。

男性客たちからの、「くっ！」、「羨《うらや》まし……くねえ！」などという負け惜しみが、雪乃にまで聞こえてきた。

「引き戻したほうがいいのではないか？」

「放っとけ。ああなったら、下手に止めると流れ弾を食らうぞ？」

ということで、カイとヒュウガは食事に戻る。

「雪乃？　見なくていいぞ？　あれは悪い大人の見本だ。易々《やすやす》と男に媚《こび》を売ると、後で酷《ひど》い目に遭《あ》いかねない。真似をしては駄目だぞ？」

ぎろりとシナノから冷たい怒気《どき》が飛んできたが、カイは無視した。

彼の言葉に頷《うなず》いて視線を机に戻した雪乃だが、思考は風呂から離れない。うーんっと唸《うな》って考え込んでから、カイのローブをちょんちょんと引っ張った。奥の席に座っていた雪乃は、手前に座る彼が立ってくれないと出られないのだ。

「雪乃？」

彼は不機嫌そうに眉根を寄せたが、立ち上がってくれる。雪乃はお礼を言って椅子を下りると、シナノのもとへ向かった。

「あら？　雪乃ちゃんも入りたいの？」

ご機嫌なシナノに問われて、雪乃はぴたりと根《あし》を止める。

風呂に入りたい気持ちはあった。なにせ風呂大好き日本人だ。目的も忘れて真剣に呻《うめ》く。

「お、お風呂。しかし私は……。でも、お風呂」

樹人が風呂に入ればどうなるかなど、雪乃は知らない。

ぬるま湯にさっと浸《つ》けることで元気になる野菜もあるが、しっかり浸《つ》かれば萎《しお》れてしまうだろう。

軽い気持ちで話を振ったつもりが真剣に悩み始めた雪乃を見て、シナノのほうが戸惑《とまど》った。様子を見守っていたカイが、微《かす》かな怒気《どき》を込めてシナノを睨《にら》む。

「えっと、雪乃ちゃん？　無理しなくていいから。ちょっと聞いてみただけだから」

そう言って、シナノは雪乃を宥《なだ》めた。彼女も樹人が湯に浸《つ》かる危険性は理解している。そもそも断られることを前提に、冗談のつもりで言ってみただけだ。

「雪乃、好奇心が旺盛《おうせい》なのはいいが、危険を回避する判断力を持たないと、一人旅はできないぞ？」

心配してやってきたカイが床に膝《ひざ》をつき優しく雪乃の頭を撫《な》でる。

「それで、何か用があったのではないのか？」

言われてきょとんと顔を上げた雪乃は、当初の目的を思い出した。

「そうでした。お風呂屋さんにお聞きしたいことがあったのです」

「なんだ？」

「お風呂はどのようなお湯でしょうか？」

客たちの視線が集まる中、雪乃は問うた。問われた風呂屋は不思議そうな顔で首を傾《かし》げる。

「普通の釜風呂だな」

「いえ、浴槽ではなく、お湯はどのようなものを使っているのかを教えていただきたいのですが」

風呂屋も客たちも、眉をひそめて困惑している。どうやら意味が通じていないようだ。

「温泉の種類のことかしら？　匂いが強い温泉とか、ぬるっとした温泉とか、白く濁った温泉とか、しゅわしゅわと泡の出る温泉とか、時々爆発する温泉とか、色々あるものね」

待てぃ！　と、雪乃は心の中で叫ぶ。雪乃だけではなく、店の客たちも同じように思ったようだ。

全員が一斉に、シナノのほうに首を思いっきり動かしていた。

「匂いが強い温泉とか、ぬるっとした温泉とか、白く濁った温泉とか、しゅわしゅわと泡の出てる温泉とか、時々爆発する温泉って。そんな湯に浸《つ》かったら危ないぞ？　ちゃんと毎日、水を交換しないと」

慌てて指摘した風呂屋に、客たちは揃《そろ》って頷《うなず》く。

「ん？」

雪乃はぽてりと幹《くび》を傾《かし》げた。

匂いが強い温泉とか、ぬるっとした温泉とか、白く濁った温泉とか、しゅわしゅわと泡の出ている温泉とかは、日本にもある。どれも結構な人気を誇る温泉のはずだ。

問題は、最後の一つだけだろう。

「時々爆発する温泉とはいったい？　温泉が水柱のように噴出する現象があったような？　けれどあれは熱湯なのでは？　入れるのでしょうか？　ん？」

しきりに幹《くび》を捻《ひね》りながら考える。

雪乃が想像しているのは間欠泉《かんけつせん》だ。多くは触れれば火傷《やけど》する熱湯だが、触ることが可能な温度のものも少数ながら存在する。

それはさておき、雪乃の疑問にはカイが答えた。

「普通に爆発するぞ？　爆発直前に光るから危険は少ないが、子供だけでの入浴は禁じられてるな」

どんな温泉なんだ!?　と、雪乃も客たちも心の中で叫んだ。疑問と驚愕《きょうがく》が大きすぎると、声にはならないようだ。

そして直前に光られても、逃げられる人間は少ないだろう。入れるのは身体能力に自信のある獣人たちと、一部の人間だけに違いないと、雪乃は推察する。

あまりの衝撃で話が飛んでしまったが、雪乃は得た情報を整理して軌道修正を試みる。

「つまり、ススクの町のお風呂は、川や井戸のお水を汲《く》んで沸《わ》かした、普通のお風呂ということでよろしいでしょうか？」

「ああ、当然だろう？」

何を言っているのだ？　と言わんばかりの、不思議そうな表情で頷《うなず》く風呂屋。

「お風呂に薬草などを入れたりしますか？」

「いいや？　そんなもったいないことはしないさ。薬草ってのは、病気の時に呑んだり、怪我をした時に塗ったりして使うものだからな」

小さな子供の、薬の価値を知らないと思える発言に、風呂屋は苦笑いを浮かべる。けれど雪乃はしめたとばかりに、きらりーんと目元の葉を輝かせた。フードで隠れているので、誰からも見えないが。

「ぜひ試していただきたい薬草があるのですが」

すでに効能のある温泉に、余計なものを足すことはためらわれる。しかしそうでないのならば、薬湯にしてもよいだろう。

風呂屋は胡散臭《うさんくさ》げに雪乃を見る。だが、「雪乃ちゃん、お姉さんとしては、お肌がすべすべになるお風呂をお願いしたいのだけれど」と、興味津々《しんしん》で話に乗り出したシナノを目にすると、表情をでれりと緩めた。綺麗なお姉さんは最強のようだ。

「ええっと、すべすべお肌ですか？」

雪乃は慌てて薬草図鑑から知識を引っ張り出すと、ススクの町付近に生息している薬草で、美肌効果のあるものを探す。

「雪乃、放っておいていいぞ？　それより別の薬湯を試したいのだろう？」

カイが頭の上に手を置いたことで薬草図鑑から意識を戻した雪乃は、問うようにシナノを見た。彼女はくすくすと悪戯《いたずら》っぽく笑っている。

「ごめんなさいね。雪乃ちゃんってば真面目だから、可愛くって、つい」

きゅっと抱きしめられた雪乃は、シナノが本気ではなかったと気付き、ぱたりと頭の中の薬草図鑑を閉じたのだった。

カイに睨《にら》まれて腕を離したシナノは、名残惜《なごりお》しそうに眉を下げるも、すぐに雪乃に続きを促《うなが》す。

「それで、どんな薬湯を作りたいの？」

「はい。モギの葉に、カンミかユーズの皮を加えた薬湯をお願いできないかと思いまして」

モギの葉は、この辺りにも生えている。馬車に乗っている時や、町に着いて少し歩いた間にも、あちらこちらで目にした。

もう一方のカンミとユーズは、柑橘類《かんきつるい》に似た果実だ。ススクで栽培しているところは見ていないが、流通している可能性はある。

「モギ？　って、その辺に生えているやつか？」

風呂屋に問い返されて、雪乃はこくりと頷《うなず》く。

「ユーズってのは知らんが、カンミなら時々行商から買うな。今うちにはないが、皮だけでいいのか?」

「はい。薬湯に使うのは皮だけです。できれば乾燥したものがいいのですけど」

カンミの皮は、乾燥させてから長く寝かせるほど効能が高まる。

「それで、そんなものを集めてどうする気だ? まさか風呂に入れるつもりじゃないだろうな? ゴミ入りの風呂なんて、苦情が来るぞ?」

顔をしかめた風呂屋に、雪乃は内心で苦笑した。

日本では当たり前のように、温泉に効能を求める。けれど国によっては、温泉も風呂も体の汚れを取るためのお湯や、温水プールのような扱いで、体を温める以上の効果は求めない。

価値観の違う人から見れば、その辺に生えている草や捨てるはずの果物の皮を入れるなど、不快感が生じても仕方のないことだ。排水時に詰《つ》まるなどの問題が起こる可能性を考慮すれば、拒否も止《や》むを得《え》ない。

だから雪乃は説明を続ける。

「モギの葉とカンミの皮は、布袋に詰《つ》めてお風呂に入れます。なるべく長時間浸《つ》けておいて、しっかりと成分を出したほうがいいのですけど」

「そんなことをして、なんになるんだ?」

風呂屋の声に苛立《いらだ》ちが混じってきた。彼が聞きたいのは、どうやって入れるかではなく、なぜ入れるのかなのだ。

途中で遮《さえぎ》られたことは気に留めず、雪乃は穏やかな声で風呂屋の疑問に答える。

「モギの葉を浸《つ》けたお風呂には、腰の痛みを抑える効果があるのです。カンミの皮は血の流れをよくしますので、補助的な効果が期待できるでしょう」

モギは痔《じ》にもいいらしいが、とりあえず腰痛に関してのみ伝えた。

雪乃の説明を聞いた風呂屋から、苛立《いらだ》ちが消える。思案する顔付きになり、続きを促《うなが》した。

「ススクの町には、多くの旅人が訪れるのでしょう？　馬車に乗っていれば腰が痛くなります。ずっと座っているので、血の流れも悪くなります。それらの症状をススクで緩和できれば、今より楽に旅を続けられると思うのです。お風呂屋さんも、人気になるのではないでしょうか？」

御者《ぎょしゃ》の老人が腰痛を訴えていたことが、ずっと気がかりだったのだ。揉《も》んであげたくても、雪乃は人間に触れることが許されない。だからお風呂に入れると聞き、どうしても我慢できなくなった。

風呂屋は顎《あご》に手を当てて考え込む。

小さな子供の言うことだから信憑性《しんぴょうせい》には欠ける。しかし、最後の言葉に惹《ひ》かれた。

もしこの話が事実ならば、確かに旅人たちから人気の風呂屋になるだろう。しかも使うのはその辺に生えている草と、捨てるはずの皮。元手はかからないのだ。これが子供の戯言《たわごと》だったとしても、風呂屋に損はない。無視するのは惜しい気がした。

「とりあえず、これから沸《わ》かすお風呂で試してみれば？　私が入った後に、腰痛のある人に入ってもらえばいいんじゃないかしら？」

男たちの視線がシナノに向かう。みんな手を自分の腰に当てていた。先ほどまで伸びていた腰をわざとらしく曲げたり、痛みを探るように目を閉じたりしている者もいる。

不思議に思って幹を傾《かし》げる雪乃の視界から、カイは自分の体でさり気なく男たちを見えなくした。

そんな彼の様子を、シナノは楽しそうに見ている。

「あの、御者《ぎょしゃ》のお爺《じい》ちゃんを入れてあげてもよろしいでしょうか？」

提案した雪乃の意見を聞いて、カイも「ああ」と思い出したように頷《うなず》いた。

「腰が痛いと言っていたな」

「決まりね。後で声をかけておきましょう。お風呂屋さん、お風呂のほう、お願いできる？」

「は、はい！」

すうっと指先で頬を撫《な》でられて、風呂屋は姿勢を正して硬直した。その様子を、男たちは悔しそうに凝視している。

「あとはモギの葉とカンミの皮が必要ね。誰か持っていないかしら？」

シナノが独り言のように口にすると、男たちは彼女の目に留まる好機とばかりに目を輝かせた。

「はい！　うちにカンミがあったはずです！」

「くうっ。買っておけばよかった。だがしかし、モギの葉ならば調達可能だ」

意気込む男たちは、一斉に店を飛び出していく。

「あのう、そんなにはいらないのですが。まあ余ったら、干しておけばいいのですけれども……」

たじろぎながら、雪乃は男たちの背中を見送る。

「雪乃、こんな女にはなるなよ？」

「どういう意味かしら？　カイ？」

目の奥が冷たい笑顔を向けられたカイは、シナノからそっと顔を逸《そ》らした。

静かになった居酒屋で、雪乃は思う。

（営業妨害をしてしまったかもしれません）

ひやりと葉裏が湿《しめ》ったところへ、「ところで雪乃」と、カイに振られて、びくりと肩を震わせる。

その反応を不思議そうに見たカイだが、雪乃が顔を上げるとすぐに表情を戻した。

「まだ眠くないのか？」

問われて雪乃は外に視線を向ける。すでに日は落ちて薄暗くなっていた。店の中が明るいから気付かなかったのだ。

「この時間にモギの葉を集めていただくのは、申し訳なかったかもしれません」

巻き込んでしまった人たちに、心の中で謝罪する。

「それは彼らが自ら志願したことだから、気にしなくてもいいと思う」

カイは困ったように寄せた眉の下で、原因であるシナノをちらりと窺《うかが》う。

彼女は雪乃と違い、罪悪感というものが微塵《みじん》も見当たらない笑みを浮かべて、風呂の準備ができるのを待ちわびている。

「特に眠くはありません。おそらく、ここが明るいからだと思います」

植物は時間ではなく、暗さや温度を感じて眠りに就《つ》く。二十四時間営業の店舗などの近くで育つ植物は、寝不足になったり体内時計がくるったりして、寿命が短くなるとの報告もある。

「そうか、眠くないのならいいんだ。騒動が落ち着くまでは起きているほうが安全だろうからな」

雪乃ははっと気付いて視線を外へ向けた。

今、森の入り口にはモギの葉を摘《つ》もうと、人間たちが集まっている。そんな森に入って眠りに就《つ》けば、怪しまれるだろう。軽率な言動に今さらながら気付いた雪乃は、自分の身に降りかかったかもしれない災難を想像し、ふるふると震えた。

そんな雪乃を抱き上げて、カイは自分たちの席に戻る。

「終わったか？」

「ああ」

一人残っていたヒュウガは、マイペースに酒と料理を楽しんでいたらしい。ポポテプの皿が増えているように見えたのは、雪乃の気のせいだろう。

モギ摘《つ》みや、カンミの皮を取りに出かけていった男たちが戻ってくると、雪乃は一回分に必要な量を取り分けた。残りも乾かしておけばまた使えるので、シナノは全て持って風呂屋に向かう。

ヒュウガは宿に戻り、雪乃はカイと共に森に移動した。明るい店の中では平気だったのに、たくさんの星に覆《おお》われた暗い外に出ると、急激に眠気が襲ってくる。

目を擦《こす》る仕草を見せる小さな樹人を、カイは気遣うように抱き上げて運ぶ。森の少し奥まで入ると根を張らせ、ローブを脱がしてやった。

「おやすみ、雪乃」

「今日も一日ありがとうございました。おやすみなさい、カイさん」

森の豊かな土に根を張った雪乃は、眠りに落ちていく。そんな雪乃の頭を数度撫《な》でてから、カイは宿に戻っていった。

朝になってカイが迎えに来ると、雪乃は根を引っこ抜いてローブを着る。それからカイの手と小枝を繋いで宿へ向かった。

「雪乃ちゃん！　あれ、よかったわ。お肌の調子がいいの」

雪乃を見るなり、シナノが抱きつき頬擦《ほおず》りをしてきた。せっかくの柔肌が枝葉で傷付かないかと雪乃は心配するが、お構いなしだ。

「たぶん、カンミの皮ですね」

血流がよくなったことと、カンミの皮に含まれる油分の効果だろう。あまり化粧や肌の手入れをしていないシナノには、カンミの皮だけでも実感できるほどの違いが出たようだ。

はしゃぐシナノの後方から視線を感じ、雪乃は幹を横に曲げて覗いてみる。御者《ぎょしゃ》の老人が、困ったように笑っていた。

「風呂に誘われて入ったら、腰痛が和《やわ》らいだよ。まさか風呂にそんな効果があったとは。驚いた」

「お役に立てたようで嬉しいです」

雪乃は温かな気持ちになって、葉を揺らす。そんな雪乃の頭を、カイは誇らしげに撫《な》でた。

ススクの町を出てからは、森の中の道をひたすら進む。

途中で何度か魔物や野盗に遭遇したのだが、先頭の馬車に乗るヒュウガが一人で追い払うか倒すかしてしまうので、雪乃はずっとカイの膝《ひざ》の上に座っていた。

そして潮の香りが馬車を包み始めた頃、森は消え、日の光を反射してきらめく海が見えてくる。ついにタバンの港に到着したのだ。

海岸には地元の漁師たちが使う小さな舟から、遠く外洋まで向かうのであろう大きな帆船まで、大小様々な船が停泊している。

港が最も活気を帯びる早朝に比べれば落《お》ち着いているようだが、それでも魚介類を扱う露店が至る所に見られ、客たちが買い物を楽しんでいた。威勢のいい声に顔を巡らせると、商船が運んできた遠方の商品が積まった大きな木箱を、体格のいい男たちが担《かつ》いでは下ろしていく。

賑やかな港町の空気に影響され、雪乃は御者台《ぎょしゃだい》から幹《からだ》を乗り出してきょろきょろと辺りを見回す。カイもフードに隠れた耳を動かして音を拾っていた。

「今回はとても楽に旅することができました。ヒュウガさんたちが護衛してくださったお陰で、魔物が危険な生き物だということを忘れてしまいそうなほどでしたよ」

目的地まで到着し馬車から降りたギョシュウは、にこにこと恵比須顔《えびすがお》でご機嫌だ。

護衛は確かに一般の人間に比べれば強いが、万能ではない。手の届く範囲しか護ることはできず、予想外に強い魔物や大勢の野盗に襲われれば、防ぎきれないのだ。だから護られる側も自分たちの身は自分たちで護るという、緊張感を保ち続ける必要がある。

それが今回はどうだろう。主にヒュウガの活躍で、日中の道程はスムーズに進んだ。夜も野営とはいえ魔物などに邪魔されることなく、朝までぐっすりと眠ることができた。

これほど楽な旅路は滅多にない。

雪乃たちは少々苦い笑みを浮かべる。なにせギョシュウが危険な生き物と口にした魔物に、樹人の雪乃も分類されるのだから。

任務達成のサインと割り符を受け取ると、雪乃たちはギョシュウたちと別れた。そしてそのまま、タバンにある冒険者ギルドに向かう。

「雪乃、やっぱり気持ちは変わらないか？」

カイに小枝《て》を引かれ歩いていた雪乃は、顔を上げ彼の目を真っ直ぐに見ると、こくりと頷《うなず》いた。

獣人たちに付いていくという選択も、考えはした。

彼らと離れ難い気持ちもあったし、獣人の国にも興味がある。何よりカイたちと共に行けば、人間に討伐されることを恐れて正体を隠す必要もなく、穏やかな生活を送れるだろう。平和な世界で生きていた雪乃には、そのほうが合っている。

それでも雪乃は、旅を続けて薬草を集める道を選んだ。

薬草を集めれば本当に元の世界に帰れるのか、そして帰りたいと願っているのか、今はまだ分からない。

けれどこのままカイたちと共に行けば、きっと胸につかえ続けるだろうと雪乃は知っている。

「目的を遂《と》げたら、会いに行ってもいいですか？　いつになるか分かりませんけれど」

「もちろんだ。いつまでも待っているから、遠慮なく来い」

道中で何度もそうしたように、カイは優しく雪乃の頭を撫《な》でた。

「雪乃はムツゴロー湿原を目指すのだったな？」

しんみりとした空気を破るように、ヒュウガが腰を曲げて雪乃の顔を覗き込み、明るい声を出す。

始まりの森を出た時は他の場所に向かう予定だったのだが、なんだかんだで今はムツゴロー湿原という場所の近くまで来ている。どうせ行く予定の地だ。このままそこを目指すことにした雪乃は、カイたちに次の目的地としてそこを伝えていた。

「だったら乗せてくれる馬車を探さないとな。俺たちと一緒にいる間に見つけたほうが安全だ」

「ありがとうございます」

「先に休ませてあげたいけど、早めに探しておかないと『昨日出発しました』なんて言われて、何日も待ちぼうけさせられることもあるから」

ムツゴロー湿原の近くにも町はあるのだが、人口は少なく、隣町から大きく離れているという。行商などで湿原方面に行く馬車を見つけて、乗せてもらう必要があった。

そしてそんな馬車を探すには、冒険者ギルドが最適だ。自前の護衛を持つ者を除いて、遠方に向かう馬車には冒険者ギルドで護衛を雇うのが一般的だった。だから自然と情報が集まる。

雪乃を乗せてくれる馬車も見つかるかもしれないと、獣人たちは考えていた。


からんっと木の打ち合う音と共に扉を潜《くぐ》ると、奥で寛《くつろ》いでいた冒険者たちの視線が一気に集まる。

力仕事が多い港町だけあって、筋骨隆々《きんこつりゅうりゅう》とした屈強な男たちが多い。

すぐに視線を外す者が大半だが、よそ者の四人組に警戒の目を向ける冒険者もいた。威圧感に怯《おび》えた雪乃がカイの裾《すそ》に隠れると、すかさず彼は落ち着かせるように頭を撫《な》でる。

「この程度でびびってて、本当に一人で大丈夫か？」

ヒュウガがわざとらしく片方の眉を跳ねたので、雪乃ははっと顔を上げて、慌ててカイから離れた。幹《せ》をぴんっと伸ばして平気なふりをする小さな樹人に、カイもヒュウガも笑みを零す。

その直後に、シナノの手刀がヒュウガの脳天に落ちた。

「こんな脳筋の言うことなんて、気にしなくていいのよ？」

膝《ひざ》を折って目線を合わせたシナノに、はにかみながら雪乃が頷《うなず》くと、がばっと抱きしめられる。

「でも気を付けるのよ？　こんなに可愛い子、邪《よこしま》な考えを持つ奴が現れてもおかしくないんだから」

「それはお前だろう？」

頭を押さえて涙目になっているヒュウガの鳩尾《みぞおち》に、シナノは膝《ひざ》を折ったまま視線を向けることなく見事な裏拳を叩《たた》き込《こ》んだ。

その間、雪乃に向けられたシナノの顔は、優しく微笑《ほほえ》んだままだった。

「もういいか？」

呆《あき》れた眼差《まなざ》しで見下ろすカイに揃《そろ》って頷《うなず》くと、三人はカイに続いてカウンターに向かう。

「護衛任務の達成報告。それとムツゴロー湿原方面に行く馬車があれば、その情報を貰いたい」

差し出された割り符と小さな金属板を受け取ったギルド職員は手続きを済ませると、カイのほうへ視線を上げた。

「ムツゴロー湿原でしたら、薬を扱う商人から、三日後に護衛依頼が入っていますけど」

言いながら書類を引き出して目を通し、言葉を濁す。

「どうした？」

「その、定員は一名となっていまして」

申し訳なさそうに上目遣いに見る。三人いるので受けられないと考えたのだろう。

カイたちは顔を見合わせる。一人と限定しているのは、予算が少ないか、馬車に護衛を乗せる場所がないかのどちらかと考えられる。

雪乃に報酬は必要ない。それに小さな体だから、乗る場所もあまり取らない。交渉次第では乗せてもらえる可能性はあるだろう。

「薬屋なら丁度《ちょうど》いいんじゃないか？」

「私は逆に心配ね。雪乃ちゃんを欲しいとか言い出しそう」

「それはありえるな」

獣人の耳にしか聞こえない小声でやり取りを終えると、カイは職員に意識を戻す。

「他にムツゴロー湿原方面に行く馬車は？」

「今のところはありませんね」

「依頼以外でも乗せてくれそうな馬車はないだろうか？　もちろん報酬は必要ないし、馬車代も支払わせてもらう」

「難しいですね。そもそも、あちら方面に向かう馬車自体が少ないんですよ。湿原で採れる薬草を買い付けに行く商人くらいでして、それも一、二ヶ月に一回。冬場は雪で街道が封鎖されますし」

困ったように顔を歪《ゆが》めるカイたちを見た職員は、何かを閃《ひらめ》いたように手を打ち合わせた。

「報酬は必要ないということでしたら、先ほどの依頼主にかけ合うだけかけ合ってみましょうか？お得意さんですし、行きは荷物が少ないはずなので、荷台でよければ乗せてもらえるかもしれません」

カイたちはほっと安堵《あんど》の息を吐くと、雪乃に確かめる。

「それでいいか？」

「はい。お願いします」

雪乃の承諾を得たカイは、改めて職員に向き合った。

「乗せてもらうのはこの子だけだから、スペースはそれほどいらない」

「え？　その子だけですか？」

職員は戸惑《とまど》いの色を浮かべる。

当然だろう。Bランクの冒険者が無償で護衛をすると言えば、多くの商人は喜んで受け入れる。しかしなんの力も持たない小さな子供を便乗させてほしいとなると、話は別だ。商人側には利益がないどころか、道中で何かあれば責任を問われるかもしれず、不利益しかない。

「小さいが自分のことは自分でできる。迷惑はかけない」

それは最低限の条件だろうと、職員は眉間《みけん》に皺《しわ》を寄せる。しかし勘違いとはいえかけ合うと口にしてしまったのだ。冒険者の中でも数パーセントしかいない大切なBランク冒険者を相手に、今さら撤回するわけにもいかない。

「それでは一応、問い合わせてみますが、あまり期待しないでくださいね」

先ほどとは打って変わった硬い表情と声音を聞いて、断られる可能性が高いと判断したカイは、膝《ひざ》を折って雪乃に囁《ささや》く。

「薬草の知識があると教えてもいいか？」

「もちろん構いません」

即答した雪乃を、カイは不安の入り混じった困り顔で見る。

雪乃が持つ薬草の知識は、きちんと薬学を修めた者に匹敵するか、それ以上のものだとカイたちは見ていた。樹人の薬草を使わなくても、知識だけで充分に価値があるのだ。無防備な幼子を意のままに操り、恩恵を得ようと企《たくら》む人間が現れないとも限らない。その危機感が、雪乃にはまだ育っていなかった。

本当に一人にして大丈夫なのだろうかと、湧き上がってくる不安を呑み込み、カイは立ち上がる。

「見た目は幼いが、薬草の知識は深い。薬屋ならば丁度《ちょうど》いいと思うのだが」

危険を覚悟でそう付け加えたのだが、職員の表情を見ると信じていないことが分かった。

なにせ雪乃は身長一メートルほどと、本当に小さな子供にしか見えないのだから。

「伝えてみますけれど、期待しないでくださいね？　明日の午後以降に、また来てください」

なんとか交渉を終わらせると、ギヨシュウの隊商を護衛した報酬を受け取って、雪乃たちは冒険者ギルドの建物から出た。

すでに日は暮れかけている。夕食を終えると少し内陸に移動して森に入り、雪乃と獣人たちは眠りに就《つ》いた。雪乃は宿に泊まることをすすめたのだが、共にいられるのは残り少しだからと、一緒に寝てくれたのだ。

そして日が昇り、一行は港に戻る。

「じゃあ、俺とシナノは船を探してくるから、その辺で遊んでいてくれ」

ヒュウガとシナノが人混みに消えると、カイは雪乃の小《て》枝を引いて歩き出した。

船着き場から少し離れた場所には、魚介類を売る露店がひしめくように立ち並ぶ。朝早いこともあって、昨日港に着いた時の何倍も騒がしく、活気に満ちている。

「これは海藻なのでしょうか？　魚なのでしょうか？」

大きな昆布らしきものが、陸に上がった魚のように跳ねていた。根《あし》を止めた雪乃は角度を変えながら、まじまじと観察する。

カイは面倒くさがることなく雪乃に合わせて足を止め、樹人の少女の好奇心を微笑《ほほえ》ましげに見守っていた。けれどその顔には、少しばかり寂しそうな翳《かげ》りが差している。

貝殻や綺麗な鱗《うろこ》でできたアクセサリーを見物していると、ヒュウガとシナノが戻ってきた。

「船は六日後に出るそうだ」

六日後、と雪乃は小さく呟《つぶや》く。覚悟はしていたはずなのに、本当にこの優しい獣人たちとはお別れなのだと、寂しさと不安で胸の辺りが重くなる。

けれど、うつむいた雪乃を心配そうに見ているカイたちに気付き、頭を上げて、寂しい気持ちを捨て去るように葉を揺らした。

午後になり冒険者ギルドに向かった一行は、ギルドの職員から護衛依頼を出していた薬商人の店を教えられ、赴《おもむ》くように指示される。

近隣の家よりも一回り大きな二階建ての薬屋に入ると、薬商人のジョイが出てきた。鍛《きた》えられた肉体を持つ、壮年の男だ。

彼は雪乃を一瞥《いちべつ》すると、カイたちに探るような視線を向ける。小さな子供よりも、彼女を一人で放り出す保護者たちを怪しんでいるようだ。

「護衛としての戦力にはならないが、薬草の知識は並の薬師以上だ」

カイが紹介すると、ジョイは疑心を深め眉をひそめた。五歳かそこらに見える子供が薬師に匹敵するほどの知識を保有しているなど、信じられないのも無理はない。

しかし、無下に扱うことはせず、幾《いく》つかの薬草を雪乃の前に並べた。

「薬草名と効能について答えられますか？」

雪乃は迷うことなく、いずれもすらすらと答えていく。

雪乃の薬草図鑑は、埋まっていない薬草のほうが多い。とはいえジョイが提示した薬草はこの国で採取可能なものばかりで、すでに集め終えレシピも取得していた。

「ではこれらの薬草を調合して作られる薬の効能と、レシピは分かりますか？」

「めまいや肩凝り、女性の辛《つら》い症状を緩和させせます。分量は」と答えた雪乃だったが、ふむうっと唸《うな》りながら眉《ま》間《ゆ》を寄せる。

「この薬は何年も呑み続ける方が多いですよね？　カツラピは摂取量が多いと、肝機能が低下する副作用があります。長期間にわたって常用される方や、カツラピを含んだ薬と併用される方は、ロンロンカツラピに替えたほうがよろしいのではないでしょうか？」

カツラピとロンロンカツラピは、よく似た薬草だ。正確には薬木であり、樹皮を剥《は》ぎ乾燥させて使う。樹人の立場からすると、ずいぶんと痛そうな話である。

それを想像してしまい、ふるふると震える雪乃をカイたちは不思議そうに見つめていた。

一方、雪乃の指摘を聞いたジョイは目を丸くする。

「その副作用は聞いたことがありません。どこで知ったのですか？」

「ええっと」

雪乃は答えあぐねて視線をさ迷わせる。樹人の能力だとは言えない。

「旅をしているから、他の国で使われている薬の知識もあるのよ。ねえ？　雪乃ちゃん」

「はい。そうです」

上手《うま》くシナノが助け舟を出してくれたので、すかさず飛び乗った。

「なるほど。ラジン国かルモン大帝国辺りの知識でしょうか？　私も一度はラジン国を訪れてみたいと思っているのですが、残念ながら魔法を使うことができなくて」

「ラジン国に行くことと、魔法が使えないことが、関係あるのですか？」

ジョイの言葉が気になって、雪乃はつい問いかけてしまった。眉を跳ね上げたジョイを見て、シナノの助けを棒に振ってしまったかと焦《あせ》る。

「あそこは魔法使いたちによって建国された、魔法使いたちのための国ですからね。入国審査で魔法を使えるかテストされるそうです」

そう言って苦笑するジョイを見て、雪乃の葉が引きつった。これではラジン国に行ったことはないと白状したようなものだ。だがジョイは追及することなく話を続けた。

「ラジン国は王制ではなく、魔法ギルドが国を運営するという、珍しい体制を取っているのも特徴ですね」

この世界の多くの国は王制を敷いているが、ラジン国は魔法使いたちが選んだ魔法ギルド総帥が、ギルドも国も統治しているのだという。

「しかしロンロンカツラピは、カツラピより値が張る。この差額を負担するのは辛《つら》いな。いや、二種類あることを伝えた上で、選んでもらえば問題はないか」

ぶつぶつと呟《つぶや》いていたジョイは少しして、すっきりとした顔を上げた。

「ユキノさん、ご希望通り、ヤナの町まで馬車でお送りしましょう。馬車代は不要。道中の食事代なども、こちらで負担いたします。その代わりと言っては失礼かもしれませんが、問題のない範囲で構いませんので、薬草の知識を教えてはいただけないでしょうか？」

「ありがとうございます。私の知識でお役に立てるのでしたら構いません」

予想以上の好待遇で馬車に便乗させてもらえるようだ。雪乃もカイたちも、安堵《あんど》に胸を撫《な》で下《お》ろした。


そして迎えた旅立ちの日。

「無茶はするな。それと、聞かれたからといって、なんでも教えてはいけない。身を護ることを第一に考えるんだぞ」

見送りに来てくれたカイたちは、何度も雪乃に言い聞かせた。問われれば人間が知らない薬草の知識まで答えてしまいそうな小さな樹人を、彼らは心配しているのだ。

だが昨夜からずっと言われ続けていた雪乃は、ありがたく思いつつもさすがに苦笑を浮かべる。

「ここまでありがとうございました。カイさん、ヒュウガさん、シナノさんも、気を付けて」


馬車が発車しても幌《ほろ》の間から顔を出して枝を振る雪乃を、カイたち三人は馬車が見えなくなるまで手を振って見送った。

カイたちの持つ麻袋の中には、樹人の薬草が入っている。中には美肌効果のあるリボンウリもあった。今までのお礼も込めて、役に立ちそうな薬草を雪乃が渡したのだ。

最初は固辞したカイたちだったが、最終的には雪乃の気持ちを汲《く》んで、「ではお守りとして持っておこう」と、受け取った。

「行っちまったな」

「ああ」

「寂しくなるわね」

「ああ」

叶うならば付いていってやりたいと思ったが、三人は故郷に帰らなければならない。短い返事をすることしかできないカイを、ヒュウガとシナノは気遣うように見やる。

「世界を旅するって言ってたからな。縁があればまた会えるだろうよ」

「何をする⁉」

乱暴に頭を撫《な》でてきたヒュウガに抵抗するが、まだ兄弟子には勝てそうにないと、カイは小さく溜め息を零す。

一方、馬車の荷台で揺られていた雪乃は、「あ、ログアウトについて聞き忘れました」と、気付いたのだが、とっくに手遅れだった。獣人たちの姿はもう見えなくなっている。

それに声に出しはしたものの、ここはゲームの世界ではないのだろうと、雪乃はすでに確信しつつあった。

3

雪乃を乗せた馬車はタバンの港から六日ほどの距離にある、ヤナの町を目指して進んでいた。そこからムツゴロー湿原までは、歩いて半日ほどで着くという。

港から離れても、荷台には磯《いそ》の香りが漂《ただよ》っている。

ジョイの目的は、薬草の町とも呼ばれるヤナで薬草を仕入れることだ。帰りには薬草でいっぱいになる予定の荷台だが、行きの間、遊ばせておくのはもったいない。ヤナの町で売れそうな日用品や、干物や海草といった日持ちのする海の幸を積み込んでいた。現地で売ったり交換に使ったりするそうだ。

「ずいぶんと小さいけど、護衛の仕事なんてできるの？」

荷台に乗っているのは、雪乃だけではない。護衛として雇われた冒険者も、荷台で寛《くつろ》いでいた。

ほとんど人の通らない街道を行くので、野盗などは出てこない。魔物は出るが夜行性のものが多く、日中に出くわす可能性は低い。だから夜間の見張りが主な仕事となるため、日中は休んで夜に備《そな》えているようだ。

ノムルと名乗ったその男は着古して色褪《いろあ》せた草色のローブに身を包み、山の高いつば広帽子を被《かぶ》っている。顎《あご》には不精髭《ぶしょうひげ》が残り、焦《こ》げ茶《ちゃ》色の髪は手入れをしていないのかぼさぼさだ。前は目にかかっていて、後ろは無造作に束ねている。表情に生気はなく、まるで世捨て人みたいだ。

傍《かたわ》らには彼の身長ほどもある、長くて黒い木製の杖《つえ》が立てかけてある。よく見ると亜麻色《あまいろ》の縞《しま》が入っているそれは、一方の端が太くなっていて、大きな緑色の宝石が埋め込まれていた。

その外見や持ち物から、きっと魔法使いなのだろうと雪乃は推測する。

「私は便乗させていただいているだけで、戦えません」

「へえ？」

ノムルは面白そうに眉を跳ねて、探るように雪乃を見る。つばの影になった前髪の間から微《かす》かに覗く茶色い瞳に光はなく、ガラスで作られた人形の瞳みたいで感情が読み取れない。

居心地の悪さを覚えた雪乃は隠れるように幹《からだ》を縮めて、海草が詰《つ》まった木箱に身を寄せた。

「そんなに怯《おび》えないでよ？　別に何もしないからさ」

へらりと白い歯を見せて笑うノムルだが、薄《うす》ら寒い笑みによって胡散臭《うさんくさ》さが増す。

雪乃は無意識にノムルから死角となりそうな、木箱と木箱の隙間に潜《もぐ》り込《こ》んでいく。

「そこまで警戒しなくても」

首筋を掻《か》いて苦笑を漏らしているが、ノムルには反省している様子も言動を控える気配もない。

この魔法使いと何日も一緒にいなければならないのかと思うと、雪乃は旅立って早々に泣きたくなった。何をされたわけでもないが、本能的に逃げ出したくなる気配をまとっているのだ。

しかし、「じゃあ君、どうやってこの馬車に乗せてもらったのさ？　商人の知り合いってわけではなさそうだし、護衛もできないんでしょう？」という、ノムルの口から出てきた言葉で気付く。

彼が問題なのではなく、自分が一人で馬車に乗っているという状況がおかしいのだ、と。

子供が一人で旅をすることは、それほど珍しくないと聞いていた。だがやはり、雪乃の外見年齢でとなると、滅多にいないのだろう。しかも馬車の持ち主と知り合いでもないのに、大切な商品を積んだ荷台に乗せてもらっている。

経験豊富な冒険者ならば、不審に思い探りを入れるのは当然なのかもしれないと、雪乃はノムルへの警戒を緩めた。

「えっと、ムツゴロー湿原を目指していまして」

「ムツゴロー湿原？　あんな何もない所に何をしに行くのさ？」

正直に答えた雪乃に対して、ノムルは疑うように眉をひそめる。

ただ見つめられているだけなのに、得体の知れない威圧感が雪乃を包む。重苦しくて、葉裏がじとりと湿《しめ》り、維管束《いかんそく》がばくばくと鳴り響く。

息を呑んだ雪乃は、開き直った。

「薬草を探しに行くのです！」

ふんぞり返るように幹《むね》を張って答えるが、木箱の隙間に嵌《は》まったままなので、傍《はた》から見ると滑稽《こっけい》な姿である。それでも彼女なりに、精一杯の虚勢を張ったのだ。

ちらりとノムルを窺《うかが》うと、彼はぽかんと口を開けて呆けた顔をしている。

「え？　薬草？　君みたいな子供が？　あそこまでの旅程や手間を考えると、買ったほうが楽だと思うんだけど？」

心底から不思議そうだ。

確かにその通りかもしれないと、雪乃も心の中で同意する。けれど雪乃の目的は薬草をただ手に入れることではなく、吸収することだ。

カイたちと実験して分かったことだが、採取してすぐのものしか吸収することはできなかった。だから薬屋で売っている乾燥した薬草は、雪乃の目的には使えない。自ら繁殖地に赴《おもむ》き、採取しなければならないのだ。

「私は薬師なのです」

ノムルが胡散臭《うさんくさ》いものでも見るような冷めた半眼を向けてくる。怖くて震えそうだが、雪乃は幹《むね》を張ったまま、唇を噛むように口葉を引き結んで耐えた。

負けてなるものかと、ぎっとノムルを睨《にら》むように見つめる。目はないし顔全体がフードに隠れているのだが、ここは気持ちの問題だ。小枝《て》を握りしめて自分を奮い立たせる。

すると、「あ、そう」と、興味が削《そ》がれたのか覇気《はき》のない声を出したノムルから、探るようなねっとりとした気配は消えていった。ほっと幹《むね》を撫《な》で下《お》ろしたが、気は抜けない。

それでも一日目は何事もなく過ぎる。

夜は野営となるが、雪乃は人間二人から少し離れた所で三角座りの体勢で木にもたれかかり、ローブの下で根を張って眠った。

そして二日目。川に沿って伸びる細い山道を、馬車は登っていく。

日が高くなってきた頃だ。馬の嘶《いなな》きと共に馬車が揺れ、急停車した。軽い雪乃は踏ん張ることができず、荷台の中をころりと転がってしまう。

「魔物だ！」

打ち付けた頭と枝を擦《さす》りながら起き上がろうとしたのと、ジョイの切迫した叫び声が響いたのと、どちらが先だったろう。雪乃は飛び跳ねるように身を起こす。

自分はどうすればいいのだろう？　と視線をさ迷わせると、ノムルの姿が視界に入る。彼は特に緊張した様子もなく、馬車の木枠に背を預けて座ったままだ。しかし彼の手には杖《つえ》が握られていて、それをわずかに指で弾いた。

何をしているのだろうかと雪乃が問いかけようとした瞬間、視界が真っ白に染まり、凄《すさ》まじい轟《ごう》音《おん》に襲われる。振動が雪乃の幹《からだ》にも伝わってきて、びりびりと葉が揺れた。

「な、何事ですか？　え？　雷？」

驚いてきょろきょろと幹《くび》を回すが、馬車の中を見回したところで外の状況は分からない。怯《おび》えつつも、幌《ほろ》の隙間からそっと外を覗いてみる。下を見ると、少し馬車の扱いを間違えれば落ちてしまいそうな切り立った崖《がけ》が、視界を占拠した。幹筋《せすじ》にぞわりと寒気が走り、反射的に視線を上に切り替える。空は雲一つなく晴れていた。

「いい天気です。しかし変な天気です」

日の光を浴びて無意識にさわりと葉を揺らしたが、心の中は穏やかではない。ちらりとノムルを窺《うかが》った雪乃だが、とりあえず御者台《ぎょしゃだい》にいるジョイに声をかける。

「ジョイさん、大丈夫ですか？」

「ええ。魔物が現れたのですが、さっきの雷でやられたようです。ノムルさん、荷台に運ぶから手伝ってくれますか？」

「はあーい」

間延びした返事をしながら、ノムルは荷台から降りた。残された黒い杖《つえ》を、雪乃はじっと見つめる。やはり雷は魔法だったのだろうかと考えるが、雷を落とすほどの魔法が存在するのか、判断が付かない。

確信のないまま、黒焦《くろこ》げになったヤマイノブタと思われる魔物の死骸《しがい》と共に揺られていく。

痛ましい焼死体を見るのは、捌《さば》かれた食肉しか見かけない社会で生きてきた彼女には辛《つら》い。なるべく視界に入らないよう、進行方向を向いておく。

道幅が広くなり馬車の操縦が楽になったところで、薬草の話をしようとジョイから御者台《ぎょしゃだい》に誘われ、雪乃はほっと安堵《あんど》の息を吐いた。

哀れな丸焼けのヤマイノブタは、その晩、ノムルとジョイによって焼き直され、美味《おい》しくいただかれた。残った部分は崖下《がけした》に落とされ、肉食獣や魔物たちの餌《えさ》となったようだ。

そして三日目の夕暮れ時。そろそろ野営をしようと馬が足を緩めた時、再び魔物に襲われた。

顔を上げた雪乃の視線の先では、やっぱりノムルが杖《つえ》を片手に握ってわずかに指先で弾く。その直後、幌越《ほろご》しでも眩《まぶ》しい閃光《せんこう》が走り、耳をつんざく音が大地を揺らした。

外を覗くと、馬車の周りには大きな鼠《ねずみ》に似た魔物が十数体、倒れて痙攣《けいれん》している。怪我などは見当たらない。どうやら気絶しただけのようだ。

「あれは食用にはおすすめしないかなー。もう少し先で野営したほうがいいと思うよ？」

「え、ええ」

気だるげに出されたノムルの指示に、戸惑《とまど》いを含んだジョイの声が答える。手綱《たづな》がピシリと音を立て、馬車は再び動き出した。

ノムルは大きなあくびをすると目を瞑《つむ》ってしまったが、御者台《ぎょしゃだい》からは、怯《おび》えるような気配がひしひしと伝わってくる。

雪乃はもちろん、ずっと御者台《ぎょしゃだい》にいてノムルの動きを見ていなかったジョイだって、さすがに気が付いた。一度目は偶然の落雷と思えても、二度目ともなれば、それが故意に引き起こされた現象だと理解せざるを得ない。

野宿を挟んで翌日。御者台《ぎょしゃだい》で雪乃と薬草の話をしていたジョイが、荷台の様子を窺《うかが》ってから声を落とした。

「ねえ、ユキノさん」

「なんでしょう？」

「やはりあの雷は、その――」

口をもごもごと動かして何か聞こうとしているが、その先を音にすることはできないらしい。

彼が話すのを待っていた雪乃だったが、ジョイが諦めるように口を噤《つぐ》んだのを確認すると、前を向いて自分から切り出す。

「魔法って、あのくらいが普通なのでしょうか？」

「まさか。国に一人いるかどうかの腕前です。ラジン国でも幹部クラスじゃないでしょうか？　……いや、ただの同名のはず。こんな所にお一人でおられるなど……」

ぶつぶつと呟《つぶや》き始《はじ》めたジョイは、しばらくすると壊れたように乾いた笑い声を上げた。驚いた雪乃は彼を見上げたが、触れてはいけない気がして、すぐに揺れる馬の鬣《たてがみ》をぼんやりと眺める。

「そういえば、ラジン国は魔法使いたちの国なのですよね？　なのに魔法関係のものではなく、薬学や医学が有名なのですか？」

しばらく大人しくしていた雪乃だが、思い切って話題を振ってみた。ジョイの独り言に出てきたラジン国について、タバンの港で話を聞いた時から気になっていたのだ。

「もちろん魔法関係も優れていますよ？　ですが薬学や医学に関しても、ラジン国の右に出る国はないでしょうね。同じ薬草でもラジン国産のものは質がよいので人気が高いです」

「ほほう。土がよいのでしょうか？　それとも気候でしょうか？」

「おそらく魔法の力でしょう」

「魔法、ですか？」

魔法と薬草の関係が分からず小首《こくび》を傾《かし》げる雪乃に、ジョイは丁寧に説明してくれた。

土魔法で畑を耕し、水魔法で水を与え、火魔法や風魔法で気温を調節するなど、様々な魔法使いが関わることで天候などに左右されずに安定した品質の薬草を栽培できるのだろうと。

「ユキノさんは幼いのでご存知ないかもしれませんが、昔は異端の力を使うといって魔法使いへの偏見が強い国も多くあったのです」

ちらりと荷台へ目をやったジョイは、ノムルに聞こえないよう小さな声で囁《ささや》く。

「中でもラジン国の前身であるアラージ国は酷《ひど》く、彼らを奴隷扱いしていたそうです。耐えかねた魔法使いたちがクーデターを起こし、新たに立ち上げたのがラジン国だと公《おおやけ》には言われています」

「公《おおやけ》には？」

言い方が引っかかり、ジョイに倣《なら》って小声で雪乃が問うと、彼は重々しく頷《うなず》く。

「噂《うわさ》によると、本当はたった一人の魔法使いによって滅ぼされたそうです。魔法使いたちから圧倒的な支持を受けて魔法ギルド総帥の座に君臨し続ける、最強にして最凶の魔法使いによって」

雪乃はぎょっとしてジョイをまじまじと見た。

いくら魔法が存在する世界だとしても、たった一人の気分次第で国が滅ぼされ支配されては、人々は安心して暮らせない。この世界の仕組みはどうなっているのかと、頭を抱えそうになる。

「どこそこの町が滅ぼされた、逆らった貴族が粛清《しゅくせい》されただのと、彼《か》の魔法使いには恐ろしい噂《うわさ》が絶えません」

さらに続いた言葉を聞いて、樹液《ち》の気《け》が引いて葉が萎《しお》れていく。

雪乃の動揺に気付いたジョイが困ったように笑う。

「しかしラジン国を見れば、彼《か》の魔法使いが素晴らしい統治者でもあると分かります。ラジン国は魔法使いへの偏見をなくすために、人の役に立つ、薬草の栽培と薬の開発に力を注ぎました。そして今では、医学・薬学といえばラジン国と言われるまでに発展したのです」

「なるほど」

敵対する者には容赦《ようしゃ》しないが、身内となった者には優しい人物なのだろう。極端すぎる気がしなくもないが、隷属させられていたという生い立ちを考えると、苛烈《かれつ》な人格が形成されたとしても仕方ない。

流れていく景色をぼんやりと眺めながら、雪乃は彼《か》の魔法使いに思いを馳《は》せる。

その後も薬草の話で盛り上がる雪乃とジョイを乗せて、馬車は進んだ。


「——なんだかよくない雰囲気の町ですね。治安が悪いのですか？」

御者台《ぎょしゃだい》から町の景色を見物していた雪乃は、ジョイに尋ねた。

山に囲まれたヤナの町は土地に限りがあり、平屋建ての民家が密集して建っている。中央に建つ教会は民家の屋根よりも高く、遠目にも目立っていた。

「いいえ。田舎《いなか》だからそれほど活気のある町ではないですが、これはおかしいですね」

ジョイもまた、眉間《みけん》に皺《しわ》を寄せて周囲を観察する。

雪乃はジョイのお蔭で無事にヤナの町まで辿《たど》り着《つ》いた。けれど今、到着した喜びよりも不安と困惑が勝っている。

町の中はほとんど人気《ひとけ》がない。それだけならば仕事に出かけているのだろうと考えることもできるが、どことなく空気が重く、嫌な臭気さえ漂《ただよ》っていた。

「とりあえず、領主様のお屋敷に向かいます」

町に入ってから緩めていた馬の足を速めさせ、ジョイが丘の上に建つ館に急ぐ。坂を登り始めたばかりの所に詰《つ》め所付きの門があり、そこで門番に身元を伝え、領主へ面会を求めた。門番はなぜか喜色を浮かべて馬車を通す。

その対応にジョイは首を傾《かし》げたが、理由を尋ねることなく馬を走らせ続けた。

丘を彩《いろど》る木々の隙間から見えてきたのは、ヨーロッパの貴族が住んでいたような、白壁の洋館だ。

身を乗り出して館を眺める雪乃を見て、ジョイは強張《こわば》っていた表情を緩めて小さく笑う。

豊富な薬草の知識を持ち、一人で旅をしていても、彼女はやはりお城やお姫様に憧れる普通の女の子なのだと、微笑《ほほえ》ましく思えたのだ。

館前の門に着くと、待ち構えていた使用人の指示で、彼は玄関から少し離れた場所に馬車を停める。

雪乃とノムルに待機を命じ、ジョイは一人で館の中に入った。

そして、十分ほど経った頃、慌ただしく玄関扉が開き、血相を変えて飛び出てくる。

「ノムルさん、ユキノさん、来てください」

ただならぬ空気を感じ取った雪乃は、御者台《ぎょしゃだい》から飛び降りてぺしゃりとこけた。けれど、すぐに立ち上がり、ジョイのもとに急ぐ。

一方、荷台に乗っていたノムルは、面倒くさそうに首筋を揉《も》みながら降りてくる。

「どうしたのさ？　取り引きが中止にでもなった？」

「そんなレベルじゃありません。とにかく、二人とも来てください！」

ジョイの鬼気迫《ききせま》る態度に、思わず顔を見合わせた雪乃とノムルだったが、何が起こっているのかなど分からない。黙ってジョイの後に付いて館の中に入った。

メイドや執事が出迎えてくれるかもしれないと期待していた雪乃だったが、その期待は大きく裏切られる。案内の使用人はいるが、廊下ですれ違うのは、目の下に隈《くま》を作った人間たちばかりだ。

どの部屋も扉が開け放されており、見るともなしに視界に入った室内には、天井いっぱいに薬草が干してある。その下では人間たちが脇目も振らずに、乾燥が終わったそれを擦《す》り鉢《ばち》で擦《す》ったり、秤《はかり》で量ったりしていた。

貴族の生活など物語でしか知らない雪乃だが、こんな状態が普通ではないことくらいは分かる。町の様子に加えての異様さに怖《お》じ気《け》付きそうになる心を叱咤《しった》して、一生懸命に背筋《せすじ》を伸ばす。

ようやく案内の使用人が足を止めた。この屋敷に来て初めて見る、扉の閉まった部屋だ。扉の両脇には、逞《たくま》しい体付きをした警護の人間が立っている。

「旦那様、お連れいたしました」

使用人は軽いノックの後に、雪乃たちを連れてきたことを告げる。間を置かずに入るようにと声が返ってきて扉が開いた。

室内にはローテーブルが置かれ、長ソファが向かい合う。その奥に執務机があり、書類が山と積まれていた。その書類に埋もれるようにして執務机に座っていた白い髭《ひげ》を蓄《たくわ》えた老人は、ジョイが伴《ともな》ってきたノムルが部屋に足を踏み入れるなり、相好《そうごう》を崩して近寄ってくる。

「君が腕利きの薬師か？　私は当地を拝領している、イグバーン・ヤナイルだ。助かった」

両手でノムルの手を握り、何度も上下に揺らして喜びを伝えた。対するノムルは抵抗も否定もしなかったものの、何を言い出したのだ？　と問いたげな目でイグバーンを見る。

「失礼ながらイグバーン様。彼は護衛の魔法使いでして、薬師はこちらのユキノさんになります」

「雪乃です。よろしくお願いいたします」

ジョイの紹介に合わせて雪乃は深々とお辞儀をする。けれど反応は薄い。

何か失礼なことでもしてしまっただろうかと、彼女は戸惑《とまど》いながら顔を上げる。すると、イグバーンを始めとした部屋に居合わせた人間たちが、揃《そろ》って動きを止めて蝋人形《ろうにんぎょう》のように固まっていた。

たっぷり十秒は経過した後、蝋《ろう》が溶けて動けるようになったイグバーンは、ノムルからゆっくりと手を離し、長い顎髭《あごひげ》をしみじみといじり始める。それから眉根を寄せてジョイを睨《にら》むように見た。

「今は非常事態だ。冗談は時と場所を選んでほしい」

「信じられないかもしれませんが、事実です。彼女は私よりも多くの知識を持つ優秀な薬師です」

まさかと唇を動かしたイグバーンは、目を細めて鋭さを増した視線を雪乃に落とす。

大きなフードに隠れて顔も見えない身長一メートルほどの子供だ。とてもではないが、ジョイの紹介を鵜呑《うの》みにはできないのだろう。若緑色のフードの天辺《てっぺん》に付いた猫の耳を映していたイグバーンの目が、説明を求めるようにジョイに戻る。

目は口ほどに物を言うとはいうが、それを正しく体現していた。口には出さずとも、「どういうことだ？」と尋ねているのが、ありありと分かる。

「彼女は王都の薬師さえ知らないような薬草の知識を持つ、稀有《けう》な存在です」

大人たちの注目を受けて緊張していた雪乃だったが、付け加えられたジョイの説明に、ぽてりと枝上の首《くび》を傾《かし》げる。

「そうなのですか？」

「ええ⁉」

思いがけない反応にジョイが目を剥《む》いて驚き、他の面々はやはり冗談だったかと胸を撫《な》で下《お》ろす。

しかし驚きの感情が去るなり、嫌悪と軽蔑《けいべつ》を含んだ棘《とげ》のある視線をジョイに向けた。

室内の空気に取り乱したジョイは、貴族である領主の前であることを忘れ、雪乃に詰《つ》め寄《よ》る。

「タバンやここに来るまでの道中に、薬草の知識を披露してくれたじゃないですか！　あれはなんだったのですか？」

彼の気迫に一歩下がりながら、雪乃は慌てて言葉を足す。

「いえ、それは私が知る薬草の使い方を説明したのですけれど。そうではなく、王都の薬師さんたちがご存知ないようなお話だったのですか？」

「え？」

ジョイはもちろん、イグバーンたちも違和感を覚えて目配せし合い、探るように雪乃を見始めた。

「えーっと、ユキノちゃんだっけ？　確認なんだけど、君は誰から薬草の知識を学んだの？　馬車の中で聞こえたけどさ、ラジンでも知られてない薬のレシピも混じっていたよね？」

首筋を掻《か》くノムルが膠着《こうちゃく》状態を破る。

ジョイとの会話で、ラジン国は世界で最も薬学が進んでいる国だと学んでいた雪乃は、旅の途中で知ったという言い訳は使えなくなったと悟《さと》る。

幻の目を泳がせ、なんと答えるべきか考えた。

この世界で生きている人たちに「ゲームの運営にです」などとは言わないほうがよいだろう。

「い、一族に伝わる知識です」

薬草図鑑は樹人が成長した暁《あかつき》に貰えるアイテムだから、あながち間違ってはいないはずだ、たぶん、きっと。雪乃は心のうちで自分に言い訳をする。

「ユキノちゃんの一族って？　なんていう一族？」

せっかく答えを捻《ひね》り出《だ》したというのに、ノムルの追及の手は止まらない。蛇《へび》に睨《にら》まれた蛙《かえる》のように雪乃は動けなくなり、葉裏がじっとりと湿《しめ》っていく。

答えられない、答えるわけにはいかない質問だ。なにせ雪乃の一族は、魔物として認識されている樹人なのだから。真実を告げた瞬間に、討伐されかねない。

「ひ、秘密です」

「えー？　じゃあ、この国にいる一族なのかな？」

ふるふると震える雪乃は、じりじりと追い詰《つ》められるように後退《あとずさ》る。背幹《せなか》が扉にぶつかり、反射的に振り返って背後を確認した。

分厚い木の扉の向こうは廊下に繋がっているが、扉の左右には鍛《きた》え上げられた肉体を持つ警護の人間がいる。彼らを躱《かわ》して逃げるなど、雪乃には無理だ。

外に逃げることを諦めて顔を前に戻すと、獲物を狩るライオンみたいに鋭い目を向けているノムルの口元が、にっこりと三日月《みかづき》形を模《かたど》っていた。その笑みが余計に恐怖を引きずり出す。

「ずっと気になっていたんだよね？　君みたいに小さな子が、ムツゴロー湿原に一人で薬草を採りに行くとか、常識的に考えておかしいよね？　それに旅の間中、一度もフードを取らないし、顔どころか手も見せない。君はいったい、何者なのかなー？」

（怖い怖い怖い怖い怖い……！）

雪乃のふるふるが次第に速く大きくなり、葉が落ちそうなほどの猛スピードに達していた。

「ねえ？　ユキノちゃん。せめて君の一族がどこに住んでいるかだけでも教えてくれないかなー？」

なおも詰《つ》め寄《よ》ってくるノムルに、雪乃の葉は色褪《いろあ》せ萎《しお》れていく。

どうして誰も彼を止めてくれないのかと周りを見回すと、人間たちの目は雪乃を気の毒がると同時に、正体を知りたいという好奇心に満ちていた。

「どうしたの？　答えられないのかなー？」

ノムルの手がフードに伸びてくる。

雪乃は混乱した。フードを取られてしまえば、そこで終わりだ。けれどこの世界にある国の名前など、彼女は知らない。

それでも何か答えなければと、目が回るほど思考を巡らせ、認識するより先に叫ぶ。

「も、森の奥です！」

ノムルの手がフードに触れる直前で、ぴたりと止まる。残りは数センチしかなかった。恐る恐る視界を広げて部屋の様子を窺《うかが》うと、なぜか皆、呆然と口を半開きにして、丸くなった目に雪乃を映している。

何が起こったのかときょとんとしているうちに、ノムルが不精髭《ぶしょうひげ》が茂る顎《あご》をしごきながら、唸《うな》るような声を出した。

「あー、やっぱりそういうことね。へー」

なぜか嬉しそうに口角を上げて納得している。

「そっかそっか、そりゃあ隠すよね。偏見を持っている人間もいるし、そのほうがいいよねー」

「まさか本物に出会える日が来るとは。しかもこのタイミングで。神に感謝をせねばならぬな」

「こんなに幼い子供でも、王都の薬師顔負けの知識を持つとは。さすが森の民ですね」

なぜか領主は祈りを捧《ささ》げ始《はじ》め、他の人間たちは物珍しそうに雪乃を眺める。

謎が解けてすっきりしたとばかりに表情を緩めている人間たち。彼らが導き出した答えは、皆同じらしい。中心に置かれている雪乃だけが置いてけぼりになっている。

出てきたヒントをまとめると、どうやらその一族は『森の民』と呼ばれ、薬草の知識が豊富らしい。けれど人間の前に姿を現すことは滅多になく、人間の中には偏見を持つ者もいるということ。

ここまでならば樹人も該当しそうだが、目の前にいる人間たちは雪乃に対して、敵意や軽蔑《けいべつ》といった感情は向けていない。むしろ珍しいものを見たという好奇心や、尊敬の感情さえ受け取れる。

もしや樹人は一部の人間には認められているのだろうかと考えてみるが、カイたちから教えてもらった話を思い返しても、そのような希望的な内容はなかった。樹人は魔物であり、気付かれれば討伐される。だから決して人間に正体を明かさないようにと、口をすっぱくして言われていた。

(カイさん?)

優しかった獣人たちを思い出した雪乃は、何かが引っかかる。

「顔を見せてはいただけないでしょうか? 噂《うわさ》によると、絶世の美形だと聞きます」

「うん?」

祈りを終えたらしきイグバーンは、目を少年のようにきらきらと輝かせて雪乃を映す。樹人を美形と表現するとは、中々に特殊な趣味をお持ちだ。イグバーンを呆《あき》れたように見つめてしまった雪乃だが、視線をずらすと他の人間たちも期待の眼差《まなざ》しを向けていた。

改めて考え直してみた雪乃は、彼らが自分を何と勘違いしているのか思い至る。

(……エルフですね)

森の奥で暮らし、森と共に生きるエルフは、『森の民』と呼ばれるにふさわしいだろう。そして雪乃の世界にある創作物の多くでは、美形揃《ぞろ》いの種族として描かれていた。

嘘をつくのは心苦しいが、ここは一つ、エルフの名を借りておこうと雪乃は決断する。

しかし、エルフだと認めた場合、顔を隠し続けることを人間たちが許してくれるだろうか? 答えは否だ。現に彼らは顔を見せてくれと頼み、期待に目を輝かせているではないか。

少し考えた雪乃は、家族以外に対して目元と手首から先以外を晒《さら》すことが許されない宗教があったはずだと、地球の知識を思い出す。これをアレンジして、「ごめんなさい。まだ子供なので、家族以外に顔を見せてはいけないのです」と、言い訳をしてみた。

子供のエルフは家族以外に顔を見せてはいけない、などという仕来《しきた》りがあるのか知らないが、人間たちの会話を聞く限り、彼らにエルフの習慣についての知識はあまりなさそうだ。もしも「そんな習慣はない」と反論されても、別の集落のエルフだと言えばなんとかなるだろう。

そんな風に覚悟を決めていたのだが、懸念は徒労《とろう》に終わる。

「そうですか。残念ですが、無理強《じ》いするわけにはいきませんからね」

人間たちはあっさりと受け入れた。

ほっと胸《むね》を撫《な》で下《お》ろした雪乃に対して、改めてイグバーンは跪《ひざまず》き、縋《すが》るような目を向ける。

「高潔なる森の民の子よ、どうか我が領地の民を救ってください。あなたの知識が必要なのです」

真摯《しんし》な眼差《まなざ》しを真っ直ぐに受けて、雪乃は自然と頷《うなず》いていた。

「私でお役に立つのなら、お力にならせてください」

「おお！　ありがたい」

イグバーンや彼の使用人を含む、ヤナの住人たちの表情から翳《かげ》りが薄《うす》らぎ、生気が戻ってくる。

その急激な変化に、雪乃は困惑を覚えた。

「あの、私にできることはお手伝いしますが、まず先に、この町で何が起きているのか教えていただけないでしょうか？　私にも、できることとできないことがあるので」

異変が生じていることは町に入ってからの雰囲気で察してはいたが、具体的なことはまだ何も知らないのだ。

雪乃の問いかけに冷静さを取り戻したイグバーンは、客人たちにソファをすすめてから、町で起こっていることを説明し始めた。

「始まりは二週間前でした」

異変に気付いたのがその時だったので、実際にはさらに前から起きていたのだろうと、イグバーンは付け加える。

一人の男が関節の痛みを訴え、その翌日から高熱を出した。そして五日後に命を落とす。その二日後、彼の妻と子供も同じように関節の痛みを訴えてから高熱を出し、子は三日後、妻は五日後に帰らぬ人となった。調べてみると同じような症状で亡くなった人間は他にもいて、今も高熱にうなされている領民が大勢いるという。

「この病《やまい》――闇死病《やみしびょう》は、一人が患《わずら》うとなぜか周囲の者も次々と患《わずら》い、命を落としてしまう奇病なのです。過去にも各地で猛威を振るい、多くの人間の命を奪っています。中には国が滅びかけたことさえありました。まさかこの地で発生するとは」

イグバーンはこめかみを押さえて悲痛な表情を浮かべる。

「すでにこれが間違いなく闇死病であるとの診断が下り、王都にも連絡を送りました。幸いにもこの町は他の集落から離れているため、すぐに他の町に広がるということはないでしょう。止《や》むを得《え》ない事情を除いて町から出ることは許可しないようにと、関所を管理する者たちにも命じております」

いつの間にか、部屋の中には痛いほどの静寂が落ちていた。沈黙に呑み込まれそうになる心を奮い起こし、雪乃は顔を上げる。

「治療方法は見つかっていないのですか？」

「カコーの根にシンガの根を加えた薬湯を飲ませています。熱のある者にはジサイの花も。ですが助かる確率は思わしくありません」

イグバーンは悔しげにうつむく。治療方法が分かっているのならば、領民の命が消えるのを、手をこまねいて見ているなどしない。

雪乃は薬草図鑑から知識を引き出す。幸いにも必要な薬草は全て集め終えていたようで、意識すると頭の中に薬のレシピが浮かんできた。

わずかに逡巡《しゅんじゅん》した雪乃だが、心を決めて必要な薬草の名を告げていく。

「アズの仁《じん》、マーオ、カツラピ、アマアマを調合したお薬で緩和されると記憶しているのですが、用意できますでしょうか？」

「なんと⁉　闇死病の治療薬をご存知なのですか？」

イグバーンが驚いた顔をして身を乗り出した。周囲からも、「おお！」という期待のこもった驚嘆の声が上がり、皆が喜色を浮かべている。

予想以上の反応に不安になった雪乃だが、頭を振って打ち消すと、はっきりと頷《うなず》いた。けれど、歓喜に染まる人間たちの中で隣に座るノムルだけは、表情を変えることなく彼女をじっと見つめている。

ひとしきり喜びを顕《あら》わにした人間たちだったが、イグバーンの表情に落胆の色が現れた。

「アズの仁《じん》、アマアマの葉は当地でも採取できるので、用意は可能です。ですがカツラピは他の地から購入しているため、用意できる量に限りがあるでしょう。薬草を扱っている店はもちろん、領民たちからも募《つの》ってはみますが。それと残念ながら、マーオにつきましては在庫が見つかったとしても、わずかでしょうね」

苦しげな表情で、イグバーンは唇を噛みしめた。

カツラピは香草としても人気で、市場でも見かける薬草だ。ヤナの町付近には自生していないが、香辛料として常備している家庭は多いので、ある程度は集まるだろう。

一方、マーオは乾燥地帯に生息する植物なので、湿原が近いヤナの町付近では育たない。薬用以外で流通することはほとんどないため、所有している人間は少ないだろう。

それでもイグバーンは迷いを打ち消すようにゆっくりと息を吸い込むと、顔を上げる。雪乃が指定した薬草を掻《か》き集めるように指示を出した。

「領地経営に必要な最低限の貯えさえ残れば、後は使い切って構わん。貯蓄や屋敷の備品を使い果たすことになっても、貴族や商人に急ぎの手紙を飛ばし、集められるだけ集めるのだ」

そんな領主の覚悟に、居合わせた人たちの中には涙を浮かべる者もいた。人々はそれぞれが成すべきことをするため動き出す。

一通りの指示を終えてソファに戻ってきたイグバーンは、雪乃に体の正面を向けて頭を下げた。

「本当にありがとうございます。これで領民たちを救えます」

「あの、頭を上げてください」

大人の、それも領主という立場のある人間から頭を下げられ、雪乃はあたふたと枝を上下させる。顔を上げたイグバーンの目には光るものが浮かび、感無量といった様子だ。部屋にいたヤナの住人たちも、同じように喜色満面の笑みを向けてくる。その表情を見て、雪乃は彼らが誤解していることに気付いた。

彼らは薬学に秀《ひい》でた森の民であるエルフの少女が、秘伝の妙薬を使ってヤナの町を救ってくれると妄信《もうしん》しているのだ。薬さえできれば、もう命を落とす者はいないと。

雪乃は冷えた思いがして目の前が真っ白になった。

沈黙した雪乃を見てイグバーンが眉をひそめる。彼らの誤解を解くために、雪乃はぎゅっと小枝《て》を握りしめ、震える声を絞り出す。

「あ、あの、お薬は確かに回復に役立つと思います。けれど全ての人を救えるかは分かりません。ごめんなさい」

声は徐々に小さくなり、最後には消え入るようになる。

部屋に満ちていた歓喜の渦《うず》が凍り付く。困惑の表情を浮かべた人間たちは、互いの顔を見合わせると雪乃に移す。その目には、戸惑《とまど》いだけでなく憤《いきどお》りも見えた。

希望を見せられた直後に奪われたことで、本来ならば抱かなかったであろう失意や憤怒《ふんぬ》まで湧き出たのだ。これまでの過労によって心身が疲弊《ひへい》し、冷静な判断力も失われていたのかもしれない。

「今教えていただいた薬を使えば、全員助かるのではないのですか?」

悲痛な声を上げるイグバーンに、周囲の者も同調する。

ジョイや一部の者たちは雪乃の言葉の意味を理解したようで、大人たちの威圧に小さくなってしまった子供を気遣わしげに見ていた。しかしこの不穏な空気に割って入り、貴族であるイグバーンに指摘する勇気はないようだ。

怯《ひる》みそうになる心を懸命に奮い立たせて、雪乃は言葉を紡《つむ》ぐ。

「薬は万能ではありません。すでに手遅れになっている人への効果は少なく、そうでない人も必ず助かるとは言えないでしょう。それでも、何もしないよりは多くの人を救えるはずです」

ぬか喜びをさせられたと、苛《いら》立《だ》った人間の一人が壁を殴った。大きく響いた音に、雪乃はびくりと震える。

「まあ、当然だろうねー」

突然、のんびりとした場違いな声が割り込んできて、部屋中の視線が集まる。雪乃も声の主である、隣に座るノムルを見上げた。

「だって、生命力には限りがあるでしょ？　治癒魔法で傷を治しても、すでに衰弱が酷《ひど》ければ助からない。当たり前のことだ」

淡々とした口調には、病《やまい》に苦しむ人たちへの思いやりは見当たらない。

ノムルの態度に憤《いきどお》りを覚える者もいたが、彼が出したたとえは分かりやすかったのだろう。沈痛な面《おも》持《も》ちを残したままではあったが、全員が納得してくれた。

意外な人物が庇《かば》ってくれて驚いた雪乃だったが、考えるより先にお礼を伝える。

「ありがとうございます」

さすがに貴族の館で、大人の男たちを相手に誤解を解かなければならないのは怖かった。今さらだが、雪乃は自分が震えていたことに気付く。

「まあ、気にする、な?」

ぽんと雪乃の頭に何気なく手を乗せたノムルは、フードの上に手を置いたまま、固まった。

雪乃は慌ててノムルの手から幹《からだ》を引いたが、すでに遅い。ノムルの顔からは表情が抜け落ちている。布越しに触れた感触は、人間やエルフの頭とは違っただろう。なにせ葉が詰《つ》まった樹人の頭だ。

雪乃に置き去りにされた手を凝視する彼の目が、ゆっくりとこちらに向かう。そして確かめるために、再度フードに手を伸ばす。

「凄《すご》い癖毛なので、あまり触らないでほしい、です」

雪乃はフードを握りしめ、幹を縮めた。維管束《いかんそく》がばくばくと音を立てて激しく脈打つ。

人間ではないとノムルが気付き、一言声に出してフードを取れば、人間たちは掌《てのひら》を返して雪乃を魔物として討伐するのだろう。非力な雪乃では抵抗もできない。

けれど何より怖かったのは、先ほど雪乃が伝えた闇死病に関する説明を、魔物が人間を騙《だま》そうとしたのだと誤解されることだ。そうなれば病《やまい》に苦しむ人たちを救えなくなる。

ぎゅっと口葉を引き結んだ雪乃は、これから身に降りかかるであろう事態を想像し、絶望に震えた。しかし予想したような窮地に追い込まれることはない。

「驚かせちゃったかー。フードがずれてたからさ。顔を見せちゃ駄目なんでしょ?」

そう言ってフードの端を引っ張っただけで、ノムルはそれ以上、雪乃に触れなかったのだ。

(見逃してくれたのでしょうか？　いいえ、世の中には奇抜な髪型の人もいます。きっと勘違いしてくれたのでしょう)

大きなアフロヘアやツンツンとハリネズミのように尖《とが》った髪型など、個性豊かな髪型は存在する。

雪乃はほっと胸《むね》を撫《な》で下《お》ろし、力を抜いた。

二人の緊張したやり取りに気を取られている暇もなく、人間たちは慌ただしく動き続けている。

大人たちの動きを見ていた雪乃の脳裏に、ふと疑問が浮かぶ。闇死病を奇病と言い表していた彼らには、感染症という認識がないのではないか？　と。念のため、ソファに戻ってきたイグバーンに聞いてみる。

「あのう、どのようにして病気がうつるのかは、判明しているのでしょうか？」

「病気がうつる、ですか？」

戸惑《とまど》いを浮かべるイグバーンを皮切りに、他の人間たちも何を言い出したのかと困惑した顔で雪乃を見た。

嫌な予感が当たってしまったと落ち込みそうになる雪乃だが、ゆっくりと呼吸をして言葉を選ぶ。

今はウィルスについて正しく説明するよりも、とりあえず仕組みを理解してもらうことを優先すべきだ。なにせ事態はすでに動いていて、今も苦しんでいる人がいるのだから。

それに雪乃の持つ知識では、説明できる内容に限りがある。

「闇死病のように、一人が発症すると周囲の人間も発症する病《やまい》の多くは、ウィルスという目に見えない小さな魔物が原因である場合が多いのです。彼らは人間の体内に侵入すると、その人間の生命力を奪って繁殖します。そして増えたものが体外に出て次の獲物に侵入し、繁殖を繰り返すのです」

「なんと！　そのような魔物がいたとは」

地球でも昔は、病《やまい》は悪霊などの仕業だと考えられていた。この世界でも医学が進歩すれば正しい知識に訂正されるだろうと、雪乃は内心で言い訳をしながら説明を続ける。魔物や魔法が存在する世界なので、本当に魔物の仕業かもしれないが、そこまで思い至る余裕はなかった。

「ウィルス自身には、移動する力はほとんどありません。体外に出た後は空気中を浮遊したり、触れたものにくっ付いたりして移動を繰り返し、人間の口や鼻などに辿《たど》り着《つ》いたものが体内に侵入します。他にも、虫や動物などが人間を刺したり噛んだりした瞬間に侵入するものもいます」

話を聞いていたイグバーンたちは、口をぽかんと開けている。

「森の民の知識は人間を遥《はる》かに凌《しの》ぐとは聞いていましたが、これほどだったとは。しかし目に見えない魔物など、対処のしようがないのではありませんか？」

「どのようにして患者から患者へ移動しているのかが分かれば、対策は取れます。完全には難しいですが、何もしないよりかは体内への侵入を阻止できると思います」

雪乃は咳《せき》やくしゃみ、嘔吐《おうと》や下痢《げり》、皮膚の異常などといった症状はないか尋ねたが、共通の症状には含まれないという。

「はて？　体から出すために、なんらかの症状を引き起こすと思っていたのですが？」

不思議に思って小首《こくび》を傾《かし》げたが、雪乃の知識も完璧ではない。そういう感染症もあるのだろうと、思考を引き戻す。とりあえず患者を隔離し、看病する人間も固定するようにすすめると共に、発症前の行動や食べた物を聞き取りして、感染経路を探ることも進言する。

次々と新たな感染者が出ていたのでは、イタチごっこになるばかりで終息しない。薬の量が限られるのであれば、なおさらだ。その他にも、流水を使ってこまめに手を洗うことの必要性を、町全体に広めるよう訴えた。

「特に患者さんと接した後は、手だけでなく顔など、露出している部分はなるべく洗うようにしてください。服も着替えたほうがよいでしょう。トイレに行った後は当然ですが、帰宅時と食事前、それに寝起きにも、手洗いとうがいを徹底することをおすすめします」

雪乃の話を真剣な表情で聞いていたイグバーンは、いつの間にか紙の束とペンを持ち、必死に書き留めていた。

「他には？」

血走った目を飛び出しそうなほどに見開いて詰《つ》め寄《よ》られ、雪乃は幹を引きつつも、記憶の引き出しから一生懸命に知識を探し出す。

「えぇっと、ウィルスは熱に弱いので、飲料水はもちろんですが、手洗いやうがいに使う水も煮沸《しゃふつ》消毒することですかね？　食べ物は食べる前に火を通し、生のままで食べるのを控えるなども有効だと思います。患者と接した後の洗濯物も、煮沸《しゃふつ》すると安全です」

日本のように殺菌された水が蛇口から出てくる世界ではない。井戸水が汚染されている可能性も考えると、水の煮沸《しゃふつ》は必須だろう。加熱だけでは死滅しないウィルスもいるが、減少はする。

「熱ですね。魔法で対応できるか？」

顎《あご》に手を当てたイグバーンは考え込む。魔法が存在する世界というのは、こういう時に便利である。とはいえ使える人間は限られるそうだが。

「強いお酒にも弱いそうですので、手を洗った後や掃除の時に利用するのもよいかと思います。飲むのは駄目ですよ？　ウィルスに抵抗する体の力まで酔わせて、却《かえ》って悪化してしまうでしょう」

聞き耳を立てていた何人かが嬉しそうに表情を緩めていたが、すぐに落胆の顔に変わった。どうやら闇死病対策にかこつけて、飲もうと企《たくら》んでいたようだ。

「それと、ジサイを呑ませるタイミングはどうなっていますか？」

「熱が出た時に呑むと思いますが？」

なぜそんな当たり前のことを聞くのかと、イグバーンは不思議そうな表情になる。

「発熱するのは、体がウィルスと戦うためなのです。熱が上がっている途中で無理やり下げてしまうと、ウィルスを倒せずに悪化させてしまう場合があるのです」

「なんと！　ああ、ウィルスは熱に弱いのでしたね」

地球でも、医師の診断を受けることなくインフルエンザの子供に解熱剤を呑ませて重篤《じゅうとく》な症状を引き起こすという、痛ましい出来事が度々起きている。熱は下げさえすればよいというものではないのだ。とはいえ発熱が長引くと、それだけ体力も消耗してしまう。この辺りの見極めは、雪乃にはできない。経験のある医師に任せる。

その後も雪乃は知識を搾《しぼ》り取《と》られ、干からびたゴボウのような幹になりかけた。

ある程度聞いて納得したイグバーンは、識者を集めて対策を協議し、次々と部下や使用人たちに指示を与えていく。

ジョイはタバンに戻り必要な薬草などを掻《か》き集めてくると約束して、その日のうちに町を発つことになった。魔法で各地に連絡が行っているため、彼が着く頃にはタバンの街にそれらの物資が集まっているだろう。本来はヤナで帰りの護衛を雇う予定だったそうだが、冒険者たちに町から出る許可は下りなかった。護衛がいなくて大丈夫かと心配した雪乃だが、「魔物除《よ》けの香を焚《た》きながら帰るので問題ありませんよ」との答えが返ってくる。

そんな便利なものがあるのならば護衛を雇う必要はなさそうだが、その香は高価な上に、魔物がまったく寄り付かないというわけではないらしい。その上とんでもない臭気を放つという。

念のため、町の外までノムルが同行し、魔法でジョイの全身と馬車を洗浄することになった。

「ジョイさん、もしも体調が悪くなったら、これを食べてください。そして騒動が終わったら、どうか燃やしてください」

雪乃は他の人間たちに見つからないように、そっと樹人の薬草をジョイに差し出す。

ジョイはこれから一人でタバンの港まで帰る。途中で具合が悪くなったとしても、誰も助けてはくれないのだ。普通の薬では回復までに時間がかかる。そして確実に助かるとも限らない。彼がいなければ、薬草や物資を運んでくれる人を新たに探さなければならなくなる。その時間の分だけ、被害は大きくなるだろう。

だから雪乃は、ジョイを信じて樹人の薬草を託《たく》した。

深刻な声音に何かを察したのだろう。ジョイは真面目な顔付きになって一つ頷《うなず》く。

「貴重な薬草をありがとうございます。心配しないでください。道中でいただいた知識も含めて、ユキノさんの不利益になるようなことはしませんから」

「ありがとうございます。ここまで連れてきてくださったことも本当にありがとうございました」

日が低くなっていく中を、ジョイとノムルを乗せた馬車は走り出した。

館の中に戻った雪乃は、先ほど話した内容に関する質問に答えながら過ごす。

疲労困憊《ひろうこんぱい》でありながら、それでも町の人々のためにと必死になっている人間たちを前にしていると、雪乃の胸にじわりと重いものが広がっていく。

彼女は知識を持っていても、薬の調合は経験がない。人間に触れることができない以上、看病もできない。後は人間たちの邪魔にならないよう、静かに待っているべきだと思う一方で、苦しんでいる人がいるのに何もできないのかと、心が痛んだ。


「――ユキノ様、ノムル様、お部屋にご案内いたします」

「ありがとうございます」

しばらくして、ジョイを送って戻ってきたノムルと共に、客室に案内された。天蓋《てんがい》付きの寝台や品のよいソファが置かれた、広くて豪華な部屋だ。

「おお！　お姫様のお部屋みたいです！」

先ほどまでの不安はどこへやら。雪乃は歓声を上げて部屋の中を見回しながら奥に進む。天蓋《てんがい》付きの寝台まで辿《たど》り着《つ》くと、葉を輝かせた。

白いレースのカーテンが囲み、ふかふかのマットに真っ白なシーツと掛布がセッティングされている。上がってみようとした雪乃だったが、自分の格好を見て思いとどまった。旅で土埃《つちぼこり》にまみれたローブを着たままでは、シーツを汚してしまう。

疼《うず》く心を抑えて、後ろ髪《がみ》を引かれる思いで寝台から離れた。

「食事の際にはお声をおかけしますので、ごゆっくりお寛《くつろ》ぎください」

「ありがとうございます。でも私は人間とは食べ物が違うのでお気遣いのないようお願いします」

すでに人間ではないと、この屋敷の人間には露見している。エルフは木の実などしか食べないと、何かの本で読んだ気がしたので、きっと言っても大丈夫だろうと判断した。用意してもらった料理を一口も食べずに返すのは、料理人にも食材にも失礼にあたるだろう。

雪乃がぺこりとお辞儀しながらお礼と共に伝えると、使用人は微笑《ほほえ》ましそうに頬を緩めて部屋を出ていく。重厚な木製の扉が閉まり、館の中に響き渡っていた喧騒《けんそう》が小さくなる。

改めて部屋の中を見物させてもらおうと根の向きを変えた雪乃は、長ソファに腰かけてこちらをじっと凝視している男と、視線が合ってしまった。彼は足を投げ出し、背もたれに片肘を乗せて、拳《こぶし》でこめかみを支えている。つば広の帽子はソファに置かれているが、伸びた前髪のせいで目は隠れ気味だ。

昏《くら》く気だるげな瞳。それでも奥から射るような視線を放っている。

本能的に雪乃は顔を背《そむ》けた。

部屋の内装にはしゃいでいて話を聞いていなかったが、この部屋を割り当てられたのは彼女だけではなく、ノムルも一緒だったのだ。

「未婚の娘を男性と同室にするとは、これ如何《いか》に？」

思わず黄昏《たそがれ》てしまう。

小さな子供の一人旅とは思わず、ノムルを同伴者だと誤解したのかもしれない。使っていない部屋が、ここしかなかっただけかもしれないが。

「座りなよ」

現実逃避していた雪乃は、ノムルの声によって意識を引き戻された。ソファに小枝を突いてよじ登り、彼の対面に座る。

ノムルは雪乃を見つめたまま、何も言わない。間にあるローテーブルにはお茶と菓子器が置かれていたが、雪乃はお茶を飲むことができない。そして菓子器はなぜか空っぽだ。

緊張した空気が張りつめる中で、二人は向かい合う。息苦しい沈黙が過ぎ、ようやくノムルの口が動いた。

「融筋病《ゆうきんびょう》って知ってる？」

「ゆうきんびょう、ですか？　うーん、今の私の知識にはないですね」

思いがけない問いかけに驚きながらも、雪乃は薬草図鑑を頭の中でめくったが、見つからなかった。

「エルフなら、治療方法を知っているはずなんだよね？」

ぴたりと、彼女は硬直する。どうやら雪乃が本当にエルフなのか確かめようと、鎌をかけたようだ。だらだらと葉裏が湿《しめ》る。

「そ、それはおそらく、他の集落のエルフではないかと」

場所によって生息する薬草は異なる。地域が違えば使われる薬草も変わってくるものだ。

「へえ？　エルフってそんなにいるの？　百年以上も目撃例はないって聞いてたんだけど？」

「え？」

きょとりと雪乃はノムルを見る。

カイの故郷はエルフとの交流もあると言っていた。だから滅んでいるということはないはずだ。とはいえ獣人たちも人間たちに見つからないように行動していた。つまり、「人間に見つかると大変な目に遭《あ》うから、隠れているだけだと思いますよ？」ということだろう。

「なるほど。それで話は戻るけど、『今の』っていうことは、今後、融筋病の治療法に関して知識を得る可能性があるっていうこと？」

言葉尻を取られて、雪乃は己の迂闊《うかつ》さとノムルの狡猾《こうかつ》さに、唇を噛みしめるように口葉を山なりにした。気分は刑事ドラマで見かける取り調べだろうか。

「カツ丼が欲しいですね。私は親子丼派ですが」

「は？」

「なんでもありません」

人間でいう膝《ひざ》辺りに当たる幹の上に、揃《そろ》えた小枝を置き、姿勢を正して雪乃は思考をまとめる。

「私はまだ子供ですから、これから色々と学んでいくと思います」

「それは人間から？」

「人間から学ぶことも多いと思いますよ？」

ノムルの質問に、雪乃は無難な答えを選ぶ。彼の目が一瞬だけ鋭く細まったが、雪乃は気付かなかった。

「あのう、私も一つ聞いてもいいですか？」

「何？」

ここが本物の異世界だと、まだどこかで信じ切れない雪乃は、確信が欲しかった。だから、「ノムルさんは、プレイヤーをご存知ですか？」と、そう聞く。

もしもここがVRゲームの世界なら、ノムルは答えを知っているはずだという奇妙な確信があった。そしてこの世界からログアウトする方法を、教えてくれるかもしれないとも。

強張《こわば》る枝葉を緩めるように、ゆっくりと息を吸い、吐き出す。

「プレイヤー？　薬草の名前かい？」

けれどノムルは、雪乃の望む答えは持っていなかった。

雪乃は視界を閉じる。ここが生まれ育った世界ではないのだと、認めなければならないようだ。

「ご存知でないのなら、いいのです」

「ふーん？　それが小さなユキノちゃんが、一人で旅をする目的？」

「理由の一つではありますが、目的とは少し違うと思います」

「へえ？」

ノムルは興味を抱いたようだが、雪乃はプレイヤーについて教えるつもりはない。これ以上、自分の希少価値を上げる必要はないだろう。なにせ外見だけでも、すでにおかしな状況になっている。

(異世界に飛ばされると知っていたら、他の種族を選ぶのでした)

人間とまでは言わずとも、エルフや獣人のほうがまだ動きやすかっただろう。

話しているうちに、窓は夕焼けに染まっていた。そろそろ、どうやって部屋を抜け出して外で眠るかも、考えなければならない。

「ああ、そうだ。俺はソファで寝るから、寝台はユキノちゃんが使いなよ」

ちらりと雪乃は寝台を見る。レースの付いた天蓋《てんがい》、大きな寝台。一度でいいから体験してみたいとは思っていた。だが今の雪乃は樹人であり、寝台を必要としない。

視線を引き戻し、ソファとノムルを見比べる。座る分にはゆったりとしているが、大人の男であるノムルが寝転がれば、足がはみ出してしまうだろう。

「いえ、ノムルさんが寝台を使ってください」

「遠慮しなくてもいいよ？　どうせ俺、あんなフリフリの趣味の悪い寝台なんて使うつもりないから」

雪乃は理解できないとばかりに、呆《あき》れた声をノムルに向けてしまう。

「どこが気に入らないのでしょう？　あんなに素敵なのに。お姫様気分を味わえますよ？」

「俺は男だから。お姫様になんかなりたくないから」

「なんと⁉　そういえば王子様は、どのような寝台で眠るのでしょう？」

小幹《こくび》を傾《かし》げて考え始めた雪乃を、今度はノムルが呆《あき》れた目で見る。

食事の用意ができたと使用人が呼びに来てくれて、ノムルは食堂へ向かった。一人残された雪乃は、しめたとばかりに今夜の寝床を得るための作戦を決行する。

クッションを寝台の上に並べて、その上から掛布を広げて覆《おお》えば、小さな子供が潜《もぐ》って寝ているように見える。

「よし。これで部屋の細工は完璧です」

葉をきらめかせて幹《むね》を張った雪乃から、ぽとりと何かが落ちた。見るとマンドラゴラが数株、勝手に出てきて絨毯《じゅうたん》の上に着地していた。

「おや？　マンドラゴラたち、どうしました？」

「わー！」

雪乃が尋ねると、寝台の脚を登っていき掛布の中に潜《もぐ》っていく。

「もしかして、私の身代わりをしてくれるのでしょうか？」

「わー！」

ひょこりと掛布の中から顔を出したマンドラゴラたちは、頷《うなず》くように葉を上下に揺らす。

「ありがとうございます。でも寝台で夜を越して大丈夫ですか？　私の体も土もないのですが」

「わー！」

大丈夫だと伝えるようにマンドラゴラたちは飛び跳ねる。そしてなぜか、着地した途端に動きが止まった。

深刻そうな雰囲気で考え込んでいたかと思うと、下を向き、二股の根の片方を浮かしてはマットに押し付けるという、奇妙な行動を繰り返す。

どうしたのかと雪乃が見守る中、「わー！」と、元気よく飛び跳ねて遊び始めた。マットの弾力が気になっただけのようだ。

「駄目ですよ、マンドラゴラ。寝台の上で跳ねてはいけません。そんなことをするのでしたら、残してはいけません」

「わー？　わー……」

雪乃に叱《しか》られたマンドラゴラたちは、葉を萎《しお》れさせて項垂《うなだ》れる。

「ごめんなさい、少し強く言いすぎました。でも寝台は眠る所ですから、大人しくしていないと駄目ですよ？」

「わー」

慌てて謝った雪乃だが、大切なことはきちんと約束させる。それから枝に登ってきた一株のマンドラゴラと共に部屋を出た。

「わー」

偵察とばかりに先行するマンドラゴラの指示に従い、物陰に隠れたり、壁にぺたりと引っ付いたりして、人間たちの目をやり過ごす。幸いなことに、廊下の至る所に花や美術品を飾るための台が設置されている上に、各部屋の扉が開け放たれていたので、隠れる場所には困らなかった。

「わー！」

「静かにですよ、マンドラゴラ」

「わー……」

雪乃の囁《ささや》き声に、マンドラゴラも声を落とす。

誰にも見つからず館からの脱出に成功した雪乃は、眠気に負けそうになりながらも館を囲む木立の中に入り込んだ。ローブを脱いで草むらに隠すと、地面に根を張る。

「今日も一日ありがとうございました。

「わー！」

ぴょこんと跳ねてから雪乃の隣で土に埋まっていくマンドラゴラ。一緒に寝てくれる優しさに微《ほほ》笑《え》んで、雪乃は視界を閉じた。


その頃、客室では食事を終えて部屋に戻ったノムルが、寝台に目を向けていた。

夏用の薄い掛布は膨らんでいるが、その形に違和感がある。人間がいるのならば呼吸による肺の動きで上下するはずだが、それもない。音もなく静かに近付いたノムルは、そっと掛布をめくる。

「わわわわ～」

まだ声変わりしていない少年の、高く澄んだ歌声が部屋に響く。けれどノムルはその声を記憶することができなかった。

「エルフ、か」

寝台には、美しい少女が眠っていた。

透き通るように白い肌、形のよい鼻と愛らしい唇。耳は人間よりも長く、先端は少しだけ丸みを帯《お》びている。絹糸《きぬいと》のように細く滑《なめ》らかな髪は、シーツに常盤緑《ときわみどり》色の川を描く。

幼さも相まって、羽が付いていれば天使か妖精と見紛《みまが》いそうだ。

「これは人間に見せたら騒動になるだろうな」

あと十年もすれば、男たちがこぞって愛を囁《ささや》くだろう。今の段階でも、彼女を手に入れようと画策する者が現れても不思議ではない。

この世のものとは思えぬほどの美貌を持つエルフの少女を、ノムルは冷めた目で見下ろす。

彼の声を拾ったのか、長い耳がぴこぴこと動く。

「うーん」

掛布を取られたせいで室内の灯りが眩《まぶ》しいらしい。少女は眉間《みけん》にわずかな皺《しわ》を寄せて寝返りを打つ。

ノムルは掛布を戻すと寝台から離れ、ローブを着たままソファに横たわった。

「髪」

「わ!?」

ぽつりと呟《つぶや》かれたノムルの言葉を聞いて、マンドラゴラたちは失態に気付く。

雪乃は樹人であることを隠すために、癖毛だと彼に告げたのだ。しかし寝台で眠っているエルフの少女は、癖のない真っ直ぐな髪をしていた。

「わー……」

——マンドラゴラは引き抜かれる時に悲鳴のような音を発する。そしてその音を耳にした人間は幻覚を見るという。

ノムルがソファで寝息を立て始めた部屋の中で、マンドラゴラたちは反省会を開いた。パンチパーマにするべきだったのではないか、と。

♪　♪　♪

雪乃がヤナの町を訪れてから、一ヶ月近くが経った。もうすぐ夏が終わろうとしている。

薬草図鑑から得た知識や地球から持ち込んだ知識が功を奏したようで、闇死病の患者は減り、事態は終息に向かっていた。

全ての命を救えたわけではないし、感染経路も分からぬままだ。

それでも過去の例を見れば奇跡とも呼べる効果をもたらしたと、人間たちは雪乃に感謝を述べた。

町中で魔除《まよ》けの香が焚《た》かれ異様な臭気を放っているのには、辟易《へきえき》しているようだが。

教会の鐘が、今日も泣いている。天に召された魂《たましい》に捧《ささ》げる、追悼《ついとう》の音だ。

椅子に乗ってぼんやりと客室の窓から外を眺めていた雪乃は、視界を閉じて強く小枝《て》を握りしめる。

「ごめんなさい」

零れ落ちたのは、懺悔《ざんげ》の言葉だ。

樹人の力で薬草を作れば、もしかすると、今見送られている人も助けられたかもしれない。

けれど雪乃は、その選択肢を切り捨てた。

闇死病は過去にも各地で猛威を振るい、多くの人命を奪っている。ならば今後もどこかで発生する可能性が高い。今回ヤナの町を救ったとしても、雪乃というイレギュラーな存在によって引き起こされた奇跡だと認識されてしまったら、次に繋げることはできない。別の地で患者が現れても今まで通りの対応が取られ、また多くの命が失われるだろう。

この世界に生きる人間たちが自らの力で改善できる道があるのなら、その道を選ぶべきだ。次に繋げるためには仕方のない犠牲だと、見捨てる覚悟はしたつもりだった。

それなのに、雪乃は軋《きし》むような心の痛みで崩れ落ちそうになる。

「どうしたんだい？　みんな君に感謝しているというのに、ずいぶんと落ち込んでいるね？」

いつの間にか部屋に戻っていたノムルが雪乃の後ろに立ち、一緒になって窓の外を覗く。

雪乃は答えない。

「君はよく頑張った。それでいいじゃないか」

労《ねぎら》うように、ノムルは雪乃の頭に優しく手を置いた。

驚愕《きょうがく》と恐怖で雪乃は幹を引く。ノムルは寂しげな笑みを零すと、一歩踏み出して彼女の隣に立つ。

「自分の命を脅かす相手に、救いの手を差し伸べた。それ以上を望んでくる奴がいるとしたら、それは強欲だよ。君が気にすることじゃない」

雪乃の全身がさあっと冷えていく。今の言葉はまるで、彼女が魔物だと気付いているかのようだ。けれどノムルは追及することなく、幹を強張《こわば》らせる雪乃の頭をぽんぽんと撫《な》でると、窓辺から離れて扉に向かった。

「領主様が君にお礼をしたいって」

「私は何もいりません」

お礼が欲しくて知識を披露したわけではない。

「欲しいものがないなら、俺が頼んでもいい？」

イグバーンからの申し出を断る雪乃に、ノムルは問うた。少し考えて雪乃は頷《うなず》く。

彼は闇死病に立ち向かおうとする雪乃を気遣ってか、ずっと町に残ってくれた。患者を隔離するための障壁を作ったり、患者と接した人間を洗浄したりと、魔法を使って協力もしてくれた。貴重な薬草であるマーオも冒険者ギルドに口利きをして集めてくれたという。

人間であり大人でもあるノムルがさり気なくフォローしてくれたから、患者の数を抑えられたのではないかと雪乃は感じていた。

「ノムルさんのお蔭で、たくさんの人のお役に立つことができました。だから、ノムルさんの欲しいものをお願いしてください」

雪乃の答えに虚《きょ》を衝《つ》かれてぽかんとしたノムルは、帽子を深く被《かぶ》り直《なお》す。彼の口元には照れているかのような、歪《いびつ》な笑みが浮かんでいた。

「了解」

肩越しに手を振って部屋から出ていくノムルを視線だけで見送ると、雪乃は再び窓の外に目を向ける。黒い衣服に身を包み、涙にくれる人間たちの行列が、小さく見えた。

それから少しして、雪乃はイグバーンの私室に呼び出された。執務室には他にも作業している人間たちがいるため、雪乃が気を遣わなくていいように、人のいない私室に招いてくれたようだ。

ローテーブルを挟んで手前に雪乃とノムルが座り、奥にイグバーンが座る。

「まずは改めてお礼を言わせてください。本当にありがとうございました、ユキノさん」

「あ、頭を上げてください。私は持っていた知識をお伝えしただけです。実際に行動して患者さんを救ってくださったのは、領主様や皆さんです」

知識は持っているだけでは役に立たない。どう活用するかが重要なのだ。

しかしイグバーンは首を横に振る。

「基となる知識がなければ、使いようがありません。ユキノさんは自分のことを過小評価しているようですが、その知識は莫大な財産にも匹敵するでしょう。使わせていただいた私が言うのもどうかと思いますが、使いどころには気を付けたほうがよろしいかと」

雪乃の知識を狙って、襲ってくる輩《やから》が現れるかもしれないから。

そう続けたイグバーンの視線は、なぜか窺《うかが》うようにノムルを見ていた。額《ひたい》には薄《うっす》らと汗が浮かんでいる。残暑の暑さや忙しさから流れ出る汗とは違うようだ。

「お気遣いいただきありがとうございます。今後は気を付けます」

下手に心配をかける必要はないので素直に返したが、また同じような状況に遭遇したら、きっと知識を使ってしまうのだろうと雪乃は自覚していた。

自己犠牲を正しいとも、清らかだとも思わない。ただ自分がやりたいからやるのだ。

「さて、今一度確認させていただきたいのですが、薬のレシピは本当に権利を主張せずに、広めてしまってもよろしいのですか？」

闇死病の薬は今まで作られていない。雪乃はこの薬によって、莫大な利益を得ることもできるという。けれど、「はい。病《やまい》で苦しむ人が減るように、広く行きわたらせていただけると嬉しいです」と、雪乃は答えた。

イグバーンは無欲な少女だと、困ったように眉を八の字に下げる。しかし雪乃は善意だけで決めたのではなかった。

そもそも薬の知識は薬草図鑑に載っていたもので、彼女が生み出したものではない。それなのに権利を主張するなど、他人の努力を奪うようで罪悪感がある。

そして名前が売れれば、雪乃の正体に気付かれる危険も高まるのだ。

旅にお金は必要だが、樹人の雪乃には小枝《て》に余る金額になりそうな上、リスクが大きすぎた。

「そうですか。分かりました。では、ノムル様――ではなく、ノムル殿とも相談したのですが、ユキノさんとノムルさ――ノムル殿が町を出る許可を差し上げたいと思います」

「まだ終息していないのに、いいのですか？」

雪乃は驚いて、イグバーンをまじまじと見つめる。

未だヤナの町は封鎖されていて、人間たちは町から出ることを禁止されているのだ。

「ええ。他の町に向かうというのであれば控えていただきたいところですが、お二人はムツゴロー湿原に向かうとのことですから」

ムツゴロー湿原の周囲は山に囲まれていて、湿原に出入りできる場所は、ここ——サテルト国ではヤナの町だけである。地図の上では隣国ルモン大帝国に入ることも可能に見えるが、横断に成功した人間はいないという。つまり、他の町に闇死病を拡散させる可能性はないとの見立てで許可が下りたようだ。

「そもそもノムル殿にウィルスが手を出せるとは思えません。問題ないでしょう」

イグバーンの顔色は悪い。連日の疲労が溜まっているのだろうと雪乃は気の毒に思うと同時に、どこまでも領民思いな彼に、ますます尊敬の念を抱く。

とはいえイグバーンの認識には問題がある。ウィルスを魔物と説明したのが悪かったのだろう。

「あの、ウィルスは強い人にも感染します。外からではなく内からの攻撃ですから」

症状の軽重には年齢や健康状態が影響することもあるが、体を鍛《きた》えているからといって感染しない理由にはならない。一流のアスリートでも、インフルエンザなどの感染症を患《わずら》うこともある。

そのことを説明したのだが、イグバーンは受け入れなかった。

「いえ、問題ないでしょう」

困った雪乃がノムルを見ると、彼はへらりと笑う。

「平気平気。心配しなくても、俺は毒も効かなければ病気にもならないから」

いったい何を根拠にと、雪乃は胡乱《うろん》な眼差《まなざ》しを向ける。

彼は人間だ。大丈夫などとは断言できない。

そんな雪乃の疑問を読み取ったかのように、ノムルは続ける。

「俺の意思にかかわらず、防護魔法が常時展開されているんだ。だから俺を一定以上害することは誰にもできない。俺自身でさえ、致命傷は負わせられない」

ノムルの口角が不自然に上がり、瞳が昏《くら》く揺れた。哀しみと諦めが混ざった声色を感じ取り、雪乃は非難する気力を失う。

「話を戻そう。領主様の許可が出たんだから、俺たちはもう出ていっていいんだよね？」

「ええ。ただ」

イグバーンは幾度か視線をさ迷わせ困った顔をしてから、ようやく決意したように口を動かした。

「ムツゴロー湿原に入ること自体は構わないのですが、単独で向かうことはおすすめできません。せめて先導を付けていただけないでしょうか？　もちろん雇用料は不要です」

「却下」

間髪《かんはつ》を容《い》れないノムルの答えに、イグバーンは諦めるように肩を竦《すく》める。

「何かあれば迷わず引き返してくださいね？　体調はもちろんですが、あの魔窟《まくつ》の恐ろしさは……。

とにかく、無理はなさらないでくださいね」

途中でぶるりと震えたイグバーンは、きっと睨《にら》むように雪乃とノムルを見つめて懇願した。

彼は若かりし頃、領主の仕事を受け継ぐためにムツゴロー湿原の奥地に足を踏み入れ、その恐ろしさを身をもって体験したそうだ。

話がまとまると、イグバーンは雪乃の前に、金子《きんす》の入った袋を差し出す。そのお金は町の人たちのために使ってほしいと断ろうとした雪乃だったが、「ユキノさん、謙虚なのはいいことですが、謙虚もすぎれば傲慢《ごうまん》となります。これは最低限の対価。本来ならばこれでは足りないほどなのです。受け取ってください」とまで言われては、断ることはできなかった。


そして日付が変わった今朝、ムツゴロー湿原に向かう雪乃とノムルを、イグバーンと町の人たちが見送る。

「やはり案内役の護衛をお付けするべきだったのでは？」

「仕方あるまい。ノムル様に断られてしまったのだ」

「ですが、あの魔窟《まくつ》ですよ？　もしも何かありましたら、ヤナの町はどうなるのでしょう？」

昔から仕《つか》えてくれている執事の言葉に、イグバーンは眩暈《めまい》を覚えてよろめいた。

「旦那様、すぐに薬湯を用意しましょう」

執事に支えられて私室に戻りながら、うなされるようにイグバーンは呟《つぶや》く。

「ジョイ、恨むぞ。なぜよりにもよって、ノムル様を護衛として連れてきたりしたのだ？　老体には刺激が強すぎる」

健胃と鎮静効果のある薬草茶をいつもより濃い目に淹《い》れて、執事は敬愛する主に差し出したのだった。

4

「本当によかったのでしょうか？」

ムツゴロー湿原へと向かう小道を歩きながら、雪乃は何度も振り返る。

「このまま闇死病が終息するまで、領主の館にずっといるつもり？　いつになったら解放されるか分からないよ？」

「そ、それはそうですけれども」

ノムルの言葉は正しいだろう。下手をすればもう一ヶ月どころか何ヶ月も閉じ込められかねない。

しかしだからといって、自分たちの功績を盾にして町を出るのは気が引ける。この世界には感染しているかどうかを確認する術《すべ》も確立していないのだから。

「どうせユキノちゃんは闇死病には罹《かか》らないでしょ？　出てっても広めることはないと思うけど？」

ノムルが言う通り、人間の病気が樹人の雪乃に感染する可能性は極めて低い。

「確かにエルフの私は人間とは違います。けれど闇死病を患《わずら》っていなくても、ウィルスがローブなどに付着していれば、他の地にまで広めてしまうこともあるのですよ？」

まだ魔物だと気付かれたという確証はない。雪乃は自分の種族はエルフだと、強調しておいた。

「そうなの？　じゃあ」

ノムルは杖《つえ》を指の腹で軽く撫《な》でる。途端に上から滝のような水の塊《かたまり》が降ってきた。

「ふみゃあっ⁉」

突然のことに驚いているうちに、滝はぴたりと消える。

「今のは？」

見上げると青い空が広がっている。樹人の本能なのか、雪乃はさわりと葉を揺らす。その油断したところに、今度は突風が吹いてきた。

「のおおーっ⁉」

斜め後ろから押してきた強い風に踏ん張りがきかず、雪乃は二メートル近くも根を引《ひ》き摺《ず》って移動してしまう。こけることもフードが取れることもなかったが、動揺を抑えられず維管束《いかんそく》がばくばくと大きな音を立てた。

「これで大丈夫でしょ？　さ、行くよー」

声のほうをちらりと窺《うかが》うと、下手人ノムルは平然とした顔で歩き出している。

「な、なんとマイペースな方なのでしょう。せめて事前に一声かけてほしいです」

ぶつぶつと文句を言いながら、雪乃はノムルの後を付いていく。

「ノムルさんは、欲しいものはなかったのですか？」

雪乃はてっきり、ノムルがイグバーンに何か貰おうとしていると考えていた。しかし蓋《ふた》を開けてみれば、彼への褒美はムツゴロー湿原へ入る許可だけだ。

「欲しいものがあれば、自分で手に入れるからねー」

自由な冒険者らしい答えを聞いて、雪乃はそれ以上は何も言わなかった。

ヤナの町からムツゴロー湿原までは、半日ほどで着く。雪乃の短い根ではそれ以上にかかったが、それでもまだ空が青さを残している間に湿原の手前まで来た。

そこでようやく雪乃は、はたと気付く。

「なぜ私は、ノムルさんと一緒に湿原に向かっているのでしょう？」

すでに人間ではないと露見しているとはいえ、樹人だとは明かしていないのだ。このまま行動を共にすれば、夜に根を張って眠ることさえ難しくなってしまう。

それに、騙《だま》しているようで心も痛い。だからといって正直に姿を見せるわけにもいかないのだが。

「えー？　冷たいなー。旅は道連れって言うじゃないか。ムツゴロー湿原にも、魔物は出るんだよ？　小さなユキノちゃんじゃ、ぷちっと潰《つぶ》されちゃうよー？」

あはははーと笑うノムルに、雪乃の口葉がひくりと痙攣《けいれん》した。

けれど彼の言う通り、雪乃は戦う術《すべ》を持たない。魔物が現れれば擬態するか逃げるかしか選択肢がなかった。そして彼女の根《あし》は遅い。結論として、擬態一択である。

言い返す言葉が見つからず視線を逃がした雪乃に対し、ノムルは楽しそうに笑い続けた。

「今夜はこの辺りで休んで、明日から湿原に入ろうか？」

湿原は地面が泥状になっている。樹人の雪乃はまだしも、人間のノムルが野宿するには辛《つら》い環境だ。

（湿原に入ったら、隙を衝《つ》いて撒《ま》けばいいですかね？　しかし遭難したと勘違いされて、心配や迷惑をかけてしまっては良心が痛みます。どうしたものでしょう？）

ふむうっと唸《うな》っていると、ノムルが胡散臭《うさんくさ》い笑みを消し、真面目な声で問いかけてきた。

「さて、そろそろ正体を教えてもらえるかな？　ここなら人目を気にすることもないから。ね？」

雪乃はゆっくりとノムルへ視線を戻し、視界に映った光景を二度見してから凝視した。

「え？　どこから出てきたのでしょう？」

ノムルは杖《つえ》しか持っていなかったはずなのに、いつの間にやらテントが張られ、その脇で彼は椅子に座り弁当を頬張っていた。

「これ？　魔法空間に収納していたんだよ。一応、魔法使いだからねえ」

魔法空間は大量に保管できるのに重さを感じず、中に入れた物は時間が止まり腐ることもない、便利な収納空間だ。ただし生き物を入れることはできず、無理に入れると出した時には死んでいるという、ちょっと怖い魔法でもある。

「凄《すご》いですね。私も魔法を使いたいのですが」

せっかく魔法が存在する世界に来たのに、雪乃は未だに魔法が使えない。

「誤魔化《ごまか》さないで、質問に答えてくれないかな？」

雪乃はノムルを真顔で見る。誤魔化《ごまか》したつもりなど皆無《かいむ》であった。誤魔化《ごまか》すのはこれからなのだ。

「正体？　はて？　私はエルフだと結論が出ているはずですが？」

「ユキノちゃん、エルフじゃないよね？」

弁当に入っていた焼き肉を頬張りながら、ノムルは核心を突いてくる。

「ナンノコトデショウ？」

雪乃は枝上の幹《くび》を左に回して彼から顔を背《そむ》けると、棒読みですっとぼけた。

ちらりとノムルを窺《うかが》うと、雪乃をじいっと凝視して目を逸《そ》らさない。

とうとう観念する時が来たようだと、雪乃は視界を閉じて心の中で念仏を唱える。法華経《ほけきょう》や般若《はんにゃ》心経《しんぎょう》は憶えていないので、一心不乱に南無阿弥陀仏と念じ続けた。そして閃《ひらめ》く。

短い付き合いだが、ノムルは他人に対してあまり興味を持たない人間であると、雪乃は気付いていた。

そんな彼が、なぜ雪乃に興味を示し、同行を申し出たのか。疑問が膨らんでいくと同時に、その点こそが突破口であると思い至る。

「どうして知りたいのですか？」

きらりんっと目元辺りの葉をきらめかせながら、見得を切るように視界に力を込めて問う。

ぴくりと、肉団子にフォークを突き刺そうとしていたノムルの手が止まった。どうやら狙いは正しかったようだ。雪乃はしめたとばかりに、口葉の端を引き上げる。退路に続く扉が開きますようにと、祈るように小枝《ゆび》を握りしめた。

無言のノムルから見つめられること十秒ほど。じりじりと刺すような視線が放たれ続け、雪乃の威勢は削《そ》がれていく。身動《みじろ》ぎしたくなるのを必死に耐えた。

ノムルが視線を空に飛ばす。だるそうに首筋を掻《か》いてから、逸《そ》らしていた視線を雪乃に戻した。

「それに答えたら、教えてくれるの？」

雪乃は答えに詰《つ》まる。是とは言えない。けれど否と言えば、そこでゲームオーバーだろう。

どうしたものかと逡巡《しゅんじゅん》しているうちに、無言を肯定と受け取ったのかノムルが語り始めた。

「失いたくない人がいてねえ。まあその人は俺のことなんて、その他大勢の一人くらいにしか考えてないんだけど。人伝に聞いた話では、死病を患《わずら》っちゃったみたいなんだよねー」

思わず雪乃は顔を伏せる。彼の誤解を利用して聞いてよい話ではない。ノムルへの罪悪感と自分への嫌悪感で、吐きそうだ。

「ごめんなさい」

謝って許されることではないと分かっていても、無意識に言葉が音となって出た。

ノムルは驚いたように雪乃を見た後、つば広帽の中に手を入れて、ぼさぼさ頭を掻《か》く。

「参ったなあ。こういう深刻な空気、俺の趣味じゃないんだけど」

苦く顔を歪《ゆが》めてはいるが、彼の抱く感情は彼自身に向けられたもので、雪乃へは一欠片《ひとかけら》とて向けられていない。叱《しか》られた子供のように項垂《うなだ》れる雪乃の頭を、ぽんぽんっと優しく撫《な》でる。

「気にしなくていいよ？　予想はしていたから」

顔を上げた雪乃に対し、ノムルは困ったように笑う。

「話す気が少しでもあるなら、ヤナの町にいた間に話していたでしょう？」

ぽかんとして雪乃はノムルを見つめてしまった。

彼は雪乃が人間でもエルフでもないと気付きながら、気付いていないふりをしてくれていたのだ。

そして雪乃が自ら話すまで待っていた。

適当な人、情の薄い人と思っていたが、本当は誰かを大切に想い、思いやれる人なのだろう。

人を信じようとしない薄情なのは自分のほうだと、恥ずかしくなった雪乃の枝先に力がこもり、握りしめられる。

「あの」

勇気を振り絞って声を発する。

「うん？」

磨《す》りガラスのような曇った瞳が、雪乃を見下ろす。

「その人は、まだ生きているのですよね？」

「もちろんだよ」

「治療方法は、見つかっていないのですか？」

「残念ながら」

「だったら、どうしてノムルさんはここに来たのですか？」

大切な人が死病を患《わずら》っているのならば、傍《そば》にいたいと願うはずだ。それなのにノムルは希少な薬草が自生するムツゴロー湿原に、わざわざ出向いている。

お互いに何も言えず、静かな時が流れた。

茶色い磨《す》りガラスの瞳は揺らめき、翳《かげ》りを帯《お》び、それから、強い光を宿して博識な子供を映す。

「助かるかもしれないと言われる薬がある。でも調合レシピは不完全。使う材料は希少な薬草が多い。あの人が生きている間に全て集め、正しい調合レシピも編み出さなければ救えない。自分でも馬鹿だと思うけど、それでも探しに来ずにはいられなかったんだよ」

訥々《とつとつ》と話し始めた声は迸《ほとばし》る感情を持て余すように荒くなり、最後には震えた。どれほど愛しているか、どれだけ生きてほしいと願っているか。全身から噴き出るように気持ちが溢れていた。

いつも飄々《ひょうひょう》としていたノムルの今にも泣きそうな顔。動揺した雪乃は視界を閉じて気持ちを鎮める。

一秒でも惜しかったはずなのに、彼はヤナの町で雪乃に協力してくれた。人間でもエルフでもないと気付きながら、黙っていてくれた。そして、雪乃を信じて胸のうちを明かしてくれた。

彼を信じて正体を晒《さら》す理由には充分すぎる内容ではないかと、雪乃は視界を開く。

「ノムルさん」

決意のこもった落ち着いた声で、雪乃は彼の名を呼ぶ。

呼応するように落ちてくる視線の下で、そっとフードを取った。

ノムルの顔が、くしゃりと歪《ゆが》んだ。泣いているようにも、笑っているようにも見える。雪乃が恐れていた軽蔑《けいべつ》や敵意の色はない。優しい瞳には、ただ小さな樹人の姿が映っている。

「本当に、気付いていたのですね？」

「ああ。布越しとはいえ、髪とは思えない手触りだったからね」

「あの時からでしたか。上手《うま》く誤魔化《ごまか》せたと思っていたのですけれども」

はふうっと息を吐きながら、雪乃は枝上《くび》の幹をわざとらしく左右に振った。

ノムルはくつりと笑う。

「これでも魔物相手の冒険者だからねえ。とはいえ正直に言えば、初めは自分の頭がついにおかしくなったんじゃないかと思ったけど」

雪乃の頭を触れた手に伝わってきた感触。何かに似ていると彼は思った。けれど、追及は止め、一旦思考の底に沈める。

だってそれは、ありえないことだ。いいや、あってはならないことだ。

魔物は人間を傷付ける悪しき存在。それがこの世界の常識であり、惑《まど》うことなきルール。だからこそ、人間たちは魔物を狩る。自分の腕を磨くために、金に換えるために、人々を救うために。

その死を悼《いた》むこともなく、ただ命を狩り、討伐の証明として必要な一部だけを切り取り、必要なければ肉さえ捨て置く。

魔物が人間と変わらぬ感情を有し、困っている人間に手を差し伸べる姿など、受け入れられるはずがない。受け入れてしまったら、今まで歩いてきた足場が崩壊してしまう。

認められなくて、それなのに縋《すが》りたくて――。ヤナの町に滞在している間、そんな矛盾だらけの思考にノムルは苦悶《くもん》し続けた。そしてようやく決心できたのが、一昨日《おととい》だ。

「どうしたら、いい？」

崩れ落ちるように膝《ひざ》をつき、彼は深く頭《こうべ》を垂れた。食べ終えた空の弁当箱は、いつの間にか消えている。

「ノムルさん？　大丈夫ですか？　どうか顔を上げてください。ふんにゅうーっ！」

突然の行動に、雪乃のほうが動揺した。頭を上げさせようと持ち上げるが、大人のノムルは雪乃の力ではびくともしない。

呻《うめ》き声《ごえ》が、ノムルの口から零れ落ちる。

これまでの人生で、どれだけの魔物を狩っただろう？　彼らと対話を試みたことがあっただろうか？　その死に心を痛めたことは？

狩った魔物の数など憶えてはいない。対話など考えもしなかった。ただ作業としてこなしていた。

自問の答えに、酌量《しゃくりょう》の余地など見当たらない。

「なんでも言うことを聞く。君の奴隷になってもいい」

「ど、奴隷!?　え？　誰の？　私の？　え？　これはもしや、幼女趣味というやつですか？」

雪乃の混乱が増していく。少しばかり勘違いしているようだが。

「蹴るなり殴るなり、鞭《むち》で打つなり、俺のことは好きにしてくれればいい！」

ノムルは懇願するように叫ぶ。

実は一部の魔法使いたちは進んで樹人を刈り杖《つえ》を作っているのだ。それを知っていながら彼は、止めるどころか止めようと考えさえしなかった。

「まさかのドＭ様？　幼気な子供にこのようなプレイを頼むなど、なんと破廉恥《はれんち》な」

雪乃は枝を引き戻すと彼を刺激しないよう、そろりと距離を取る。

「だからお願いだ」

都合のいい願いだと、ノムルは理解していた。人間に多くの仲間を奪われたであろうこの子に、自分が頼みごとをするなど許されるはずがない。

それでも彼は、懇願せずにはいられない。祈るように心の底から叫ぶ。

「頼む！」


「え？　嫌です」

雪乃は迷わず拒否を示す。

これは危ない。これは討伐されるのとは違う意味で危険すぎると、彼女の頭の中で警鐘が鳴り響く。

地面に突いていたノムルの指が、土を噛んだ。

「そう、だよな？　こんな都合のいい話、聞いてもらえるわけないよな？」

ようやく上体を上げた彼の顔は、自嘲《じちょう》を含んだ苦しそうな笑みと涙でぐしゃぐしゃだった。

雪乃の心に罪悪感が生まれる。けれど、雪乃にだって譲れないものがあるのだ。

「あ、当たり前です。わ、私は女王様になどなれません」

狼狽《うろた》え後退《あとずさ》りながら、雪乃は必死に拒絶の言葉を紡《つむ》ぐ。しかし、「女王様？　どこの国でもいいなら、玉座くらい用意できると思うけど？」と、逆に受理されてしまった。ただし、雪乃が想像していた女王様とは違うようだ。スケールが大きくなっている。

「え!?　玉座って、用意できるものなのですか？」

「たぶん大丈夫じゃない？　あの国なら」

なぜかノムルは死んでから日が経った魚のような目で、遠い空を見上げた。考えることを放り捨てたくなった雪乃も、幹《くび》を捻《ひね》って彼の視線の先を追ってみる。

紫色に染まった空を、白い雲がぷかぷかと泳いでいた。

「――要するに、今まで樹人を含む魔物を大量虐殺してきたから、それを謝罪したかったということでよろしいですか？」

「ああ。罪は全て俺が償《つぐな》う。なんでもする。だから、あの人を助けてほしい」

少し落ち着いてから、雪乃はノムルの発言を整理した。それにより、お互いに誤解があったようだと気付く。

「つまりノムルさんは、幼女趣味の変態ドM様というわけではないのですね？」

「なんでそうなったの？」

予想外の確認内容だったのだろう。ノムルの表情が面白いほどに崩れた。

「奴隷になりたいだとか、鞭《むち》で打ってほしいだとか、誤解されても仕方ないと思います。私の身の安全を保証してくださるよう要求いたします」

「俺にはそういう趣味はないから、ユキノちゃんが望まないなら奴隷も鞭《むち》打ちも勘弁かな？　もちろん協力してくれるなら、身の安全は保証するよ？」

要求は承認された。変態に襲われる危険は去ったようだと、雪乃はふうっと大きく息を吐いて枝で額《ひたい》を拭《ぬぐ》う。これ以上、旅路での危険が増えるのは御免こうむりたい。

「それでご病気というのは、以前仰《おつしや》っていた融筋病であっていますか？」

「そうだよ」

イグバーンの館で、ノムルは雪乃に融筋病を知っているか問うてきた。

「私は融筋病の治療薬を知らないとお答えしたと思うのですが、なぜ私と同行しようと考えたのですか？」

「ユキノちゃんは『今の私は』って言ったよね？　それから『人間から学ぶのか？』という問いには、『人間から学ぶことも多い』と答えた。つまり人間以外から知識を得る方法を持っているということだ。これまでの薬草知識から察するに、その中には人間が知らない知識も含まれる」

名探偵ノムルの推理劇場が始まった。雪乃は感心して「ほう」と声を上げながら、彼にどこまで話すべきか考える。

すでに正体は露見した。だが樹人の能力まで見せて大丈夫だろうかと、微《かす》かに迷いが生じる。けれどそれも今さらだと思えた。

「まずはどのようなご病気なのか、詳しく教えていただいてもよろしいでしょうか？」

「もちろんだよ。名前の通り、筋肉が融ける病気だ。徐々に運動ができなくなって、そのうちに寝たきりになる。最後は食べることもできなくなり、骨と皮だけになってしまう病気さ」

予想以上に壮絶な病気で、雪乃は言葉を失う。

「ゆ、猶予は？」

「んー？　人によって進行具合が違うから、なんとも言えないんだよねー。もうしばらくは生きていると思うよー？」

先ほど見せた深刻な態度は夢だったのだろうかと、雪乃は思わず彼に後頭部を向けて、薄暗くなってきた空を見上げた。それほどまでに、ノムルの口調は穏やかで呑気で軽い。

「なんにせよ、薬草を集めないことには、どうしようもないからねー。焦《あせ》っても仕方ないさ」

「そういえば、必要な薬草は分かっていると仰《おっしゃ》っていましたね？」

幹をぐるんとノムルに戻して確認する。

薬草図鑑は薬草を集めることで薬の調合レシピが開示される。融筋病の薬に使用する薬草が判明しているのであれば、その薬草を優先的に集めていけば早く薬を作れるだろう。

「ああ。昔、融筋病の患者をエルフが助けたらしくてね。治療してもらった患者の証言で、薬草の種類は分かっているんだ。けど調合レシピまでは教えてもらわなかったみたいだね」

「なるほど」

自分に使われた薬の作り方にまで興味を持つ者は少ない。材料となる薬草の種類を憶えていただけでも、僥倖《ぎょうこう》と捉《とら》えるべきだろう。

「伝え聞いた薬草を薬師たちが様々な割合で調合して試したけれど、回復した患者はいない。進行が遅くなる薬は作れたから、まったく役に立たなかったというわけではないんだけど」

ノムルは必要な薬草の種類を雪乃に伝えた。予想通り、必要とされる薬草の幾種かは、まだ採取していないものだ。

「ノムルさん、これらの薬草を集めれば、調合レシピが分かるかもしれません」

「どういうこと？」

雪乃の言葉を聞いたノムルは切実な瞳を向けるが、表情には疑念が見て取れた。本能が藁《わら》にも縋《すが》りたいと望んでも、理性は冷静さを保っているのだろう。

「薬草の外見や名前などの知識はあるのですが、詳しい効能や調合レシピなどは、実際に薬草を採取して取り込むことで得られるのです」

雪乃は自分の能力をノムルに説明する。聞いたノムルはぽかんと口を開けて、呆けた顔で小さな樹人を瞳に映した。

やはり薬草を採取すると情報を得られるなど、この世界でも普通ではないのだ。

「ええーっと、つまり、必要な薬草を全て集めれば、融筋病の薬を作るための調合レシピが分かるってこと？」

「断定はできませんが、可能性は高いと思います」

融筋病に必要とされる薬草の名前は、全て薬草図鑑に載っていた。だからそれを揃《そろ》えれば、調合レシピを得られる可能性は高いだろう。しかし可能性に百パーセントはありえない。

視線を落とし不精髭《ぶしょうひげ》の生えた顎《あご》を擦《さす》っていたノムルは、ゆっくりと息を吸い込み、吐き出す。

太陽は湿原の向こうに沈んだ。けれどまだ薄明るい空に、小さな星が一つ輝いている。それがようやく見つけた希望の灯火《ともしび》に見えたのか、ノムルの口元に自然な笑みが広がっていく。

「君が旅の目的を果たせるよう、力を貸そう。俺を自由に使ってくれて構わない。その代わりに、君の能力を貸してほしい」

雪乃は戸惑《とまど》いを浮かべてノムルを凝視する。

対価を求める気などなかった。けれど、一方的に力だけ借りることを彼はよしとしないのだろう。そういう人は一定数いる。

くすりと笑った雪乃は、彼の提案を受け入れた。これはノムルなりのお願いの仕方なのだと気付いたから。奴隷にならされたり、鞭《むち》を打つことを強要されたりするよりは、ずうっとマシである。

「はい。よろしくお願いします」

「ああ、よろしく」

雪乃は葉をきらめかせ、ノムルはにこりと笑う。小さな樹人の小枝《て》と、大きな人間の手が握手を交わした。夜の帳《とばり》が下りた空には、幾《いく》つもの星がきらめく。

「うん？　ユキノちゃん？」

緊張が緩んだ雪乃の意識は、夢の中に落ちていった。

雪乃は樹人。樹人は植物である。植物は暗くなると眠りに就《つ》く。それは本能であり、動物以上に抗《あらが》えない仕組みだ。睡眠時間が短くなると、病気になったり短命になったりしやすくなる。

すでに日は落ちた。だから雪乃は眠ったのだが――

「ちょっとユキノちゃん⁉　手、手を放して！」

細い小枝に指を掴まれたまま、ノムルは右往左往する。

無理に解けば細い小枝を折りかねない。樹人に痛覚はないと言われているが、それでもこの小さな樹人に怪我を負わせるなど、今のノムルにはできなかった。

「このまま寝るの？　俺、動かずに寝られるかな？」

無数の魔物を葬《ほうむ》ってきた凄腕《すごうで》の冒険者は今、たった一人の樹人の子供を傷付けないために、狼狽《ろうばい》していた。彼の悩みは解消されることなく、夜は深まり明けていく。


「――ノムルさん？　眠れなかったのですか？」

「あ、いや、まあ」

朝になり、目の下に隈《くま》ができているノムルを見て、雪乃は彼の顔を覗き込む。

大切な人が大変な病《やまい》で苦しんでいるのだ。平気そうに振る舞っていても彼の心労は想像以上なのだろうと、雪乃はノムルの心境を慮《おもんぱか》った。

「きっと大丈夫ですよ。早く薬草を揃《そろ》えて、ノムルさんの大切な人を助けましょうね」

「あ、ああ。ありがとう？」

ためらいがちなノムルににっこりと笑うと、右枝を空に向かって突き上げた。

「頑張るぞー！」

ノムルは苦笑しつつ、どこからともなく取り出したパンを齧《かじ》る。

こうして雪乃とノムルは、昇る朝日を背にムツゴロー湿原へと踏み込んだのだった。


正体を明かしてしまったので、雪乃はローブを脱いで樹人の姿を晒《さら》していた。

地面に水が溜まっている湿原で裾《すそ》の長いローブを着ていては、どろどろに汚れてしまう。脱いだローブはノムルの魔法空間に預かってもらった。ちなみにノムルは膝下《ひざ》まであるローブを着たままだ。

「とりあえず、ムッセリー草ですね」

融筋病に必要な薬草の一つに、ここムツゴロー湿原でしか採れないムッセリー草が含まれていた。

「ユキノちゃんも探している薬草があるんでしょ？　ムッセリー草はついででいいよ？」

「そういうわけにはいきません。それに私もムッセリー草を探す予定でしたから」

ノムルは病気の知人を救うためにムッセリー草を探しているのだ。一刻も早く手に入れて、薬の調合に着手したいだろう。そう考えて言ったのだが、ノムルは彼らしい人を小馬鹿にしたような笑顔で、へらりと躱《かわ》した。

「気にしなくていいって。そんなに焦《あせ》っても仕方ないし？」

気を使ってくれているのだろうかと、雪乃は申し訳なくなってくる。

彼女がムツゴロー湿原で集めなければならない薬草の種類はそこまで多くはないが、それでも生息場所や希少性によっては、一ヶ月以上かかるかもしれない。

「よし。裏技を使います！」

「裏技？」

当初の予定では、のんびりと他の植物や生物も楽しむ予定だったのだが、ノムルの事情を聞いた以上、悠長に遊んでいる気にはなれなかった。

むんっと力を込めると、枝葉の間からマンドラゴラたちが出てくる。

「わー」

「わー！」

樹高一メートルほどの雪乃の枝から飛び下りるのも慣れたもので、マンドラゴラたちはくるくると二回転宙返りを決めたりして、難なく着地していく。そして、ぴたりと二股の根を止めて反《そ》らすと、きらりんっと輝いて後続に場を譲るため駆け出す。中には捻《ひね》りを加えたりと、中々大した技を組み込んでくるマンドラゴラもいた。

「え？」

次々と出てくる小さな種族を、ノムルは呆気にとられた顔で見つめている。

魔力回復薬の材料として使われるマンドラゴラは、魔法使いであるノムルには馴染《なじ》み深い薬草だ。

しかし現在彼の目の前にいるマンドラゴラたちは、彼の知るそれとは少々異なっていた。

薬草マンドラゴラは抜く時に悲鳴を上げたり、二股の根で走るように移動するが、それだけだ。

奇妙な技を披露したり、人の言葉に反応したりはしない。

「えっと？　マンドラゴラ、だよね？　え？」

「はい、マンドラゴラです」

「わー！」

動揺するノムルは放っておいて、雪乃はマンドラゴラたちに指示を出す。

「さあ、行くのです！」

「わー！」

気勢を上げたマンドラゴラたちは、一斉に湿原に入っていく。そして——

「わー？」

「わー……」

湿原の泥土に根を取られ、動けなくなった。中には湿原の水溜まりに嵌《は》まり、二股の根や葉をばたつかせて、もがいているものもいる。

「マンドラゴラって、水生植物じゃないからねー。湿原は無理みたいだねー。あ、溺《おぼ》れた」

しみじみと解説するノムルは、この短時間でマンドラゴラたちを受け入れたようだ。なぜだか達観した表情になっているが。

指摘を受けて雪乃はほんのり紅葉する。溺《おぼ》れているマンドラゴラたちを救出してから、枝上《くび》の幹を捻《ひね》る。そして閃《ひらめ》いた。

「水生植物と交配すればいいのです！」

名案だとばかりに、葉をきらめかせる。とはいえマンドラゴラたちを勝手に他の植物とかけ合わせることは気が引ける。

「マンドラゴラたち、相談なのですが、水生植物と交配して、水場も大丈夫な体にしてもよろしいでしょうか？」

雪乃が問うと、「わー！」、「わー！」と、一斉に跳ね出した。全員一致で賛成のようだ。

「ねえ、ユキノちゃん。確かに俺は、融筋病の治療薬を探して旅をしているわけだけど、旅自体も好きだし、せっかく足を運んだなら、それなりに楽しみたいと思っているんだよね」

水を差すような台詞《せりふ》に、雪乃はゆっくりと幹《くび》を捻《ひね》って振り返る。マンドラゴラたちもノムルを見上げた。何を言っているのだ？　と、葉が語っていたのだろう。ノムルは困ったように苦く笑う。

「ほら、説明したでしょう？　治療薬は開発されてないけど進行を遅らせる薬はできてるって」

彼の言わんとしていることが理解できず、雪乃の眉《ま》葉《ゆ》が数枚、重なり合うほどに寄った。

「当初の予定では、薬草を揃《そろ》えるだけでなく、調合レシピを突き止めなければならなかった。でも君がいれば薬草を集めるだけでいいんだから、そんなに急ぐ理由はなくなっちゃったんだよね」

困惑する雪乃を見ていたノムルの顔が、意地悪く歪《ゆが》んでいく。目も口も三日月《みかづき》のような弧を描いているのに、笑みと呼ぶには昏《くら》く、おどろおどろしい。

殺人ピエロを彷彿《ほうふつ》とさせる笑顔を見た雪乃は、よろめくように後退《あとずさ》り、力なく萎《しお》れる。これは薬を作り出せなければどんな目に遭《あ》わされるか分からないと、本能が悟《さと》ってしまう。

恐怖に怯《おび》える雪乃から、葉が一枚、ひらりと舞い落ちた。

こほりとわざとらしく咳《せき》をして、雪乃は話の軌道をずらす。

「そうだとしても、早くお薬をお届けしたほうがよろしいのでは？」

病気は早く治したほうがいいに決まっている。たとえ進行を遅らせることはできても、苦痛や生活に不便が生じて困っているだろう。それに長く患《わずら》えば、それだけ治療に時間がかかってしまう。

「大丈夫だと思うよ？　あれはそう簡単には死なないし、少し弱ってるほうが周りも助かるって」

あはははーと軽い調子で笑うノムルを呆《あき》れて眺める雪乃の体が、ふるふると震え出した。恐怖でも緊張でもなく、これは怒りだ。

「昨日の真剣な姿は、なんだったのですか⁉」

「え？　忘れて？　おじさん恥ずかしいから」

にっこり笑って小首を傾《かし》げる不精髭《ぶしょうひげ》のおじさんを、雪乃は本気で殴りたいと思った。

「わー？」

状況の分からない無垢《むく》なマンドラゴラたちが二人を見つめて根元を傾《かし》げる。けれどそれも一瞬のこと。ノムルの頭上にそびえる高い山の頂《いただき》を目指して、競争とばかりに登り始めた。

「わー！」

「自由すぎます。みんな自由すぎですっ！」

頭を抱えて叫んだ雪乃の目には、青空にカイの微笑《ほほえ》む姿が映った気がした。彼らはもっと常識的だった。

しばらく放心していた雪乃の枝葉の中に、マンドラゴラたちは勝手に潜《もぐ》り込《こ》んでいく。

「わー！」

最後の一株が雪乃の葉を引っ張って声をかけてから、姿を消した。雪乃はきょろきょろと辺りを見回してホテイアオイに似た植物を引っこ抜き、幹の中に吸収する。

光の粒子となって雪乃の幹に消えていく植物を目撃したノムルは、目を見張った。

薬草図鑑に掲載されていなかったからか、薬効などは表示されず、カードも降ってこない。

雪乃はマンドラゴラと今しがた吸収した植物をかけ合わせ、改めて枝葉に力を込める。ぷっくりと膨らんだ緑混じりの体。浮き草のような丸い葉を頭に乗せた湿原バージョンのマンドラゴラが現れた。

「わー！」

飛び下りたマンドラゴラは新しい体を確かめようと、くるくると回ったり葉を傾《かし》げたりしている。

次のマンドラゴラが出てくると駆け寄り、互いに体を見せ合いっこして楽しそうだ。

「下手な魔物や獣《けもの》よりも、知能が高そうに見えるのは気のせい？」

「わー……」

ノムルは一株を摘《つま》み上《あ》げて、様々な角度から観察をする。マンドラゴラはまな板の上の鯉《こい》とばかりに観念し、されるがままだ。

出揃《でそろ》ったマンドラゴラたちは、「わー！」と、飛び跳ねると、湿原の奥に向かって駆け出した。

今度は泥水に根を取られることもなく草のトンネルに潜《もぐ》っていき、姿が見えなくなる。

雪乃はマンドラゴラたちを追うように歩き出す。けれど根は泥を掻《か》くばかりで前に進まない。視線を下げると、雪乃の幹を武骨な手ががっしりと掴んでいた。

自分の幹《からだ》を握る手を無言で見つめていた雪乃は、おもむろに顔を上げて振り返る。

「ノムルさん、女の子の幹《からだ》を握るなんて、セクハラですよ？」

冷たい眼差《まなざ》しを、犯人である魔法使いに向けた。

「いやいやいや。幹だから」

「なんと！　樹人ならば問題ないとでも？　樹人権を主張します。そしてセクハラは禁止です」

「ええー？」

理不尽だとでも言いたげに、ノムルは情けない声を上げる。けれど説明を求めるように雪乃に向けられていた彼の視線は、油断ならないものだった。

「植物を採取して取り込むとは聞いたけど、取り込んだ植物を生やせるどころか、新種の植物まで作れるとは知らなかったなー。それに樹人が作り出した薬草は、効能が飛躍的に上がるんじゃないの？　どう見ても普通じゃないよね？　あのマンドラゴラ」

声を上げたり自走したりするとはいえ、マンドラゴラは植物だ。意思を持って行動するなど、どの文献にも書かれていないという。

「よければ薬草を分けてもらえないかな？　他言は絶対しないと誓うし、対価は払うよ？」

じっとノムルを見上げて話を聞いていた雪乃は彼の言葉が終わると、未だに幹《からだ》を握る手を睨《にら》み付《つ》け、ぺしりと叩《たた》く。ノムルは苦笑しながら、ようやく手を離した。

「どうぞ」

頭に調合したツワキフの葉を生やした雪乃は、ぷつりと抜いてノムルに差し出す。正体を明かしているのだ。隠す必要はない。

だから渡したのだが、その後でノムルが取った行動には度年輪《どぎも》を抜かれた。

「ありがとー」と言って受け取ったノムルが魔法空間からナイフを取り出し、ぷすりと自分の腹に突き立てたのだ。

「え？」

まるで手品師が剣を突き刺すように、一切の躊躇《ちゅうちょ》もなかった。なのに、本物のナイフがノムルの腹に生えていることは、滲《にじ》み出《で》てきた血を見れば明らかである。

「ノムルさん⁉　大丈夫ですか⁉」

「へーきへーき。急所は外しているから、死なないって」

重傷を負っているはずのノムルは、なんでもないような顔でへらりと笑う。雪乃のほうが葉を逆立てて取り乱していた。

「そういう問題ではありません！」

「気にしなくていいよ？　ユキノちゃんの薬草で治らなくても、治癒魔法を使えばすぐ治るから。どうせ、その程度の傷しか負わないし？」

ノムルは雪乃から渡されたツワキフの葉を傷口に添えると、大げさに目を丸くして口笛を吹いた。

「凄《すご》いね。表面だけでなく内臓まで治してるや。これは治癒魔法が廃《すた》れそうだなー」

呑気な声で感想を述べるノムルは、自分の怪我さえ他人事のようだ。その異常さが雪乃には痛々しく思えて、気付けば彼のローブを握りしめていた。

「すぐに治せるとしても、ノムルさんが傷付いたら、ノムルさんのことを大切に思っている人たちが悲しみます。もっと自分を大切にしてください」

訴える雪乃の声は真剣だ。掠《かす》れ震えていて、泣いているようにも聞こえる。

ノムルはじいっと雪乃を見つめる。萎《しお》れた樹人の子供を映す瞳には感情がなく、光も宿っていなかった。

そしてふっと、その口元が軽蔑《けいべつ》を含みながら緩む。

「じゃあさ、ユキノちゃんは悲しんでくれるの？」

口先だけだろ？　と、言葉にせずとも表情が語っていた。ぴきりと、雪乃の額《ひたい》の枝が音を立てる。

「悲しんでるでしょう、傷付いてるでしょう？　見て分からないんですかあっ！　ふんにゅーっ！」

雪乃は吼《ほ》えるように叫んだ。

「ノムルさんは私をなんだと思っているんですか？　怪我している人を見ても平気な冷血樹人ですか？　人間をばりばり食べる、魔物だとでも思っているんですか!?」

威嚇《いかく》しながら唸《うな》る犬のように、雪乃はノムルを睨《にら》み上《あ》げる。

ノムルはきょとんとして、目をぱしぱしと瞬《また》いた。それから、へらりと笑む。

「もちろん、魔物だと思ってるよ？　まあ、樹人が人間を食べたって話は聞かないけど」

「ふんっにゅううーっ！」

雪乃は真っ赤に紅葉して、絶叫する。

「もう知りません！」

「えー？」

くつくつと笑い始めたノムルを思いっきり睨《にら》むと、雪乃はぷいっと顔を背《そむ》けて歩き出した。頬葉をぷくりと膨らませる。

「ねー、ユキノちゃーん？」

「話しかけないでください。私は怒っているのです！　ふんにゅーっ！」

ずんずんと進んでいく雪乃を追いかけるノムルの表情は、なんだか嬉しそうだ。

頬葉を膨らませてそっぽを向いたまま、雪乃は黙って進む。けれど徐々にその根取《あしど》りは重くなり、ついには止まった。枝は力なく落ち、葉も萎《しお》れている。

「軽蔑《けいべつ》しますか？」

「なんで？」

「私が樹人の薬草を提供していれば、ヤナの町の犠牲者はもっと少なかったはずです」

心の中に溜まっていた黒い水が荒れくるい、幹が内側から破裂しそうだった。罪の意識に呑み込まれて、気が遠のきそうだ。

色褪《いろあ》せていく葉と握りしめられた小枝を見つめていたノムルは、視線を指先で弄《もてあそ》んでいたツワキフに移す。

傷口に乗せただけで、これは数秒と経たずに怪我を治した。どんなによく効くと言われる薬でも、これほどの効果はない。人間たちに知られれば、こぞって手に入れようと動き出すだろう。

「代わりにユキノちゃんは薬草を毟《むし》りつくされ、樹人は伐《き》りつくされることになっただろうね。使わなかったのは当然の判断だと思うよ？　自分たちを魔物と呼んで討伐し、苦しめてきた人間たちのために、一族揃《そろ》って犠牲になるなんてありえないからね」

はっとして雪乃はノムルの顔を見る。自分一人の問題では済まず、他の樹人たちにも迷惑をかけるところだったと気付き、自分の浅はかさに葉裏がじとりと湿《しめ》る。

ノムルは雪乃の反応が意外だったようで、眉間《みけん》に皺《しわ》を寄せて不思議そうに見つめる。

「身の危険を感じたから使わなかったんじゃないの？」

すうっと雪乃は顔を逸《そ》らす。まったく頭になかったなどと白状すれば、笑われるのは必至。どう誤魔化《ごまか》すかと悩み、とりあえず草笛《くちぶえ》を吹いてみた。

「ユキノちゃん？　もしかして気付いてなかったの？　じゃあなんで使わなかったのさ？」

雪乃の草笛《くちぶえ》がぴたりと止まる。答えを待つノムルの視線が痛い。

黙していた雪乃だが、ノムルの尋問に屈した。自分が生やす薬草を使ってしまったら闇死病の薬が広められることはなくなり、今後も各地で被害が続くのではないかと危惧《きぐ》したのだと白状する。

「それは当たってるね。程々に効果のある薬と絶大な効果のある薬とを同時に見せられれば、どちらを選ぶかなんて考えるまでもない。前者は関心さえ持たれずに忘れ去られただろう」

自分で決めたとはいえ独善的な考え方ではないかと悩み続けていた雪乃は、ノムルに同意してもらえて、心に巣くっていたしこりが軽くなった気がした。

「ユキノちゃんの薬草は、人間の前では使わないほうがいい。知られてしまえば、君は世界中から狙われることになる。そして稀有《けう》な薬草の苗床《なえどこ》として、ありとあらゆる実験の材料にされるだろうね。切り刻まれたり、煮られたり、焼かれたり、擦《す》り下《お》ろされたり、色々と」

「なんと非道な。この世界に樹人権はないのですか？」

予想以上に酷《ひど》い目に遭《あ》いそうだと知った雪乃は、ふるふると震える。色褪《いろあ》せた葉が一枚、はらりと舞い落ちた。

「まあ俺が一緒にいる間は、そんな目には遭《あ》わせないけどね？　気を付けるんだよ？」

「了解しました。年輪に銘《きも》じておきます」

びしりと雪乃は枝先を額《ひたい》に当てて敬礼の姿勢を取った。

♪　♪　♪

根下《あしもと》は田植えを控えた田んぼのように水浸しになっていて、歩くたびに泥や水が跳ねて根を汚す。注意して歩かなければ滑って転びそうだ。泥土に隠れて穴が開いている場所もあり、踏み込む位置を間違えると根《あし》を取られることもある。

泥まみれになりながら、雪乃は湿原の中を進んでいた。共にいる男は膝《ひざ》下まであるローブを身に付けたままなのだが、雪乃は自分のことに必死で、その違和感に気付かない。

「ところで質問なんだけど」

「なんですか？」

根下《あしもと》を気にしながら、雪乃は声だけで答える。

「ヤナに滞在中、寝台にマンドラゴラが隠れてた？」

ぐりんっと幹《くび》を捻《ひね》りながら顔を上げた雪乃は、「ふみゃっ⁉」と、体勢を崩して転んでしまった。

幹の中ほどまで泥土に埋まり、抜け出そうと枝を地面に突くと、その枝までがずぶずぶと埋まっていく。まるで底なし沼だ。実際の底は浅いが。

「小さいと大変だねー」

幹を掴み上げて、ノムルが救出してくれる。

「ありがとうございます」

「どういたしまして」

ぺこりとお辞儀をしてから、雪乃は改めて彼を見た。

「なぜ気付いたのですか？」

「掛布の盛り上がりが不自然だったから、めくって確認してみたからかなー」

雪乃は沈黙する。葉が徐々に紅葉していき、綺麗な紅に染まった。

小細工は見破られていたのに上手《うま》く隠せていると疑うことなく、毎晩クッションで偽装していたのだ。これは恥ずかしい。

「それでエルフの幻覚が見えたからさ。樹人が魔法を使うという話は聞かないし、幻覚作用のある薬を仕込んだのかもと思っていたんだけど」

そこまで言って、ノムルは視線を動かした。茂みから駆け出てくるマンドラゴラの姿を目に映す。

マンドラゴラの声に幻覚作用があることは有名だ。

「あれを見ちゃうと、そういうことだったんだって納得せざるを得ないよね？」

「なるほど」

「わー？」

戻ってきたマンドラゴラは二人の前まで来ると、どうしたの？　とでも問いたげに根元を傾《かし》げる。

「身代わりを申し出てくれましたが、まさかそこまでしてくれていたとは」

予想以上の働きをしていたマンドラゴラに、雪乃は感心していいやら呆《あき》れていいやら、複雑な心境になった。

不思議そうに二人を見上げていたマンドラゴラだったが、来た方向に根を向け、それからもう一度二人を見上げる。どうやらそちらに薬草があるようだ。

新しいマンドラゴラにも手が生えることはなかった。したがって薬草を見つけても、抜いて運ぶ能力はない。雪乃が自ら根《あし》を運ばなければならないが、それでも探しながら歩かなくて済む分、楽をさせてもらえる。

「わー！」

「あっちかー。何を見つけたんだろうねー？」

マンドラゴラの案内に従って、雪乃とノムルは湿原の中を歩いていく。

「わー！」

「わぁ……」

「わあ」

子供の歓声に似た声の後に、困惑する声、そして笑いを含んだ声が続く。ここにマンドラゴラは一株しかいない。残り二つの声は、雪乃とノムルのものだ。

「ちょっ、これですか？　ええ!?」

目の前の薬草を小枝差《ゆびさ》す雪乃は、動揺を隠せなかった。

肉厚の赤い花弁もさることながら、「なぜ口があるのですか？　しかも舌を伸ばして涎《よだれ》が垂れていますよ？　よく見たら牙もあるではないですか！」と叫ばずにはいられない、草丈二メートル超えの、花だけでも直径一メートルはある、どう見ても魔物だったのだ。大きな二枚の葉は指こそないが、まるで手みたいに動いている。簡略化した向日葵《ひまわり》を毒々しくして、さらに化け物化したような外見だ。

「カマーフラワーも樹人的には薬草に分類されるんだねー」

混乱しながら切実に訴える雪乃の隣で、ノムルが呑気な声を出す。

「ご存知なのですか？」

雪乃は思わずノムルを仰《あお》ぎ見た。

「まあ、結構有名な魔物だし？」

樹人といい、カマーフラワーといい、動く植物は魔物に分類されているらしい。ではなぜ彼らは植物に分類されたままなのだろうかと、雪乃は小さな友達に視線を送る。

「わー？」

不思議そうに根元を傾《かし》げるマンドラゴラを、じいっと見つめた。

「わぁー」

赤みを増し、恥ずかしいとばかりに根を捻《ひね》るマンドラゴラ。

「見た目でしょうか？」

「わー？」

彼らは小さくて可愛らしい。動きも愛嬌《あいきょう》がある。だが見た目で魔物かどうか分類するのは如何《いかが》なものであろうか。

愛らしかったり、人間の役に立つからといって魔物から外されたり、逆に気に入らないからという理由で魔物に分類されるのであれば、不公平である。

釈然としない気持ちを覚えつつ、雪乃は今意識を向けなければならないものに視線を戻す。

「これがカマーフラワー？　変種でしょうか？　違っていてほしいのですが」

植物図鑑から雪乃の頭に流れ込んでくるその植物の映像は、カミツレに似た可憐《かれん》な花だ。口もない。

「カマーフラワーだねー。さてっと、刈り取ればいいのかな？」

「根ごと欲しいです」

「怖がっている割に結構無茶言うね？」

「怖がってはいません。驚いただけです」

ノムルが不信感のこもる眼差《まなざ》しを向けてきた。雪乃は内心を隠し毅然《きぜん》とした視線を返す。

動く植物自体は、すでにマンドラゴラという前例があるので理解できる。けれど目の前のカマーフラワーは、大きいだけでなく、けばけばしい。

「これを取り入れたら、私はどうなってしまうのでしょう？」

樹高一メートルほどしかない小さな樹人から、草丈二メートルの人面花が生える姿は、想像するだけで眩暈《めまい》を起こしそうだ。

「風魔法で浮かすか？　土魔法も併用したほうがいっかー？」

ぶつぶつと呟《つぶや》いていたノムルは、杖《つえ》の柄《つか》をカマーフラワーに向けて微《かす》かに撫《な》でる。

「ギ？　ギギ⁉」

カマーフラワーは慌てふためいたように、大きな葉をじたばたと動かして抵抗を示す。だが体は容赦《ようしゃ》なく空中に浮かび上がっていく。

「うう。取り込みたくありません」

薬草を集めることを目標にしていたとはいえ、早くも断念したくなる。

「はーい、ユキノちゃん。引き抜いたよー？」

「ありがとうございます」

半べそ気味になりながら礼を述べると、雪乃は思い切ってカマーフラワーに近付いた。及び腰ながらも右枝を伸ばし、カマーフラワーに触れる。

「ギ？　ギー……」

二メートルを超える巨体は、雪乃が触れた途端に十センチほどに縮んだ。けばけばしい毒婦みたいな花も、カミツレに似た可愛らしい花に変わっている。

「小さくなったねー」

「よかったです」

「わー！」

小枝の上に乗ったカマーフラワーを凝視する雪乃の根下《あしもと》で、マンドラゴラは今日も通常運転だ。元気に声を上げ、水溜まりの上にぷかぷかと浮かんで揺られている。

「どちらが本当の姿なのでしょう？」

「たぶん、こっちだろうね。魔力を吸って魔物化したんでしょ」

魔力は生物の体内にもあるが、空気中や地中にも存在する。魔力の多い土地では魔物が発生しやすくなり、動植物が魔物化することもあるそうだ。

そんな話を聞いているうちに、カマーフラワーは光の粒子となって雪乃の体に吸収された。吸収し終わるといつもの通り、ひらひらと天からカードが降ってくる。

ノムルは反射的に上空の気配を探り、次いで周囲を油断なく見回した。だが目に映るのは生い茂った植物と、枝葉の隙間から見える青い空だけだ。カードを落とした主は影も形もなく、気配すら感じ取れない。

警戒する彼は放っておき、雪乃はカードを拾おうとしたのだが、その枝《て》をノムルに遮《さえぎ》られた。

「得体の知れないものに、不用意に触れないほうがいい」

彼の目は真剣そのものだったし、雪乃の身を案じてくれていることは分かる。しかし雪乃は気にせずカードに枝《て》を伸ばす。

「大丈夫ですよ。いつものことですから」

眉をひそめたノムルは、警戒を解かないまま雪乃と共にカードを覗き込む。カードは濡れているのに文字は滲《にじ》みもしていない。

『【カマーフラワー（赤）】レシピを取得するには、残り十九株必要です』

「多すぎますっ！」

ぺしりっと、雪乃はカードを地面に叩《たた》き付《つ》けた。シュウッと煙が立ち昇り、カードが消滅する。

ノムルは珍しく驚きを顕《あら》わに雪乃を見つめていたが、気を取り直したらしく口を開く。

「えーっと、カードにはなんて書いてあったの？」

「え？　ノムルさんも読みましたよね？」

今度は雪乃が驚いて顔を上げた。

「見たけど知らない文字だったからねえ。もしかして魔物の文字かな？」

「え？」

お互いに顔を見合わせる。

カードに書かれていた文字は、紛《まぎ》れもない日本語だ。雪乃はこの世界の文字を読み解くことができなかった。同じように、こちらの世界の住人に日本語は読めないのだろう。

どう説明したものかと思考を廻《めぐ》らせつつ、適当に相槌《あいづち》を打つ。

「あー、そんなものですかね？」

「魔物には独自の文字文化まで存在してたのか。人間の文字とは違うから、文字と認識されずに知能が低いと考えられていた？」

カードが消えた場所にしゃがみ込んだノムルが、独り言を呟《つぶや》きながら真剣に考察する。

「ユキノちゃんと一緒にいるだけで、大発見の連続だねー」

そして、本気なのか冗談なのか分かり辛《づら》い、軽い口調で楽しそうに言った。一人で納得してくれたようだと雪乃が安心したところで、ぐるんと彼の首が戻ってくる。

「それで？　なーんて書いてあったの？」

「『【カマーフラワー（赤）】レシピを取得するには、残り十九株必要です』です」

隠す内容でもないので、正直に答える。

「一株取り込めば知識を得られるわけじゃないのか。不思議な能力だなあ」

ノムルはぶつぶつと呟《つぶや》きながら考え込む。途中で「一株辺りの魔力量が」とか、「精霊の力を」などと聞こえてきたが、雪乃は放っておいた。

「十九株か。結構きついね。でも本来の姿があの小さな花だとすると、一面カマーフラワーに囲まれた場所とかあるのかもしれないね」

「なるほど」

密集して咲く花畑が存在するのなら、十九株など簡単に集められるだろうと、雪乃もカマーフラワーの必要数の多さに納得する。

「赤って書かれてたのなら、他の色も集めないといけないよね？　何色あるのかなー？」

「え？」

「うん？」

ノムルが零した指摘を受けて、雪乃は戦慄《せんりつ》した。あんな植物離れした花を十九株も相手にしなければならない。それだけでもぞっとするのに、さらに色の分まで乗算されるとは。

「ノムルさんがいてくれて、よかったです」

心の底から感謝の気持ちが溢れ出る。

雪乃一人で必要数を集めるのは無理だっただろう。魔物と戦う力はもちろん戦いに興じる趣味さえも、現実では当然だがゲームでも持っていないのだから。

「あっはっはー。役に立てたみたいだねえ」

それからもノムルは、遭遇したり、マンドラゴラたちが見つけたりしてくれたカマーフラワーやその他の薬草を、簡単に引っこ抜いては雪乃に吸収させてくれた。

カマーフラワーには赤以外にも黄や白などがあったのだが、白を吸収した後に降ってきたカードを見た雪乃は、人間ならば酷《ひど》く歪《ゆが》んだ顔をしていたことだろう。樹人の姿でも真っ赤に紅葉した葉が逆立ち、かさかさと揺れたほどだ。

『【カマーフラワー（白）】レシピを取得するには、残り四十九株必要です』

「無茶を言わないでくださぁあーいっ！」

小さな樹人の幼木は、天に向かって渾身《こんしん》の力を込めて吼《ほ》えた。

後日、別の土地で魔物化していないカマーフラワー畑を見つけた彼女は、地面に両小枝《りょうて》を突いたまま小一時間ばかり動けなくなるのだが、それはまた別の話。


さて、ぬかるんだ土や、場所によっては大人の膝《ひざ》ほども水嵩《みずかさ》がある水溜まりを、雪乃は時にノムルの力を借りながら進んでいく。

「どっかに綺麗な池でもあればいいねー」

雪乃の体は全身泥だらけだ。根や枝はもちろん、頭の葉まで泥が付いている。

一方のノムルはなぜか綺麗なままだった。ブーツにさえ泥跳ね一つない。

「旅慣れしているからねー。もっと酷《ひど》い場所にも行ったことあるし？」

じとりと見つめる雪乃に、涼しい顔をして当然のように答える。

嘘臭く感じても、論破するだけの知識を雪乃は持たない。黙って進むことにした。ムツゴロー湿原の環境に体力を奪われ、話す力も残っていなかったのかもしれないが。

足場の悪さもさることながら、奥に入るほど密林と化していく。目に付く植物のほとんどが、巨大化だけに留まらず、動いたり顔が付いたりしている。まさに魔物というか、魔植物の巣窟《そうくつ》だ。

草が揺れる音に気付いて目を向けると、銀鼠色《ぎんねずいろ》をした直径一メートルほどの棘《とげ》だらけの玉が、水しぶきを上げながら転がってくる。

「のおおおーっ⁉」

「わー！」

湿原に雪乃の絶叫が響く。走って逃げられる速度ではないと判断した彼女は、急いで棘玉《とげだま》の進行ラインから直角に、頭から飛び込むように逃げた。近くにいたマンドラゴラも、真似してヘッドスライディングで逃げる。

マンドラゴラが反応していないので薬草ではないのだろうと判断したノムルも、雪乃が安全圏に逃げたことを確認すると、さっと横に逸《そ》れて躱《かわ》した。

そのまま棘玉《とげだま》は湿原の中を転がっていく。

「な、なんだったのでしょうか？」

こんなドッキリ企画があったようなと考えながら、雪乃は遠ざかっていく棘玉《とげだま》を見送った。

気を取り直して進むと、今度は泥水の中から鎌首を持ち上げた植物が、鞭《むち》のように茎を打ち付けてくる。蕾《つぼみ》みたいに膨らんだ先端部分がぱくりと開いて、粘度のある赤い液体を飛ばしてきた。

ノムルが障壁を張ってくれたので直接の被害はなかったが、透明な障壁にべっとりと赤い粘液が飛び散る光景は、ホラー映画を見ているようで雪乃の精神を削《けず》る。

それでも倒木を乗り越え、木の枝から垂れ落ちている蔓《つる》を掻《か》き分けて進む。その蔓《つる》が、ずるりと枝から落ちてきた。

「ふみゃああーっ⁉」

「はいよっ」

蔓性《つるせい》の魔植物に幹や枝を縛られ空中にぶら下げられた雪乃を救うべく、ノムルは水の刃を魔法で作り出して飛ばす。蔓《つる》を切り雪乃の拘束を解くと、根ごとそれを引っこ抜いた。長芋《ながいも》のような太い根には、人間の口よりも少し大きな口がぎっしりと付いていて、不揃《ふぞろ》いな牙が生えている。

落ちていく時に蔓《つる》が小枝に触れたようで、光の粒子となって雪乃の幹に吸い込まれていった。

ぺしゃりと頭から池のように大きな水溜まりに落ちた雪乃には、起き上がる気力も残っていない。身動《みじろ》ぎすることもなくぷかぷかと浮かぶ。その上に、ひらりとカードが舞い降りてくる。

「これも対象なんだ。樹人って大変だねー」

ノムルの笑い声を聞きながら、雪乃は寝返りを打つように回転して空を見上げた。枝葉の上から水溜まりに落ちたカードは、すぐ横に浮かんでいる。

『【ドロロモイ】レシピを取得するには、残り三株必要です』

無言で回収したカードの文字を追った雪乃は、立ち上がって地面に叩《たた》き付《つ》ける気にもなれなかった。カードを持つ小枝ごと水面に落とすと、水しぶきが上がり、雪乃の葉に散る。

一方、一緒に行動している男はまったく疲れた様子も見せず楽しそうな表情で雪乃を見下ろしていた。

「ノムルさん」

「うん？」

「他の山や森も、こんな状態なのでしょうか？」

ぷかぷかと浮かびながら雪乃は問う。

視線は天を向いているというのに、密集する木や蔓《つる》で空が見えない。植物たちが重なり合い、日の光を遮《さえぎ》っているのだ。わずかな隙間や、葉越しに漏れる微《かす》かな明かりによって、今は昼間で晴れているのだろうと判断できる程度だ。

「うーん、ここまで植物が魔物化しているのは珍しいねえ。でもあまり強い魔物が棲《す》んでいないという意味では、危険度は低いかな？」

呑気な笑い声を聞きつつ、雪乃は考える。

ノムルの言葉を信じるならば、ムツゴロー湿原の難易度は低そうだ。ここで入手できる薬草は、揃《そろ》えておいたほうがいいのだろう。

けれど、雪乃は決断を下す。

ざばりと音を立てて起き上がると、ノムルを真っ直ぐに見上げた。

「ノムルさん、最低限の薬草を集めたら、ムツゴロー湿原から出ませんか？」

「ええー？　結構面白いのに」

雪乃が絶望を込めた眼差《まなざ》しを向けても、彼は楽しそうな笑みを崩さない。

「出ます！　こんなの、のんびり旅じゃないです！」

怒りとやるせなさで、雪乃はふるふると震えた。

マンドラゴラへの指示を、まだ集めていない薬草からムツゴロー湿原のみで採取できる薬草を優先するように切り替え、さらに奥に進む。

もちろん遭遇した薬草は、他の土地に生息していても採取していったが。


「——質問してもよろしいでしょうか？」

「何ー？」

「魔物化した植物は、人間が摘《つ》み取《と》っても元の状態に戻るのですか？」

カマーフラワーを最初に採取した時から、気になっていたのだ。

ノムルが引き抜いた後で雪乃が触れると、小さなカミツレのような花に変化した。その変化に、カマーフラワーを見慣れているというノムルも驚きを示した。

他の魔植物に関しても同様に、ノムルが引っこ抜いてから雪乃が触ると小さくなり、普通の——すでにどんな状態が普通なのかよく分からなくなっているが——動いたり、噛み付いてきたり、変な粘液を滴《したた》らせたりしない植物になったのだ。

「んー？　戻らないよ？　こういう魔物だと思ってた」

答えたノムルが背後に親指を向けると、一際大きなカマーフラワーが密林から現れ、口を開けて彼の頭に襲いかかろうとしているところだった。

「やっぱりそうなのですね」

最初こそ驚いたが、すでにカマーフラワーの容姿に慣れてきた雪乃も淡々と答える。

「そうそう。まさか正体が薬草だったとは思わなかったよー」

「ギ、ギー？」

ちょいっとノムルが杖《つえ》を撫《な》でれば、カマーフラワーは土から離れ、雪乃の前に浮かぶ。

「このままだと、薬草としては使えないのですか？」

「ギ、ギギーッ!?」

マンドラゴラたちは自ら雪乃に吸収されたのに、ムツゴロー湿原で魔物化した植物たちは、体を捩《よじ》って逃げようとする。むろんノムルの魔法で拘束されているので、逃亡は不可能なのだが。

「どうだろうねえ？　そもそも、これを煎《せん》じて飲みたいとか、ちょっと物好きすぎない？」

「ギギーッ！」

断末魔らしき悲鳴を上げて、カマーフラワーは小さなカミツレに似た花に変化した。

「海鼠《なまこ》を初めて食べた人並みに勇者ですね」

「ナマコ？　それも薬草？」

「いえ、薬草ではなくて……。あ」

光る粒子を取り込みながら、雪乃は呆けた声を上げる。

「えーっと」

たぶん、いやきっと、この世界に海鼠《なまこ》は存在しないのだろうと予想する。

ここまで地球に存在したものと似た動植物を何度も見たが、名前も外見も、微妙に異なっていた。

どう説明しようかと挙動不審な態度を取る雪乃を見ていたノムルの口が弧を描き、気配が徐々に蛙《かえる》を睨《にら》む蛇《へび》のように重くなっていく。

「えーっと」

今ではノムルが自分に危害を加えることはないと信じている雪乃だが、異世界の生き物だ、などとは言わないほうが賢明だろう。樹人であるだけでも充分怪しいのに、さらに異世界から来た樹人だなんて、訳が分からなさすぎる。

思考を加速させる雪乃の脳裏に、封印していた記憶が蘇《よみがえ》った。獣人ヒュウガが絶品だと称賛していた、あの得体の知れない生物の姿が。大きなイナゴのような体を主体とし、頭にはピンポン玉くらいの目玉が無数にあり、尾には長い触手が多数生え、腹には〈以下自主規制〉。とまあ、そんなゲテモノだ。

心の中で海鼠《なまこ》に謝りつつ、雪乃はその名を音にする。

「えっと、人間が、ポポテプと呼ぶ生き物です」

「あー……」

日本語を魔物文字と認識してくれたノムルならば、人間と魔物では、固有名詞が違うとでも解釈してくれるに違いない。そう期待して口にしたのだったが、彼は予想以上に壮絶な表情に変貌してしまった。まるでこの世の終わりでも見たかのようだ。

「ノムルさん？」

「あー、いや、大丈夫、なんだけど……。そうだね、あれを最初に食べた人間は、ある意味で勇者だよね。てか、頭おかしいだろ？」

「ひいっ⁉」

雪乃は思わず小さな悲鳴を上げて飛《と》び退《すさ》ってしまう。上の空で喋《しゃべ》っていたノムルの最後の一言に、まるで魔王みたいなおどろおどろしいオーラがこもっていたのだ。

「しかし魔物から見ても、アレなんだねえ」

「他の魔物がどう感じるかは知りませんが、私は記憶から消去したくなりました」

「ああ、よく分かるよ」

最初に食べた人間も勇者だが、それ以降に食べる人間も、勇者なのかもしれない。

「あれ？　ユキノちゃんって何も食べないよね？」

「はい。食べませんね」

「なんでアレを食べる人間がいるって知ってたの？」

ノムルもポポテプの話題に顔をしかめてはいるが、好奇心のほうが勝るようだ。

「以前お世話になった方が、大絶賛しながら食べていました。各部位を、どれだけ美味《おい》しいのか解説しながら」

凄《すご》く美味《おい》しそうに食べていたなーっと、雪乃は空を見上げる。

「ああ。アレを食べる奴は大抵そうだ。でもユキノちゃん、全ての人間がアレを食べるなんて認識は持たないでね？　アレを喜んで食べるのは、極極極極極極至極一部の、変人だけだから」

「了解しました」

二人はしっかり頷《うなず》き合《あ》うと、再び歩き出す。

「話を戻しますが、魔物化した植物の薬効はどうなるのでしょう？」

するとノムルは少しばかり真面目な表情に改めた。考えにふけるように視線が下がる。

「確かに気になるねえ。魔物の中には薬の材料として使われるものもいる。そしてそれらは薬草なんかよりも、ずっと強い薬効をもたらすんだ」

雪乃が生やす薬草も、通常の薬草より効果が高い。ならば魔物化した薬草も、強い効能を保有しているのではないだろうか。

もしその予想が当たっているのであれば、今まで治せなかった病気や怪我で苦しむ人を救えるかもしれない。すでに治療法のある病気や怪我も、今まで以上に楽にしてあげることができる。

そんな期待を込めて、雪乃はノムルの話に集中する。

「実はね、魔力によって薬効が強化されているのではないかと考えられて、薬を調合する際に、魔力を加える実験がなされていた時期もあったんだ。だけど効果の違いは誤差の範囲。魔物から採れる素材と薬草の差を埋めることはできなかった」

「たぶん、すでに薬草が死んでいたから反応がなかったのでしょうね。調合の段階で魔力を加えても、でき上がったお薬に魔力を加えて使うのと変わらないのだと思います。ラジン国の薬草はよく効くと聞きました。魔力と薬効が関係ないわけではないと思います」

ラジン国では薬草を育てる際に魔法を用いているそうだ。その過程で薬草が魔力を吸収して薬効が高まっている可能性があった。

実験の穴を指摘されて瞠目《どうもく》したノムルは、眩《まぶ》しいものでも見るように、雪乃を映した目を細めて微笑《ほほえ》む。

「なるほどねえ。まだ生きている――魔力が循環しているうちに加えないといけなかったわけだ」

「ええ、でもそうなると」と、雪乃は視線を動かす。ノムルも合わせて首を動かした。

「ああなっちゃうかもしれないわけですけど」

「そこが問題だよねー」

二人が顔を向けた先には、すでに数えるのも面倒くさくなったカマーフラワーが迫ってきていた。

もちろんノムルによって即効で引っこ抜かれて、宙に浮いているが。

「ゲテモノと効能を取るか、平穏と現状維持を取るか。中々に難しい選択だねえ」

「与える魔力の量を調節すれば、大丈夫なのではないですか？　今度実験してみましょう？」

「そうだねー。上手《うま》く行けば、樹人の能力を知られても刈りつくされる危険が減るだろうし」

目の前に浮かぶカマーフラワーに小枝を添えて小さな花に戻すと、雪乃は吸収する。

「とりあえず、すでに魔植物化している薬草を持って帰って、薬効の違いだけでも試してみるか。もちろん、ユキノちゃんの分が終わってからね？」

「カマーフラワーの生息地は他にもありますから、お気になさらないでください」

「そう？　じゃあ次に見つけたら、普通に討伐して収納するよ？」

「はい」

ノムルという凄腕《すごうで》の魔法使いが共にいてくれて、その前はカイたちが一緒にいてくれたことで、雪乃は順調に旅を続けていられる。幸運だと思う一方で、一人になってもちゃんと旅を続けることができるのかと、不安が首をもたげた。

それ以前に、こんな魔植物を自力で採取できるのかと、ノムルの魔法で出現した水の刃によって、一瞬にしてバラバラに解体されたカマーフラワーの姿を前に、雪乃はそっと遠くを眺めるのだった。

「薬効があるのは花部分だっけ？　乾燥させて煎《せん》じて飲むんだよね？」

「はい」

「それなら花だけ切り取って、火魔法と風魔法を組み合わせて、乾燥っと」

肉厚だったカマーフラワーは、わずか一秒足らずで、からっからに乾く。

公園にありそうだなと、赤い花弁の脚で囲まれた黄色く丸い台座を見て、雪乃は思った。

「先にみじん切りにしたほうがよかったかな？　乾いて硬くなったら薬師たちじゃ切れないかも？　いや、削《けず》ればいけるか？」

花とは思えない硬度を誇る干物となったカマーフラワーを前にして、ノムルはしきりに首を捻《ひね》っていたが、最終的には、「ま、いいや。俺は魔法でどうとでもできるし、困るのは俺じゃないもんねー」という結論に達したようだ。

さらに二人はずんずんと湿原を進んでいく。

時折マンドラゴラが戻ってきて、雪乃たちは進行方向を変えた。

雪乃もノムルも地図を持っているとはいえ、これだけ気ままに歩けば普通は遭難する。しかし二人は気にしない。ためらうことなく、現れたマンドラゴラに付いていく。

小さなマンドラゴラは意外と歩みが速く、雪乃とノムルが歩く速度を落とす必要はなかった。

しかも水場に対応するように改造しているため、水嵩《みずかさ》が深くなっても変わらぬ速度で泳いでいく。植物なのに、バタ根《あし》で。個体によっては蛙根《かえるあし》も披露してみせる。

そして水に根《あし》を取られて雪乃が遅れるたびに、二股の根を止めて振り返り、「わー」と、飛び跳ねては二人が来るのを待った。

「薬草としてだけじゃなく、案内人としても高性能じゃない？　ご主人様より優秀だねー」

ノムルは疲労困憊《ひろうこんぱい》気味の雪乃を置き去りにして、マンドラゴラの横にしゃがみ込み、丸っこい葉を撫《な》でている。

「くっ！　負けません、マンドラゴラ」

疲労で妙なテンションになっていた雪乃は、なぜか対抗心を燃やしてマンドラゴラを追いかけ始めた。歩く速度を上げた雪乃に、ノムルはにっこり微笑《ほほえ》んで付いていく。

無理なペースで進む行為はサバイバルではご法度《はっと》である。下手をすれば動けなくなり、最悪の場合もあるのだが、冷静さを失っている雪乃の頭からは、すっかり抜け飛んでいた。

辿《たど》り着《つ》いた場所で、マンドラゴラが褒《ほ》めてとばかりに思いっきりジャンプを繰り返す。けれど、案内された二人は一向に褒《ほ》める気配を見せない。

不機嫌になったマンドラゴラは、すねるように雪乃に登って葉を一枚毟《むし》り、次いでノムルに登ってつば広帽の山の上で跳ねて頂《いただき》を凹《へこ》ませようとした。

「……で、これはどうするよ？」

片手でマンドラゴラを掴んで帽子を護ったノムルは、前を向いたまま雪乃に問う。

「えーっと、採取したいとは思うのですが、どうすれば近付けるのでしょうか？」

マンドラゴラが見つけてきたのは、ムツゴロー湿原固有の植物の一つであり、ノムルが必要としている薬草でもある、ムッセリー草だった。

人参《にんじん》の葉に似た細かい切れ目の入った葉が苔玉《こけだま》のように密集して生え、大きさは直径三メートルほどに成長している。禍々《まがまが》しいまでに濃い緑色に、血しぶきのような赤い斑点《はんてん》が浮かぶ。

さらにその一画は、草木が避けるようにドーム状の空間を作り上げていた。地面も土が剥《む》き出《だ》しだ。

「これさあ、毒ムッセリー草と間違ってない？」

眉間《みけん》に皺《しわ》を寄せながら、ノムルは確かめる。

「そうですね。目の前の魔植物の外見的特徴は、毒ムッセリー草と一致します。というより」

すうっと雪乃は小枝を上げ、一点を示す。

「あそこに生えているのがムッセリー草で、この塊《かたまり》は毒ムッセリー草です」

小枝が示す先に目を凝《こ》らしたノムルは、杖《つえ》を持つ手の甲を額《ひたい》に押し当てた。

指摘されなければ、ノムルは見落としていただろう。なにせ毒ムッセリー草の群《むれ》の中に、ぽつりと混じって生えているのだ。しかも違いは血の斑点《はんてん》がないという、その一点だけである。

「ユキノちゃん、君と一緒に来てよかったよ」

「私も、ノムルさんが一緒でよかったです」

投げやりな声を上げたノムルの目は虚《うつ》ろだ。それでも、ピシュシュッと毒ムッセリー草がマシンガンのように放ってきた赤い血のような水弾を、魔法の壁で全て防いでみせる。

どうやら毒ムッセリー草の周辺に植物が生えていないのは、吐き出される毒によって枯れてしまうせいのようだ。

「これって本来の採取方法は、毒ムッセリー草を倒してからムッセリー草を探すんだろうね」

「そうでしょうね」

さすがに攻撃してくる毒ムッセリー草の中から、ムッセリー草だけを採取するのは難しいだろう。

「希少なのは、生息地が限られるからだけでなく、採取方法の難易度もあったわけかー」

あはははーとノムルは自棄《やけ》気味に、乾いた笑い声を棒読みで出す。

「まあいいや。毒ムッセリー草はいらない？」

「薬草としては使いませんし、うっかり毒樹人になったら嫌なのでパスです」

護身用にとの考えが微《かす》かに過《よぎ》った雪乃だが、毒ムッセリー草の毒は少量で致死量に至る。樹人の薬効上昇能力を考慮すると、恐ろしい毒草を作り出してしまいそうなので遠慮することにした。

「了解。んじゃあ」と、ノムルは魔法を使って毒ムッセリー草を浮かび上がらせ、くるくると回転させた。

「あそこに混じっているムッセリー草は、二株であってるかな？」

「はい、あの毒ムッセリー草の中に生えているのは、二株ですね」

確認を終えると、二株のムッセリー草が魔法によって引き抜かれ、雪乃の前に飛んでくる。雪乃はためらうようにノムルを見上げた。

「いいよ、先に吸収して。ユキノちゃんの分が終わったら、後は湿原を抜けるまでに見つけた分、全部貰うから」

こくりと頷《うなず》いた雪乃は、枝《うで》を伸ばしてムッセリー草を一株、両小枝《りょうて》で包む。光の粒子となったムッセリー草は、雪乃の中に吸い込まれた。

『【ムッセリー草】レシピを取得するには、残り二株必要です』

天から舞い降りたカードに書かれていた必要数に、雪乃はほっと息を漏らす。必要とする株数が多ければ、それだけノムルの取り分が減ってしまうのだから。

残っていたもう一株を吸収すると、ノムルが問うてきた。

「なんて？」

「もう一株でいいようです」

ひゅうっと、ノムルは口笛を鳴らす。

「採取の難易度も関係するのか？」

推察を始めたノムルの背後にある密林から、白いカマーフラワーが口を大きく開けて走り出てきた。ノムルは振り返りもせずに、それを宙に浮かせて雪乃に差し出す。

その一連の流れを見れば簡単に倒せそうだが、カマーフラワーは普通の人間ならば逃げるのが精一杯、多少腕に覚えのある冒険者でも確実に倒すなら数人がかりになる魔物であると、冒険者ギルドの資料には記載されているらしい。

「ところでさー、こいつら、俺ばっか狙いすぎじゃない？」

「わー？」

雪乃はそっと顔を逃がすように逸《そ》らした。マンドラゴラはあどけない声を出して、根元を傾《かし》げる。

樹人もマンドラゴラも、動くとはいえ植物だ。もっと言えば、樹人は木だから硬くて肉も付いていない。マンドラゴラの味は不明だが、小さい。一番美味《おい》しそうで食べ応えがありそうなのは誰かと聞かれれば、魔物は全員一致で一人を指すだろう。

不満気に唇を尖《とが》らせるノムルを見ないようにして、雪乃は歩き出した。


日光を遮《さえぎ》る木々に覆《おお》われた湿原は暗くなるのも早い。空がまだ青いうちに水気の少ない地面を見つけて野営の準備を始めなければ、真っ暗になってしまう。

雪乃は樹人なので特に何もしないが、ノムルは魔法を使って一部の土を乾かし、必要に応じて枝や草を盛って水に浸《つ》からないようにしてから、簡易テントを張った。そして自分たちの周囲を、魔植物たちが侵入できないように見えない障壁で囲む。

「森とか山に入った時は、魔物を狩って食料にするんだけどねえ」

ムツゴロー湿原に入ってすぐの地点では、動物系の魔物も見かけたのだ。しかし魔植物たちと遭遇するようになってからは、魔物の出現が減っていった。

奥地で珍しく見かけたのは、鳥型の魔物だ。花弁の縁《ふち》に牙が並ぶ、直径二メートルほどの蓮《はす》に似た花に着地した途端に、花弁が閉じて美味《おい》しくいただかれてしまったが。

「野草とかを摘《つ》んで食べることもあったんだけどねえ」

地面から盛り上がっている木の根に腰かけていたノムルは、密林の奥に視線を投げたまま、しみじみと語る。彼の足下では、今日の仕事を終えて戻ってきたマンドラゴラたちが、葉を擦り寄せ合って互いを労《ねぎら》っていた。

隣に座る樹人の少女は、先ほどから微動だにしない。外見も相まって、ただの小さな木にしか見えなかった。眠っているわけでも、ただの木とすり替えられたわけでもない。

「さすがにこれは、食べられないかなー」

死んだ魚のように濁った目をしたノムルの視線の先では、紫色の触手がうにょうにょと生える謎の生命体が、獲物を狙うフジツボのように蠢《うごめ》いている。上を向けば、蛇《へび》みたいに木の枝を這《は》う蔓性《つるせい》植物。そして、「ギョーッ！」と、カマーフラワーが可愛く見えるような得体の知れない魔植物が、奇声と共に密林の奥から走り出てきた。

びくりと幹を跳ねさせて再起動した雪乃は、無意識にノムルにしがみ付く。

「あれは無理ですっ！　御免こうむるのですっ！」

障壁の向こうに集まっている魔植物たちの存在を、意識の中から消し去ろうと努力していた雪乃だったが、ついに決壊した。

二メートルほどの塊《かたまり》は色こそ植物らしい緑色ではあるが、嫌悪感を覚えるドブ緑色だ。さらにその表面には、何かが蠢《うごめ》いていた。走る動きにあわせて、飛び出ていた蠢《うごめ》く何かがびったんびったんと大きく揺れる。

視界に映すのも嫌だとばかりに、雪乃はノムルのローブに顔を押し付けて自らの視界をふさいだ。

「あー……。ムツゴロー湿原って、本当にゲテモノ揃《ぞろ》いだよねー。もう慣れたと思ってたんだけど、上には上がいるもんだねえ」

杖《つえ》を手にしたノムルは、力なく指で弾く。突風が吹き、蠢《うごめ》くものやフジツボモドキと共に、魔植物たちはどこか遠くに飛んでいった。

「わー？」

遊んでいたマンドラゴラたちが、不満そうにノムルを見上げる。

顔をノムルのローブに押し付けていた雪乃は、それに気付かない。気付いているノムルも、知らん顔だ。

「ほら、ユキノちゃん。もういなくなったから大丈夫だよ？」

「あ、あい。あいがとうごじゃいましゅ」

ノムルから離れて座り直した雪乃は、真っ赤に紅葉しながら、ぺこりと幹を折った。

そんな騒ぎの翌日。見つけた毒ムッセリー玉を、魔法で作り出した大きな水球に閉じ込めたノムルは、三株のムッセリー草のうち一株を抜いて雪乃に渡すと、顎《あご》に手を当てて考え始めた。

「ユキノちゃんは、もういらないんだよね？」

「はい。後は全てノムルさんが使ってください」

「引っこ抜いたら、魔力を与えても変化しないかな？」

「すぐなら大丈夫だと思いますよ」

「了解」

そんな確認のやり取りをした後、残っている二株のうち一株を引き抜いて、自分の魔力をムッセリー草に注ぐ。彼にしては珍しく集中していた。どうやらただ魔力を注ぐだけでなく、少しずつ加えて変化を確かめるつもりらしい。

雪乃が見守る中、魔力を注がれていたムッセリー草に変化の時が訪れる。それは、一瞬の出来事だった。

「いやあああーっ！」

「うげっ」

雪乃は悲鳴を上げ、ノムルは手の上で変化してしまったムッセリー草から慌てて手を引く。

魔植物化したムッセリー草は、昨夜密林から駆け出てきた、あのモザイクをかけたくなるような蠢《うごめ》く魔植物に変化していた。しかも昨夜より大きくて三メートルを超えている。

「乾燥！　ついでに粉末化！」

珍しく声に出して魔法を使ったノムルは、きっと必死だったのだろう。魔法を駆使して一瞬で作り上げた壷に、空中に浮かぶドブ緑色の粉末を封じ込めた。しっかりと口を土で塗り固めて封をすると、ふうっと息を吐き、額《ひたい》の汗を拭《ぬぐ》うような動作をする。

「ま、いっかー。俺が呑むんじゃないしー」

開き直ったノムルの爽《さわ》やかな声を聞きながら、雪乃は思う。

(魔力入り薬の研究が進まなかったのは、仕方がなかったのかもしれません。これでは研究するのも呑むのも、地獄です)

残りの一株は魔力を込めることなく普通に摘《つ》み取《と》ったままの状態で、魔法空間に収納された。

「ヤナの町の冒険者さんは凄《すご》いですね。いつもこんな存在を相手にしているなんて」

「本当にねー。領主様の館でゲテモノ料理が出てこなくてよかったよ」

しみじみと語り合う二人だが、奥地にまで足を踏み込む冒険者は、年に数人いるかいないかなのだという事実は知らなかった。

そして――

「ノムルさん！　なんですか？　あの化け物はあ！」

「俺に聞かないで！　植物はユキノちゃんの専売特許でしょう!?」

「あんなの知りませんっ！　私は何も見てないですっ！　ふみゃああっ!?」

うっかり奥地に踏み入ってしまった冒険者が再びムツゴロー湿原に戻ってくるのは、十年に一度あるかどうかということも。

「お化け屋敷のほうがマシですっ！」

「オバケヤシキって何？　ちょ、しがみ付くのはいいけど、杖《つえ》は駄目！　ああーっ!?」

阿鼻叫喚《あびきょうかん》を繰り広げながら、二人は今日も進むのだった。


「——も、もう出てきませんか？」

「ああ。なんとか魔窟《まくつ》からは脱出できたようだね」

げっそりとした顔で、二人は空を見上げた。

魔植物たちに覆《おお》われた天然の天井は消え、爽《さわ》やかな緑の葉の隙間から、青い空が眩《まぶ》しく輝いている。どうやら魔植物たちが多く徘徊《はいかい》する中央部分は抜け、普通の湿原に戻ってきたようだ。

「しかし、ここはどこだろうねー？」

両手で持つ杖《つえ》に体重を預けながら、ノムルがしゃがみ込む。根を下ろした雪乃は、彼に背幹《せなか》を預けた。

旅慣れているはずのノムルにとって、この程度の道程は大したことではないという。けれど、このムツゴロー湿原は消耗が激しかった。主に精神的に。

雪乃は地図を広げ、現在地を確認する。自分がどこにいるのか、印が出る地図というのは便利だ。

「予定通り、ムツゴロー湿原の西側に出てきたみたいですね。もう一日歩けば、湿原からも出られそうです」

「そっか。取り残しはないよね？」

「大丈夫です。ノムルさんは？」

「充分取れたよ。粉末とはいえ捨てたいくらいに」

据《す》わった目でにっこりと笑みを浮かべたノムルの顔を見て、雪乃は本能的にふるりと震えた。

毒ムッセリー草に寄生した通常のムッセリー草は三十株余り見つけたが、魔植物化したムッセリー草も十体以上は倒した。二体目からは、気配を感じると同時にノムルが魔法を発動させて瞬時に粉末化、壷へ密封という、目にも留まらぬ早業《はやわざ》だ。

雪乃が触れれば普通のムッセリー草に戻るのだろうが、それを強要するほど、彼も鬼ではない。むしろ勇気を出して近付こうとした雪乃を、慌てて引き止めていた。

「駄目だよ！　ユキノちゃんが穢《けが》れちゃうよ！」

最後のほうは、もうなんだかよく分からないテンションで人格も変わっていたのだが、そんなことを気にする余裕など互いにない。

それほど、ムツゴロー湿原は魔の巣窟《そうくつ》だった。何かが違う意味で。

「いやあ、色んな魔物を見てきたけど、ここまでゲテモノ揃《ぞろ》いは例がないね。二度と来ない」

満面の笑みで晴れやかに言い切るノムルだが、その表情に癒《い》やされるどころか恐怖しか感じない。

雪乃は怯《おび》えながら同意する。

「わーっ！」

しばらくして、聞き慣れた声が聞こえてきたので、雪乃とノムルは条件反射のように顔を向けた。

二人とも表情が抜け落ち、無となる。

生い茂る植物が少なくなり、見通しがよくなった木々の間から見えたのは、赤いカマーフラワーだった。魔植物たちの出現はほとんどなくなっていたが、人里近くでも出没することのあるカマーフラワーはまだ出てくるようだ。

しかし二人が思考を凍り付かせたのは、カマーフラワーの存在が理由ではない。その巨体に、小さな植物が果敢に挑んでいたからだ。

見事な跳び蹴りが決まり、大きなカマーフラワーの茎が弓形に曲がった。バランスを崩したそのカマーフラワーは倒れかけたが、根を踏ん張って堪《こら》えると自分を攻撃した敵を探して振り返る。

「わー！　わー！」

からかうように飛び跳ねるマンドラゴラ。

「ギギーッ！」

怒ったような声を上げ、葉を振り上げるカマーフラワー。

「わー」

「ギギーッ！」

「こっちだよー」「待てー」とでも言っているのだろうか？　逃げるマンドラゴラを、カマーフラワーが追いかけ始める。海辺で戯《たわむ》れる恋人のような、きらきらとした青春色は見当たらない。

マンドラゴラは生い茂る草の間を一目散に駆け抜けて、雪乃たちのほうに向かってきた。

一連の行動を目撃してしまった雪乃は、怒ればいいのか呆《あき》れればいいのか、それとも悲しめばいいのか、感情がごちゃ混ぜになって頭の中が真っ白だ。ふるふると、幹や葉が震える。

隣の魔法使いも額《ひたい》に手を当てて、ぷるぷると肩を揺らしている。

「わー！」

二人に気付いたマンドラゴラが、連れてきたよーとばかりに、嬉しそうな声を上げながら雪乃の根下《あしもと》までやってきた。

困惑に思考を奪われたままの雪乃は、すぐ前に迫るカマーフラワーを視界に映しながら、一歩も動けず沈黙する。

ほとんど絶え間なく魔植物たちの襲撃に遭《あ》っていた理由は、それだけムツゴロー湿原に魔植物が発生していて、獲物を求めているのだと思っていた。

だが本当の理由は、マンドラゴラたちが魔植物を攻撃し、引き連れてきたのだ。

雪乃はついに崩れ落ちた。幹と小枝を突いて三《み》つん這《ば》いとなる。一方、なんとか立ち直っていたノムルは杖《つえ》を撫《な》で、いつものようにカマーフラワーを空中に浮かべると雪乃の前に差し出す。

「ええっと、うちのマンドラゴラが、申し訳ありません」

幹を地面に突いたまま左枝を伸ばして吸収しながら、雪乃はノムルに心の底から詫《わ》びた。容易《たやす》く撃退していたとはいえ、魔植物に狙われていたのは、雪乃よりも彼である。

「ユキノちゃんが謝ることじゃないさ」

「わー？」

根元を傾《かし》げて見上げてくるマンドラゴラに、悪気は見当たらない。彼らはただ雪乃のためと思い、魔植物たちを誘《おび》き寄せてくれていたのだろう。

最後の光の粒子が、雪乃の幹に吸い込まれる。

それを見守り杖《つえ》を下ろしたノムルは膝《ひざ》を折ってマンドラゴラの前にしゃがみ込むと、そっと手を伸ばして小さな体を包み込んだ。

「わー？」

無垢《むく》な植物は根元を傾《かし》げてノムルを見つめる。目はないのだが、あればつぶらで愛らしい瞳だったことだろう。

立ち上がるノムルの口角が徐々に上がり、笑みを深めていく。そして、臨界に達して豹変《ひょうへん》した。

「お前らのせいかああーっ⁉」

「わー？　わーっ⁉」

マンドラゴラの悲鳴が聞こえたが、雪乃にノムルの怒りを抑える資格はない。

握りしめるノムルの手に、ばしばしと葉を打ち付けて抗議するマンドラゴラ。しかし、彼の手が緩むことはなかった。

雪乃は心の中でマンドラゴラに謝りつつ、口から火炎をも出せそうな勢いで怒りくるうノムルから、必死に意識を逸《そ》らす。

ノムルの怒りが一段落したところで、マンドラゴラたちに、もう魔植物は連れてこないようお願いした。協力してくれたことには感謝しているが、これ以上は精神が保《も》ちそうにない。

「わー？」

不満そうなマンドラゴラたちだったが、渋々ながら承知してくれた。

そうして日が変わりムツゴロー湿原最後の日。半日ほどの道程でも何体かの魔物に遭遇したが、それは通常の魔物ばかりで魔植物たちは出てこなかった。

単に魔窟《まくつ》を抜けたからなのか、それともマンドラゴラたちが連れてくるのを控えてくれたからなのかは分からない。

心身共に消耗しきっていた雪乃は、静かにノムルの後ろを付いて歩く。

「そろそろローブを着とこうか？」

「はい」

湿原の終わりが近付いてきて、地面も少し湿《しめ》っている程度にまで落ち着いてきた頃、ノムルが声をかけた。

ここから先は、薬草集めや魔物狩りに来た冒険者たちと出くわす確率が高くなるという判断だ。すでに何度か遠目に人間の姿を見かけていたのだが、その時は木に擬態して誤魔化《ごまか》した。

幹や枝葉についた泥をノムルに魔法で洗浄してもらい、魔法空間から出されたローブに雪乃は袖を通す。久しぶりなので動《うご》き辛《づら》く感じるが、仕方ないと諦めた。

「わー」

一緒に歩いていたマンドラゴラたちも次々と雪乃に登り、枝葉の間に潜《もぐ》り込《こ》んでいく。

そして雪乃はノムルと連れ立って、湿原を出る。遮《さえぎ》るもののない青空を見上げ、二人は揃《そろ》って大きく伸びをした。

「いやあ、空が見えて足下がしっかりしているって、こんなにいいもんだったんだねえ」

「人里のほうが落ち着くとは、樹人失格かもしれません」

「いや、それはさ、ここが特殊なのであって仕方ないと思うよ？」

ぬかるんでいない道を笑顔で踏みしめていたノムルは、雪乃の呟《つぶや》きに表情を凍らせる。

慰《なぐさ》めるように紡《つむ》いだ言葉は、果たして雪乃のためなのか。それとも彼自身を慰《なぐさ》める言葉だったのか、雪乃には分からなかった。


ムツゴロー湿原を抜けて街道を進んでいくと、脇に田んぼが広がっていた。

頭《こうべ》を垂れる青い穂には、一粒が寿司のシャリほどもある、大きな米が実っている。米の数は少なく単純化されたイラストのようだが、雪乃は大して違和感を覚えなかった。

日本で生まれ育ったとはいえ、本物の稲穂を見る機会はあまりなかったせいかもしれない。それでも懐かしくなり、さわりと葉を揺らす。

田を眺める雪乃に気付いたノムルもまた、目を留める。

「この辺ってコンメなんだ」

どうやらこの世界では、米はコンメと呼ばれているようだ。

並んでのんびり歩いていると、後ろから車輪の音が聞こえてきた。振り返れば、牛に曳《ひ》かれた荷車が近付いてくる。

「どこに行くのー？」

「パーパスの近くまでだよ」

「乗せてもらってもいい？」

「二人だけなら構わんよ」

ノムルが声をかけると、荷車に乗っていたお爺《じい》さんは訝《いぶか》しげにノムルを一瞥《いちべつ》し、それから雪乃を見て頷《うなず》いた。どうやら幼い子供が共にいるので、見知らぬ旅人でも危険はないと判断したようだ。

雪乃たちが荷台の後ろ側に乗り込むと、牛が尻尾《しっぽ》を一振りしてから歩き出す。

牛車というものは、総じてゆっくりと移動する。人間が歩いたほうが速いくらいだ。けれど牛以上に、根の短い小さな樹人のほうが遅かった。

「娘さんかい？」

「そうそう、可愛いでしょう？」

いつの間にか、雪乃はノムルの娘になっていたらしい。農家のお爺《じい》さんと和《なご》やかに話しているノムルに、雪乃はこっそり冷えた視線を送る。

しばらくして、パーパスという町の手前で降ろしてもらった二人は、お爺《じい》さんにお礼を言い、枝《て》を振って別れた。

すでに太陽は地平線に根を下ろしかけ、空は夕焼け色に染まり始めている。

「さて、ユキノちゃんの寝床付きの宿を探さないとねー」

「私の寝床付きの宿ですか？」

樹人の雪乃は土に根を張って眠る。対応した宿があるのだろうかと、雪乃は枝上《くび》の幹を傾《かし》げた。

「庭があれば、そこで眠ればいいでしょ？」

「それは目立つと思いますよ?」

「大丈夫、大丈夫。前からあったと認識するように、魔法で操作するから」

「おお!」

魔法使いというのは、色々と便利なものらしい。

一軒の宿に入ってから、ノムルに連れられて裏庭に向かった雪乃は、失礼して根を張らせてもらう。ノムルに魔法をかけてもらうと、眠りに就《つ》いた。

暗く静かな裏庭で一人夜を越し、そして夜明けを迎える。日の出と共に目を覚ました雪乃は、ノムルがローブを持ってきてくれるのを待った。

宿の表口から、旅立つ客の賑やかな声が聞こえてくる。

裏庭にある井戸で、宿の女将《おかみ》と娘が洗濯を始めた。盥《たらい》に水を汲《く》み、シーツを一枚一枚押し洗いする。時々腰を押さえたり叩《たた》いたりと辛《つら》そうだ。

ひらひらと揺れるシーツやシャツなどを眺めながら、雪乃は時間を潰《つぶ》す。太陽はもう充分に高くまで昇っていた。

「もしや私のことを忘れて、出立《しゅったつ》してしまったのでしょうか?」

森の中ならばまだしも、ここは町の中である。人目を避けながら森に逃げ込むのは、難易度が高そうだ。かといって、このまま宿の庭木の一つになるわけにもいかない。

夜まで待ち、人間たちが寝静まった頃に移動すれば大丈夫だろうかと考えるが、樹人の雪乃は光がなければ眠ってしまう。

「これはどうしたものでしょう？」

「わー？」

ひょこりと出てきて葉を傾《かし》げるマンドラゴラ。彼らと一緒に光合成をしながら、雪乃はノムルが忘れ物に気付いて戻ってきてくれますようにと、お天道様にお祈りした。

その祈りが通じたのか、昼前になって、ようやくノムルが現れる。

安堵《あんど》の息を吐いた雪乃だが、むっと頬葉を膨らませた。ローブをノムルに預けていた彼女は、下手に動くこともできず、じっと待っていたのだ。一言くらい文句を言っても罰は当たるまい。

「遅いですよ、ノムルさん」

腰に手を添えるように、小枝を幹に添えて、口葉を尖《とが》らせる。

「まだ朝じゃん？　久しぶりに寝台でゆっくり眠ったんだからさー、寝過ごすくらい許してよ」

雪乃を忘れて旅立ってしまったのではなく、今の今まで寝ていたようだ。

マイペースなノムルらしいと思いつつも、今晩からはローブを預けるのは止《や》めたほうがよいかもしれないと、雪乃はローブの隠し方を思案するのだった。

「さて、今日はまず、冒険者ギルドに行ってみようか。入国の手続きもできるから」

「はい」

ムツゴロー湿原を横断した二人は、サテルト国を出てルモン大帝国に入っていた。手続きを行わなければ、密入国になってしまう。

昼の明るい日差しの下では、町の景色も変わって見える。昨日は意識していなかったが、中央通りは石畳《いしだたみ》に覆《おお》われていた。

樹人の根には土のほうが優しい。微《かす》かな不満を覚えた雪乃だが、コンクリートで固められた道に比べればまだいいかと、思い直す。

石畳《いしだたみ》はよく見ると、所々が欠けている。そして壁に寄りかかって話をしている町の人の表情には、どこか陰があった。

「どうかしたの？」

辺りをきょろきょろと見回す雪乃を、ノムルは不思議そうに見る。

「石畳《いしだたみ》が敷かれているなど、裕福な町に見えます。けれど雰囲気を見ると、違うようです。景気が悪化しているのでしょうか？」

ここに来るまでに通った街道も、他の町も、道は硬く踏みならされただけで、土が剥《む》き出《だ》しになっていた。石畳《いしだたみ》が敷かれた道は、初めて見るのだ。

ノムルは口元をわずかに緩めると、雪乃の頭をぽんぽんと柔らかく叩《たた》く。

「ここルモン大帝国は、世界でも一、二を争う大国で、地方都市ですら他国の王都と変わらぬ景観を誇っている。加えてこの辺りはムツゴロー湿原に接しているから、希少な薬草による収入もあるはずだ。それなのに寂《さび》れているのは、機関車の影響が大きいんじゃないかな？」

「機関車、ですか？」

電車や新幹線は乗ったことのある雪乃だが、機関車は実物を見たことさえない。とはいえ知識はある。黒い車体をして、ポポーッと大きな汽笛を鳴り響かせる乗り物だ。電車が主流となる前に、煙突から煙を吐き出しながら鉄道を走っていた。

「ああ。このルモン大帝国では近年、機関車っていう乗り物が開発されてね。人も荷も、馬車より圧倒的に早く大量に運べるんだ。だから機関車が停まる駅を持つ町は大きく栄え、逆に駅から遠い町は寂《さび》れてしまったらしい」

「なるほど」

日本でも、新幹線の通らない地域では過疎化が目立つ。駅が先だったのか、過疎化が先だったのかは、当時を知らない雪乃には答えられないが。

そんなことを考えていたからだろう。雪乃はノムルの足が止まったことに気付くのが遅れ、慌てて根の向きを変えた。

木製の扉の上には、冒険者ギルドの印である、剣とドラゴンの紋章が描かれた旗が掲《かか》げられている。

扉を開けると、カランと木と木が打ち合う音がして、中にいた人間たちの視線が二人に集まった。けれど、すぐに逸《そ》れる。よれよれの服を着た旅の冒険者など、絡んでも旨《うま》みはない。

真っ直ぐ受付に向かったノムルは、冒険者ギルドの認定証を取り出して提示する。

受付をしていた男性職員は、認定証を一瞥《いちべつ》するなりノムルに何か言おうとした。しかし声を発する前に、慌てて視線を認定証へ戻す。それから顔を上げてノムルを凝視し、今一度視線を落として認定証を再確認してから、またノムルの顔を窺《うかが》うように見た。忙しい男である。

ノムルは職員の挙動不審な動きなど気にせず、用件を伝えた。

「サテルト国から、ムツゴロー湿原を抜けてきちゃったんだよね。手続きをお願いできる？　この子は俺の娘ね」

雪乃はノムルを見上げる。またもやノムルの娘にされてしまった。

とはいえ特に問題はない。それどころか、身元不確かな存在である雪乃にはありがたい設定なので、黙って受け入れる。

「え？　ムツゴロー湿原を？　さすがはAランク冒険者ですね。あそこは奥のほうは魔物が跋扈《ばっこ》していて、国境越えはできないと言われているのですが」

職員の口から出たAランクという言葉と、ムツゴロー湿原を抜けてきたという内容に、ギルド内の空気がざわりと揺れた。

Aランクは冒険者の中でも一パーセントにも満たない、選ばれし存在だ。王侯貴族から名指しで依頼されることもあるため、魔物と対峙《たいじ》する力だけでなく、礼儀作法を身に付けているかなども審査される。

ノムルが王侯貴族に対する礼儀作法を身に付けているのかは、はなはだ疑問だが。

それはさておき、ギルド内の空気に驚いた雪乃は、思わず葉を逆立てて周囲を見回した。そっとノムルの手が彼女の頭の上に柔らかく置かれて、雪乃は平常心を取り戻す。

「確かに魔窟《まくつ》だったねえ。それほど強いのはいなかったけど、違う意味で酷《ひど》かったよ。あんまり思い出させないでくれる？」

「そんなに酷《ひど》かったですか？」

「酷《ひど》かったねえ」

天井を見上げたノムルの目は、死んで数日経った魚のように濁っている。雪乃も隣でふるふると震えた。あれは思い出してはいけない光景だ。

Aランクでもそれほど危険なのかと、冒険者たちは自分たちも足を運ぶことの多い湿原を思い浮かべ、決して深入りしないように改めて心に刻む。

その危険という言葉の持つ意味合いは、事実とは異なるのだろうが。

「あの、任意で構わないのですが、ムツゴロー湿原の情報を提供していただけないでしょうか？もちろん情報提供料はお支払いします」

「嫌。思い出したくない。必要なら誰か派遣しなよ。Cランクでもパーティーを組めば、結構奥まで入れると思うよ？」

職員がおずおずと頼んできたが、ノムルは即答した。

「え？　Cランクで行けますか？」

Cランクは低レベルの魔物に一人で対処できる程度の力があり、人格にも問題なしと判断された冒険者たちだ。真面目に取り組んでいれば、飛びぬけた才能がなくても到達できるランクである。

正式に冒険者として扱われ、ギルドが身元を保証してくれるのは、このCランクからになる。

「強い魔物はいなかったからね。精神的なタフさは必要だけど。そんな話より、さっさと手続きしてくれる？」

「あ、はい。入国手続きでしたね？　しばらくお待ちくださぃ……って、え？　ノムル・クラウ？」

ノムルの認定証を手元の機材に乗せた職員は、動きを止めた。

顔色が一瞬で青くなる。まるで幽霊でも目撃したかのように、見開いた目がノムルに吸い寄せられた。

「え？　まさか、本物？」

「うん？」

「魔法ギルド総帥？」

「え？」

職員の言葉を聴覚に止めた雪乃は、驚いてノムルを見上げる。居合わせた冒険者や職員たちが再び騒《ざわ》めいているが、それどころではない。

「魔法ギルド総帥？　つまりノムルさんは、お偉い方？　魔法使いのトップ？」

旅の途中で噂《うわさ》は聞いていた。たった一人で国や町を滅ぼしたという、最強にして最凶の魔法使い。

雪乃はノムルの不精髭《ぶしょうひげ》をしげしげと観察し、幹《からだ》を傾けて彼のぼさぼさな後ろ頭を覗き込み、それから着古したローブを小枝で摘《つま》み上《あ》げて鑑定するように凝視する。

元々はしっかりとした厚手の生地だったと思われる草色のローブは、傷《いた》みが激しく薄くなっている部分が多い。数年どころか十年以上は着続けているのだろうと推察できる。

「魔法ギルドとは、あまりお給料をいただけないのでしょうか？　ボランティア団体？　無償労働？　そもそも国を統《す》べるほどの組織のトップが、ふらふらと一人旅をしていて問題ないのでしょうか？」

聞くともなしに雪乃のその独り言を耳に入れてしまったノムルは噴き出した。

一国を統治する魔法ギルドの総帥は、他国ならば王に匹敵する。この世界の人間であれば雪乃が口にしたような考えは、脳裏を過《よぎ》ることすらないだろう。

「確かにノムルさんの魔法は凄《すご》いですけれど、国を滅ぼせるほどでしょうか？　それよりも、ノムルさんに政治なんてできるのでしょうか？」

ひとしきり推理した雪乃は、「人違いですね」と、結論付けた。

「いやー、さすがはユキノちゃんだね」

「はて？」

ノムルは腹を抱えてカウンターに突っ伏している。何がどうさすがなのか、雪乃は不思議に感じて枝上《くびの》の幹を傾《かし》げた。

そんな彼女の頭をぽんぽんと軽く叩《たた》くと、ノムルは笑いを収めて職員に向き直る。

二人のやり取りを見ていた職員や冒険者たちは、雪乃が示した人違いだったという結論に乗っかることにしたようだ。

雪乃も彼らも魔法ギルド総帥の噂《うわさ》は聞き及んでいる。その噂《うわさ》通り、機嫌を損ねて町や国を破壊されてはたまらない。

「仮入国証を発行しますので、ルモン大帝国に滞在中は、常に冒険者ギルドの認定証と共に携帯してください。帝都で正式な手続きを行うか、出国の際に提出をお願いします」

「了解」

ノムルは渡された書類と認定証を、魔法空間に放り込む。それからカウンターを離れて掲示板へ向かった。護衛の依頼がないか探しているようだ。

雪乃も見上げるが、この世界の文字は読めない。視線を掲示板から外して、奥に併設されている軽食屋に向けた。

どの客の前にも、分厚い肉とジャガイモに似た食べ物が乗った皿が置かれている。昼食として提供されているメニューは、一種類しかないようだ。

その他にチーズやナッツの盛り合わせといったツマミや、飲み物が見える。

「カマーフラワーの花弁や舌《タン》などを期待していたのですが」

残念そうに雪乃が呟《つぶや》いた時だった。すぽんっといい音がして、奥の席からコインほどの大きさをした何かが飛んでくる。

「あうっ？」

額《ひたい》に衝撃を受けて仰《の》け反《ぞ》る雪乃。

「ユキノちゃん⁉」

血相を変えたノムルの顔が見えた直後、額《ひたい》に受けたものとは比べ物にならない衝撃波が雪乃を襲う。

「ふみゃっ？」

今度は踏ん張り切れず後ろに倒れていく。

「ユキノちゃん？　大丈夫？　しっかりして！」

慌てて膝《ひざ》を落としたノムルが、床に倒れる前に雪乃を支えた。

「だ、大丈夫で、す？」

額《ひたい》を枝でさすりながら顔を上げた雪乃は、「え？」と、唖然《あぜん》とした声を出して固まる。

立っていた時とは視界に映る景色が一変していた。ほんの一瞬の間に、いったい何があったというのか。

冒険者ギルドの建物から壁と天井がなくなり、街並みと青いお空が見えている。

「どういう状況なのでしょう？」

目もまぶたもないはずなのに、驚いてぱちくりと瞬《またた》いてしまう。ギルドに居合わせた人間たちも、混乱と恐怖で固まっている。

ふと視線を感じて顔を向けると、軽食屋で食事をしていた若い冒険者が、真っ青な顔で雪乃を呆然と見つめていた。彼の手には開けたばかりで泡が溢れるエールの瓶がある。そしてゆっくりと動いた視線の先には、コルク栓が転がっていた。

雪乃は理解した。彼が抜いたコルク栓が原因だったのだ、と。聞こえた音や、飛んできたものの特徴も一致する。

「恐ろしい威力のコルク栓です」

若い冒険者は今にも泣き出しそうだ。エールの栓を開けたら建物が壊れたのだ。動揺しても仕方がない。

雪乃はとりあえず、自分は無事であると伝えて彼を少しでも安心させてあげようと、ゆっくりと大きく頷《うなず》いておいた。

「ユキノちゃん？　コルク栓で建物は吹き飛ばないからね？　いや、そういうことにしておいたほうがいいか？」

ぶつぶつと呟《つぶや》き出《だ》したノムルを見上げると、へらりと胡散臭《うさんくさ》い笑みが返ってきた。

「一瞬で壁と天井が。やっぱり本物の魔法ギルド総帥なんじゃないのか？」

「おい、娘に危害加えた奴、謝れよ」

冒険者や職員たちも騒《ざわ》めき始める。

そんな混乱の最中、執事服に身を包んだ老齢の男が、困惑しながらギルドに入ってきた。背筋は綺麗に伸びていて、足取りもしっかりとしている。

老執事は眉をひそめたままギルドの中を一瞥《いちべつ》する。ノムルに目を留めると、真っ直ぐに歩を進めた。

そしてノムルの前で足を止め、恭《うやうや》しく右手を左胸に当て腰を折る。

「失礼いたします。魔法ギルド総帥、ノムル・クラウ様でよろしいでしょうか？　私、当地パーパスを治めるパロン男爵家に仕《つか》えます、サチガンと申します。このたびは至高の魔法使い様に拝謁できましたこと――」

「つまんない挨拶《あいさつ》はいいから、用件だけ言いなよ」

ノムルは面倒くさそうに言葉を遮《さえぎ》る。隠しきれなかった不快感が執事の眉をわずかに跳ねさせた。

二人のやり取りを聞いて、雪乃はノムルが本当に魔法ギルドの総帥なのかもしれないと考える。

しかし邪魔をするわけにもいかず、黙って大人たちの会話に耳を傾けた。

「我が主ダクシュー・パロンが、ノムル・クラウ様にぜひお会いしたいと申しております。どうかご同行いただけませんでしょうか？」

「理由は？」

「サテルト国からルモン大帝国まで、ムツゴロー湿原を横断なさって入国なされたとか。パーパスに属するムツゴロー湿原について、領主として情報をお伺いしたいとのことでございます」

どうやら冒険者ギルドから領主に報告が行っていたようだ。魔法を使えば一瞬で遠くに伝達することもできる。だがそれにしても動きが早い。

ヤナの町にパーパスの領主と繋がっている者がいたのかもしれない。ノムルは舌打ちしたくなるのを我慢しているような雰囲気で、素っ気なく答える。

「特に報告するような内容はないかなあ。というか、思い出したくない」

「ソウデスネ」

静かに大人たちのやり取りを見守っていた雪乃は、同意を示す。つい思い出してしまい、ふるふると震えながらの片言になった。

執事は困ったように眉を下げると、へりくだって重ねて求める。

「ムツゴロー湿原には希少な薬草が多く生息し、固有種でなければ治療できない病気もございます。採取量が増えれば、救われる人も増えることでしょう。どうかお力添えをいただけないでしょうか？」

「そんなの俺には関係ないだろ？　そもそも採りに行くのは冒険者たちなんだから、必要なら冒険者ギルドから誰か調査に向かわせれば――」

そう拒否しかけたノムルだったが、言葉を切った。捨てられた子犬のような雰囲気をまとった小さな樹人が、じいっと彼を見つめている。

雪乃は貴族や権力などといったものには、あまり興味を抱かない。けれど病《やまい》に苦しむ人を救えるかもしれないという言葉は、見過ごせる内容ではなかった。


期待と懇願が入り混じる視線に、ノムルは敗北を喫する。

「分かった。行ってやる。けどムツゴロー湿原についての話をするだけだからな？　魔法使いに関しての要望とか、面倒な討伐依頼とかされても、断るからな？」

一人であれば決して応じることのない、権力者からの誘い。なぜ断れなかったのかと自分の感情の動きが理解できず、ノムルは鬱屈《うっくつ》した気持ちを押し出すように太い息を吐いた。

隣を見ればきらきらと嬉しそうに葉を輝かせる、樹人の子供が映る。もう一度軽く息を吐いたノムルは、まあいっかと機嫌を直した。

5

雪乃がノムルと共に冒険者ギルドを出ると、金や銀で唐草模様に似た植物の絵柄を描いた、黒い箱馬車が停まっていた。馬も濡れ羽色の黒馬だ。

周囲には野次馬が集まっている。派手な馬車を見に来たのか、壊れた冒険者ギルドを見に来たのか。きっと両方だろう。

赤いクッションに座り、雪乃とノムルは領主の館に運ばれていく。

「ところで、冒険者ギルドの建物はよく壊れるものなのでしょうか？　修理代がかさみそうですね」

「冒険者は荒っぽい奴が多いからね。壊れるのはよくあることさ。だから魔力を込めれば元に戻るように、形状記憶の魔法道具が使われているんだ」

「ほほう。便利ですね」

とはいえ普通は壁が凹《へこ》むか、せいぜい穴が開く程度だ。空が見えることはない。

二人の会話が耳に入ってしまった執事のサチガンは、なんとも言えない表情で指摘する言葉を呑み込んだ。

パーパスの領主が住む館は、ヤナの領主イグバーンの館よりも大きく、城と呼んだほうがしっくりくる大きな建物だった。

国境近くに位置するためか、それとも東方から現れることが多い強力な魔物に対応するためか、高い壁に囲まれ、要塞《ようさい》のような姿をしている。

吊り橋を渡り、鉄格子の門を潜《くぐ》って、馬車は壁の中に入った。

「ようこそおいでくださいました。当地を治めております、ダクシュー・パロンと申します。我が城への来訪を歓迎いたします、ノムル・クラウ様」

玄関ホールでにこにこと笑顔を向けるのは、右目に金縁《きんぶち》の片眼鏡をかけた、白髪の老人である。

両手を広げてハグをする準備が万端に整っていた。

しかしノムルは彼の手が届く範囲には近付かず、手前で立ち止まる。隣に立つ雪乃も、じいっと見つめただけで顔を逸《そ》らした。

彼女にとってハグは、難易度の高い行為だ。なにせ故郷の日本では、体を密着させるスキンシップは極限られた相手としか行わない。

しかも雪乃は樹人である。触れられたら人間ではないと気付かれるだろう。とてもではないが、求められたからといって受け入れられるはずがない。

客人二人から無視されて、ダクシューの口角がひくりと震えた。額《ひたい》もぴくぴくと震えているようだが、長年貴族として鍛《きた》えられた彼の表情筋は、微笑《びしょう》を保ち続けている。

「長旅でお疲れでしょう？　部屋を用意させましたので、どうぞお寛《くつろ》ぎください」

穏やかな声で話しながら、オーバーリアクション気味に両腕をさらに大きく広げる。城の中を示す動作に変えることで、先の失態をなかったことにしてみせたのだ。

上手《うま》い誤魔化《ごまか》し方だと、雪乃は感心する。誰から見ても誤魔化《ごまか》していることは明白なので、上手《うま》いとは言い難いのだが。

そのまま何事もなかったかのように、ダクシューは使用人にノムルと雪乃を部屋に案内するよう、指示を出す。けれどその流れに、ノムルが待ったをかけた。

「そういうの、必要ないから。さっさと用件を済ませたいんだけど？」

主導権を与えることなく、あくまでサチガンが申し入れた内容に絞る。

緩みかけていたダクシューの表情筋が、再び強張《こわば》った。それでも細めたまぶたの下で眼球を横に流し、そのわずかな動作で素早く思考を切り替える。

「そうですか。ではどうぞこちらへ」

笑顔を取り繕《とつくろ》い歩き出したダクシューに続いて、雪乃とノムルも階段を上った。

赤い毛氈《もうせん》の敷かれた階段を、雪乃は一段一段上っていく。枝を二つ上の段に突いては、根を一段引き上げる。樹高も低いが、それ以上に根が短いため段差を越えられないのだ。

「うしょっ、よしょっ」

一段ずつひょこひょこと上る姿を見たノムルが、片手で顔を覆《おお》ってぷるぷると震えている。雪乃はほんのり紅葉しながらも、地道に上っていった。

一階から二階に上がるだけだというのに、天井までの高さを広く取った構造をしているため、先は長い。途中で根《あし》を休めた雪乃は、階段を見上げて呆けてしまう。

動きを止めた彼女を、ノムルがひょいっと片手で抱き上げた。

「面目次第もありません」

「いいよ。それより」と、ノムルは右手に持っていた杖《つえ》を軽く撫《な》でて周囲に音が聞こえないようにしてから、唇を動かさずに雪乃に注意を促《うなが》す。

「余計な話はしちゃ駄目だよ？」

一度ノムルの顔を見つめた雪乃は、こくりと頷《うなず》いた。

身分制度が存在した時代では、ほんの些細《ささい》な言動によって処罰されることもあったのだと、彼女は知識として知っている。

この世界の決まり事をよく知らない雪乃が下手に動けば、どんな罰を受けることになるか分からない。ノムルに任せたほうがよいだろうと考えかけて、ふと思考が途切れた。

じいっと不精髭《ぶしょうひげ》の生えた顔を凝視する。このマイペースな魔法使いに任せて、本当に大丈夫なのだろうか。彼に礼儀作法や道徳といった観念があるのか。小幹《こくび》を傾《かし》げずにはいられない。

「なーに？」

「いいえ、なんでもありません。了解しました」

そうは言ったものの、雪乃の内心は疑問と不安で溢れている。

実はノムルが心配しているのは礼儀作法ではなく、雪乃が失言して、人間ではないとダクシュータちに気付かれてしまうことだったのだが、そのすれ違いに二人が気付くことはなかった。

二階の応接室に通された雪乃とノムルは、長ソファにゆったりと座った。

使用人がローテーブルにお茶と茶菓子を並べて壁際に下がると、ダクシューがようやく本題に入る。その時にはすでに、ノムルの前から茶菓子が消えていた。雪乃の前に置かれていた茶菓子も、なぜか消えている。

「ムツゴロー湿原の奥地で見た、薬草や魔物の情報をいただきたいのです。どんな些細《ささい》な内容でも構いません。なるべく詳しくお話しいただけると幸いです。もし採取した薬草がございましたら、おそれながら、お譲りいただきたいです。もちろん相応の対価はお支払いいたしますので」

にこにこと品のよい笑顔を崩すことなく、ダクシューがノムルに申し出る。

彼の背後には机が二つ並んでいて、それぞれにペンを構えた使用人が控えていた。会話の内容は全て記録されるようだ。

「大した話はないよ？」

「構いません」

一つ息を吐いて、ノムルはちらりと隣に座る雪乃を見る。大人しくしているようだと見て取ったらしく、口を開いた。

「まず、俺たちはサテルト国にある、ヤナの町から湿原に入った。サテルト側はルモン側よりも湿原という名にふさわしい湿地帯だ。場所によっては腰近くまで水に浸《つ》かるな」

ルモン大帝国側はせいぜい膝《ひざ》下までしか浸《つ》からない。日帰りで戻れる距離であれば、雨上がりの森と大差ない足場だ。

「採取できる薬草は、冒険者ギルドの資料に掲載されているものと変わらない。新種は見つからなかった」

ノムルの説明を聞きながら、雪乃の焦点が遠くに移動していく。

雪乃は冒険者ギルドの資料を見たことがないので定かではないが、おそらく嘘は言っていないのだろう。新種の薬草は発見されなかった。新種の薬草は。

「なるほど。では奥地でしか採取できない、ムッセリー草、ハース、グログロ草は採取されましたでしょうか？」

問われたノムルの表情が固まった。雪乃からも感情が抜け落ち、無となる。フードで分かり難いが、ただの木と変わらない状態だ。

明らかに異様な二人の態度に貴重な情報の匂いを嗅《か》ぎ取ったダクシューの目が、鋭く細まる。

「そ、その情報は、必要か？」

咽《のど》につかえる声を、ノムルは押し出して問う。

「もちろんですとも。どの辺りに生息していたか、どれほどの数を発見できたか、採取の際の注意点など、ぜひとも教えていただきたいですね」

挙動不審な声に内心で疑問を抱きながらも、ダクシューは微笑《びしょう》を維持して追及の手を緩めない。

額《ひたい》に手を添えたノムルはうつむくと、苦悶《くもん》に耐えるように唇を噛みしめる。

「まず、ハースについてだが」

最初に選択したのは、三種の中では最もまともな外見の植物だった。蓮《はす》の花に似た、羽休みに止まった鳥系の魔物を、ぱっくんと食べた魔植物だ。

「今言った中で、危険度は一番低い。中央よりもサテルト国側、水深のある場所に生息している。そこまで辿《たど》り着《つ》けるのなら、Bランクのソロでも採取可能だ。剣士よりも、中距離以上で攻撃ができる弓使いや魔法使いのほうが、安全に仕留められるだろう」

ノムルの言う通り、精神的な危険度は他に比べれば低い。だが攻撃力は、三種類の中で一番強いだろう。なにせ魔物を食べてしまうのだから。

初めは情報を得られると喜色を浮かべていたダクシューの顔が、戸惑《とまど》いに染まって強張《こわば》った。

「失礼ですが、薬草を採るのに戦闘が必要なのですか？　ああ、ハースが生息している水場に、魔物も棲息しているのですね？」

ダクシューは疑問を口にしたものの、勝手に自己解決した。

ノムルは否定も肯定もしない。他の可能性は思い浮かばなかったので、ダクシューは自分が出した答えが正解であると結論付ける。

ちなみにダクシューが目にしたことのあるハースは、大人の顔より少し大きい程度の、純白の美しい花だ。魔物どころか小さな虫さえも、ぱっくんと食べたりはしない。

「次にムッセリー草だな。これは毒ムッセリー草の群《むれ》に混じって生えているか、単独で行動しているかだ。ハースよりも生息地は広く、湿原の中央付近に行けば、それなりに見つかる。ムッセリー草自体の物理的な危険度は高くない。物理的にはな」

重々しい口調で説明するノムルの額《ひたい》には、薄《うっす》らと脂汗《あぶらあせ》が滲《にじ》む。隣に座る雪乃は、ふるふると震えていた。

植物の説明としては違和感を覚える単語が混じっている。だが説明が下手な人間は奇妙なたとえを混ぜるものだと年の功で学んでいたダクシューは、追及せずに流す。

「ではグログロ草については如何《いかが》でしょう？」

ここまで、あまり有益な情報はない。今まで言われてきた通り、ハースもムッセリー草も奥地にしか自生しておらず、奥地に辿《たど》り着《つ》ければ採取できるということなのだから。

しかしグログロ草の話になると、ノムルは口を閉ざした。膝《ひざ》の上に肘を突き、組んだ手に額《ひたい》を乗せて、一層顔色を悪くしている。

隣に座る雪乃も、怯《おび》えた様子でノムルのローブにしがみ付いて震えていた。震えすぎて葉がかさかさと音を立てそうだ。

二人の態度を見たダクシューは、訝《いぶか》しく思った。けれど、もしや重要な情報を聞けるのではないかと、期待を込めて情報源が口を開くのを待つ。

「アレは、止《や》めておいたほうがいい。大抵のことはこなしてきたが、アレは……」

「ひっ⁉」

重苦しい声と共に、ノムルの周囲に不穏な空気が漂《ただよ》う。

ダクシューだけでなく、控えていた者たちまで一斉に息を呑み小さな悲鳴を上げる。ノムルから漏れ出た禍々《まがまが》しい魔力に、当てられたようだ。

「ああ、悪い」

無意識だったらしく、気付いたノムルがすぐにその魔力を回収する。

ごくりと咽《のど》を鳴らしたダクシューは、渇いた口を潤《うるお》すためにお茶に手を伸ばす。震える指先を叱《しっ》咤《た》し、なんとかカップを手に取った。しかしソーサーに震えが伝わり、静かな部屋に磁器が触れ合う硬質な音が響く。

「で、では、魔物について教えてください。奥地に棲息している魔物について」

動揺をひた隠し、話題を変える。

「魔物か」

組んだ手から額《ひたい》を離したノムルは、窓の外を見た。少し曇っているが、雨は降っていない。

人間たちは息を詰《つ》めて、彼の口から吐き出されるであろう、次の言葉に意識を集中している。

「魔物はほとんどいなかったな」

「は？」

予想外なノムルの回答が耳に届くなり、ダクシューの口から音の外れた声が漏れた。空気が抜けるように、張りつめていた緊張も霧《む》散《さん》する。

きょとんとした顔で瞬《また》たくダクシューは、近くに控えるサチガンを見た。彼も理解できないようで、軽く首を横に振る。

Aランク冒険者ですら恐れるムツゴロー湿原。どれだけ恐ろしい魔物が存在するのかと、戦々恐々としていたのだ。それが、ほとんどいないという。

「数は少ないが、強力な魔物がいるということでしょうか？」

なんとか捻《ひね》り出《だ》した仮説を、確かめるように口にする。

「いいや。その辺の森と変わらないよ？　安全とは言わないけど、Cランクでも数人いれば対処できるレベルの魔物しか見なかったねえ」

ダクシューは混乱した。その程度の魔物しか棲《す》まないのであれば、もっと冒険者を投入し、薬草を入手できるはずだ。

「では、地形の問題が？」

崖《がけ》や底なし沼などで、まともに移動できないのかと考えたが、これも否定される。

目の前に座る男の言葉が真実であるならば、ダクシューは長らく冒険者ギルドに騙《だま》されていたことになる。簡単に採れるものを難しいと伝えられ、得られるはずの富を逃していたのだ。

（いや、ギルドマスターはドブルクだ。あいつが私に楯突《たてつ》くとは考《かんが》え辛《づら》い。となると、偽《いつわ》っていたのは冒険者どもか）

現在パーパスの町にある冒険者ギルドを取り仕切っているのは、彼の弟ドブルクである。

ダクシューの目が怒りに染まっていく。平民である冒険者たちに、領主である自分と冒険者たちの上に立つ弟が、揃《そろ》って虚仮《こけ》にされていたのだから。

笑みを貼り付けたまま、ノムルの視界に入らないテーブルの陰で、ダクシューは拳《こぶし》を握りしめた。

食いしばった奥歯が、今にもぎりりと鳴りそうだ。

しばらく質疑応答が続いたが、ノムルは薬草についてあまり語ろうとはせず、よってダクシューにとって満足のいく情報は得られなかった。

日が傾いてきたところで、執事が声をかけ、ようやく雪乃とノムルは解放された。

「もう遅い時間ですし、どうぞ今夜は我が城にお泊まりください」

窓の外に顔を向けたノムルは、そのまま視線だけを雪乃に落とす。今から城を出て町に戻っていては、彼女が途中で眠ってしまうかもしれない。

城の周囲は森に囲まれている。小さな樹人を紛《まぎ》れ込《こ》ませても、気付かれる心配はないだろう。

「そうだな。そうさせてもらおうか」

ノムルの答えを聞く前からダクシューたちはそのつもりだったらしく、晩餐《ばんさん》の席に案内された。

「おおー！」

食堂に入った雪乃が歓声を上げる。大きなテーブルの中央にはヤマイノブタの変異種であるヤマノブタの丸焼きが、どーんと飴色《あめいろ》に輝き鎮座《ちんざ》していた。

魔物の変異種というと本来の魔物よりも強化されて生まれることが多いが、ヤマノブタは弱体化した個体だ。戦闘能力はほとんどなく、多くが成体となる前に生存競争に敗れてしまう。しかしその肉質は柔らかく、とろけるような旨《うま》みを持つ。

だから幼体を生け捕りにして育ててから食肉とするのだが、貴族でも滅多にお目にかかれるものではなく、高額で取り引きされている。

そんな貴重な肉を、ダクシューはノムルとの晩餐《ばんさん》に出してきたのだ。

「豚さんの丸焼きとは凄《すご》いですね。しかし考えてみれば、道中でも猪《いのしし》さんが丸焼きになっていました」

感心していた雪乃だったが、少しして冷静になる。

重要なのは丸焼きになっていることではなく、使われている素材なのだが、この世界の常識に疎《うと》い彼女は、価値を理解していなかった。

「これはヤマノブタ。ヤマイノブタと違って、貴族なんかが見栄に使う肉だよ。味は美味《うま》いけど。とはいえ焼いた後にこんな所に放置してたんじゃ、水分も抜けるし、冷めて味が落ちるんじゃないの？　状態保持の魔法もかかっていないみたいだし」

対するノムルは現実的だ。

それを聞いたダクシューの口角が吊り上がり、笑みに凄味《すごみ》が加わってしまう。

「目で楽しんでいただこうかと思ったのですが、無粋だったようですね。ではこちらは一度下げまして、改めて調理させましょう」

「ああ」

生返事を返すと、ノムルは雪乃を伴《ともな》って席に着く。続いてダクシューが着席し、まずは赤ワインとチーズの盛り合わせが運ばれてきた。

とはいえ小さな雪乃に酒をすすめる者はいない。彼女の前には蜜柑《みかん》色をした、カンミジュースが置かれている。隣のノムルは乾杯前に、さっさとグラスを空にしていた。

ひくりと頬を引きつらせながらも、ダクシューは必死に表情を取《と》り繕《つくろ》っている。

「至高の魔法使いノムル様と出会えた喜びに、乾杯」

「乾杯」

両小枝《りょうて》でカンミジュースを持った雪乃が応じたことで、微《かす》かに居心地の悪さから解放され、ダクシューはグラスに口を付けた。

ノムルによると、酸味のある芳醇《ほうじゅん》な香りが、口から鼻へ抜けていくらしい。

続いて出てきたのは、ドロロモイのスープだ。粘りが強く、餅《もち》とメレンゲを合わせたような食感をしている。ちなみにムツゴロー湿原で雪乃をさらった、あの蔓性《つるせい》魔植物の原形だったりする。

コンメ、川魚料理、カンミのソルベと続いて、メインディッシュである、ヤマノブタのステーキが出てきた。

脂身《あぶらみ》の多いヤマノブタを厚めに切って香草と共に焼き、軽く岩塩を振ったシンプルな一品だ。脂《あぶら》の甘さを岩塩が引き立て、香草が肉の臭みを和《やわ》らげると同時に風味を豊かにする。口に入れればとろけるような柔らかさだ。

添えてあるユーズを加えたソースを付けると、さっぱりとした味に変わる。

蜜柑《みかん》に似たカンミや柚子《ゆず》に似たユーズなど、ルモン大帝国は柑橘類《かんきつるい》に似た果物の栽培が盛んなため、料理にも多用されるそうだ。

その後は、色とりどりの花弁が使われたサラダが出てきた。香りがよく目にも鮮やかであるが、味はお祭しである。

食べることのできない雪乃は、出てくる料理を視覚で楽しむ。なぜか気付くと皿は空になっていたが。隣を見ると空になっていたはずのノムルの皿に、いつの間にか料理が復活している。どうやら雪乃の分も、ノムルが食べていたようだ。

料理が無駄にならないことに、雪乃はほっと幹《むね》を撫《な》で下《お》ろして、よかったとばかりにさわりと葉を揺らす。

モチコンメを使って作った大福のような菓子とお茶が出て、晩餐《ばんさん》は終了した。

「ご満足いただけたでしょうか?」

「ああ」

ナプキンで口元を拭いたダクシューが微笑《ほほえ》みかけると、ノムルは素っ気なく答える。

二人分を胃に収めたのだから、量は満足したようだ。もしも雪乃の分がなければ、足りないと、はっきり口にしていたかもしれない。痩《や》せているのに大食いである。

「魔法ギルド総帥様のお口には、田舎《いなか》料理など合いませんでしたか?」

笑顔も見せないノムルに、ダクシューが困ったように苦笑する。本心からの言葉ではないのだろう。糸のように細くした目の奥には、苦々しい怒りが灯《とも》る。

「味は美味《うま》かったよ? ヤマノブタなんて、そうそう食べられるものじゃないし。脂身《あぶらみ》の甘さも肉の柔らかさも、ヤマイノブタの比じゃない。ユーズを加えたソースは柔らかな酸味があって、肉によく合っていた。花弁のサラダは俺の趣味じゃないけど、彩《いろど》りや香りの調和を考えた組み合わせの上に、ドレッシングも吟味《ぎんみ》されている。それから——」と、ノムルはつらつらと料理を評価していく。

ようやく料理を褒《ほ》められ、ダクシューは相好《そうごう》を緩める。しかしノムルは褒《ほ》めるだけでは終わらなかった。

「けど、気分よく食べたかって聞かれると、否かな？　裏が見え見え。迎えに来た執事にも伝えといたはずだけど、俺の機嫌を取ったところで得はないよ？　俺は所詮、お飾りの総師だからね」

使用人が椅子を引く前に立ち上がったノムルは、雪乃を抱き上げる。

「ごちそーさま。料理人に美味《おい》しかったって伝えといて」

廊下への扉を開ける使用人に一声かけてから、ノムルは食堂を出ていく。執事がダクシューの顔を窺《うかが》った後、慌ててノムルを追いかける。

「こちらでございます」

「うん」

案内されるまま、ノムルは客室に移動した。

「ノムルさん、せっかくご馳走《ちそう》してくださって、お部屋まで用意してくださったのです。もう少し優しく対応したほうがいいのではないですか？」

部屋に二人きりになるなり、雪乃がノムルを見上げて、たしなめるように問う。

「ああいう連中は、一つ要求を叶えれば次から次へと、際限がないからね。そして断れば、怒りや恨みを向けてくる。それを上手《うま》く捌《さば》くのが大人の付き合いらしいけど、嘘と打算にまみれた関係なんて、俺はお断りだよ」

ノムルは表情が抜け落ちた顔で、吐き捨てるように言う。

居心地の悪い雰囲気となり、雪乃の葉先はしゅんっと萎《しお》れる。それでも聞くなら二人きりになった今だろうと、雪乃は思い切って問うた。

「本当に、魔法ギルドの総帥様なのですか？」

「そうだよ。国を滅ぼし、幾《いく》つもの町を壊滅させ、気に入らない貴族を粛清《しゅくせい》した死神だ。冒険者ギルドの屋根と壁を吹き飛ばしたのも、俺だよ」

初めて会った時のように昏《くら》くなった瞳は、雪乃が遠ざかる前に、自ら突き放そうとしているかのように見える。心に負う傷を少しでも減らすために。

「なぜそのようなことをしたのか、聞いてもよろしいでしょうか？」

雪乃にはノムルが平気で人を傷付ける人間には見えない。何か理由があるのなら知りたかった。自分が力になれるとは思えないが、彼一人で抱え込んでほしくない。

じっと雪乃を見つめていたノムルから、諦めたように吐息がもれる。

「言い訳になるけど、魔力の量が尋常じゃないんだ。人間が保有できる範疇《はんちゅう》を超えている」

膨大すぎる魔力は少し感情が乱れただけで暴走し、甚大な被害を引き起こす。彼の意思など関係なく、周囲を巻き込んで。だから彼は心を捨て、なるべく人のいない場所を求めて旅を続けたと言う。

「怖くなったかい？」

ノムルは自嘲《じちょう》するように薄く笑う。

共に行動していれば、いつか雪乃も巻き込まれるかもしれない。

けれど雪乃は枝上の幹《くび》を左右に振った。他者を護るために孤独を選んだノムルは、優しい人だと思うから。そして、もう一人で苦しまないでほしかったから。

「怖くはありません。でも、どうしてノムルさんを総帥に選んだのか、魔法使いさんたちの思考が気になります。もっとまともな人がいるでしょうに。国の運営はどうなっているのでしょう?」

雪乃はわざとらしく眉《まゆ》葉を寄せ、深刻な声を出した。

ノムルは盛大に噴き出して笑う。

「気になるのはそこなの? 理由は単純。俺がトップにいるだけで抑止力になるからだよ。国の中にも外にもね。ノムル・クラウに喧嘩《けんか》を売ろうなんて命知らずは、滅多にいないから。国やギルドの運営は適切な人間がやってる。俺は名前だけのお飾りみたいなものだよ。樹人には人間の肩書きなんて興味ないかー」

「樹人だからではなく、私はノムルさんとお会いして、一緒に旅をすると決めたのです。肩書きで決めたわけではありません。それとも今からでも、ノムル様とお呼びしたほうがよろしいでしょうか?」

「いいや。今まで通りでお願いするよ」

「はい、ノムルさん」

素直にさわりと葉を揺らして応える雪乃に、ノムルは柔らかく笑む。

「それより眠いんじゃないの? 森に行こっかー?」

「はい。よろしくお願いいたします」

用意されていた部屋は三階だったが、一階ごとの高さがゆったりと取られているため、窓から地面までの距離はマンションの五階くらいの高さがある。

ノムルに抱き上げられて窓から下を見た雪乃は、枝葉《かお》が引きつった。ノムルに任せておけば大丈夫なのだろうと信じていても、怖いものは怖い。

たんっとノムルが窓枠を蹴って宙に浮かんだと思えば、浮遊感に伴《ともな》う恐怖が全身を覆《おお》い、幹筋《せすじ》が冷える。

「ふみゃああーっ⁉」

「ユキノちゃん、静かに。人が来ちゃうよ？」

ノムルに咎《とが》められたが、意識して止められるものではない。軽い衝撃が幹に走って浮遊感が消え、ノムルの足が地面に着地しているのを確かめても、維管束《いかんそく》はばくばくと音を立てていた。

「さて、どこがいいかな？」

落下の恐怖で強張《こわば》っている雪乃の幹《せなか》を撫《な》でながら、ノムルがさっさと森の中に入っていく。

木々の合間から城が見えるが、すでに日は落ちている。雪乃とノムルの姿を見留める者はいないだろう。

「今日も一日ありがとうございました。おやすみなさい」

「おやすみ、ユキノちゃん」

地面に下ろすなり根を伸ばし出した雪乃は、すぐに眠りに就《つ》いた。ノムルは雪乃からローブを脱がすと、その場に座って小さな樹人を眺める。

「本当に不思議な子だな。魔物としても常識から外れてるけど、それだけじゃなくて」

眠っている雪乃は動かない。何も知らなければ、ただの木にしか見えないだろう。枝から生える葉は多種類にわたり、いったいなんの木なのか分からないが。

「俺も戻って寝るかな。ここで一緒に寝たいけど、人が来るかもしれないからね」

雪乃だけなら目立たないが、人間のノムルが森の中で寝ていれば怪しまれてしまう。

立ち上がったノムルは、名残惜《なごりお》しそうに雪乃の葉を撫《な》でてから城に戻る。杖《つえ》を出して風を操ると、一気に上昇して窓から部屋の中へ入った。


「朝です。お日様はもう、大人の木よりも高く昇っています」

翌朝になり目を覚ました雪乃だが、昨日に引き続き朝になってもノムルが来ない。野宿ならば一緒に寝るので雪乃が起こすこともできるが、別々に寝てしまうとノムルが起きるのを待つしかなかった。

「お城の方たちは、誰もノムルさんを起こさないのでしょうか？　それともノムルさんの寝起きが悪すぎて、諦めてしまったのでしょうか？」

根を土の中に埋めたまま、はふうっと息を吐く。

「森から出なければ、お散歩くらいしてもいいでしょうか？　でもノムルさんが来た時に私がいなかったら、心配させてしまうかもしれません」

雪乃は退屈凌《しの》ぎに枝をぶらぶらと動かしたり、幹《くび》を捻《ひね》ったりしてみる。

「暇ですね」

目が覚めてから、かれこれ二時間以上は経つ。空を見上げて、どうやって時間を潰《つぶ》そうかと考えていた雪乃は、そこでぴこんっと思いつく。

「そうです。私には彼らがいるではありませんか。出《い》でよ、マンドラゴラ！」

「わー！」

「わー！」

次々と雪乃の枝葉の間から飛び出してくる、小さな友達マンドラゴラ。

「ふふ。ノムルさんが来るまで、一緒に遊んでください」

「わー！」

とはいえ、マンドラゴラにできることは限られている。

「何をして遊びましょうか？」

「わー？」

「わわーわーわーわー」

「歌を歌うのですか？　あまり上手《うま》くはないのですが。では一緒に歌いましょうね」

「わー！」

そんなわけで、雪乃は知っている歌を歌ってみせては、マンドラゴラたちと合唱した。言葉を操れないマンドラゴラたちはメロディだけでいいので、歌詞を憶えていない曲も教えていく。

「みんな上手ですね」

「わー！」

「わーー！」

雪乃が褒《ほ》めると、マンドラゴラたちは嬉しそうに葉を揺らしたり、飛び跳ねたりする。その愛くるしい姿を見て、ふふっと雪乃は葉をきらめかせた。

と、そこへ、「どういうことだ!?」という、それまでなかった声が飛び込んでくる。

「ん？」

「わー？」

雪乃とマンドラゴラたちは一斉に幹や根を捻《ひね》り、声の出処《でどころ》を確認した。

朝の散歩でもしていたのか、ダクシューと護衛らしき男が立っている。二人とも驚きの表情を浮かべて困惑していた。それでも護衛の男は主《あるじ》を護るため、剣を抜いてダクシューの前に出る。

「撤収です！」

「わーー！」

雪乃の一声で、マンドラゴラたちは即座に樹人の幹を駆け登り、枝葉の間に潜《もぐ》り込《こ》む。残された雪乃も、「私は木、私は木、秋になると美味《おい》しい木の実を付ける、素敵な広葉樹」と、精神を統一して擬態した。すでに見られているので今さら意味はないはずだが、彼女は真剣だ。

瞬時にして消えたマンドラゴラ。動かなくなった樹人の幼木。

ダクシューは口を半開きにし、丸くした目で雪乃を呆然と見つめる。

パーパスには存在しないはずの樹人が、なぜか城を囲む森に現れた。樹人は建材や魔法使いの杖《つえ》の素材として重宝しているが、貴族たちにとっては大して面白みのある材木ではない。

しかし一緒にいたのは希少な薬草マンドラゴラ。もしもこの地に根付いて繁殖してくれれば、領地の新たな特産物となり、巨額の富をもたらすだろう。

マンドラゴラは植物でありながら自力歩行が可能という、珍妙な性質を持つ。

よりよい環境を求めて移動を繰り返すため、一年前まで生息が確認されていた土地から忽然《こつぜん》と姿を消すこともあれば、逆にいつの間にか生息していることもある。

もしや自分の森がマンドラゴラの生息地に選ばれたのかと心浮かれるダクシューだが、それにしては不自然な点があった。

土に潜《もぐ》るのならば理解できるが、マンドラゴラたちは樹人と思われる小さな木に登り、その枝葉の間に潜《もぐ》っていったのだ。

「もしやマンドラゴラは、樹人を原木として繁殖をするのか？」

植物の中には茸《きのこ》など、木に寄生して育つものも多いため、可能性はあるだろう。ダクシューは護衛を盾にしながら小さな樹人に近寄り、観察してみた。

樹人は実在する樹木に擬態するというのが通説だが、樹高一メートルほどの幼木は、生えている葉に統一性が見当たらない。これならすぐに見破れる。

目の前にいる樹人の不自然さに疑問が湧くが、それ以上に、彼の頭には引っかかるものがあった。

何か大切なことを見落としている気がして、一連の状況を思い返す。そして、気付いた。昨日耳にした子供の声と、目の前に生えている樹人の幼木から聞こえた声が、同じだと。

「この樹人、ノムル・クラウの連れだ」

樹人が人語を操れるなどという話を、ダクシューは聞いたこともない。

しかし魔法ギルドのトップに上り詰《つ》めるほどの男ならば、なんらかの魔法を使って樹人に言葉を喋《しゃべ》らせることも可能なのかもしれないと、解釈する。

彼の言葉に反応するように、ぴくりと雪乃の葉が震えた。それを見たダクシューは、自分の推理が正しいと確信を得て不敵に口角を上げる。

「ああ、すまない。怖がらせてしまったね。大丈夫だよ？　君に危害を加えたりはしないから」

優しい声音で言いながら、護衛に剣をしまうよう指示を出す。わずかにためらう素振りを見せた護衛だったが、主《あるじ》の命令に従い剣を引いた。

「君は、ノムル様と一緒にいた子供だね？」

雪乃は反応しない。ダクシューは焦《じ》れる心を抑えて言葉を続ける。

「君に相談があるんだ。ノムル様はムツゴロー湿原について、あまり詳しく話してくれる気はないようだ。君たち樹人には必要ないかもしれないが、我々人間にとって薬草は大切な物なんだ。薬草がないと苦しみ続けたり、命を落としたりしてしまう者もいる」

執事からの報告によると、連れの子供が薬草を必要としている者たちに同情したことで、ノムル・クラウは招きに応じたという。魔物が人間の心配をするなど信じられないダクシューだったが、試しに言ってみると、樹人の子供は反応を示した。ほんの少しだが、顔を上げるように、葉の生えた頭と思われる部分が上向いたのだ。

「君が話せる範囲でいい。ムツゴロー湿原で見たことを、私に教えてくれないかい？　困っている人たちを助けたいんだ」

真剣に訴えるように言うと、小さな樹人から視線を感じた。じいっと見つめるような気配が十秒ほど続いたかと思うと、ふっと消える。

ダクシューは静かに答えを待つ。

「あの」

顔を上げた樹人が、声を出す。

「私が怖くないのですか？　人間は魔物を見つけると、討伐しようとするのだと聞きました」

魔物自身から聞かれるとは思ってもみなかった質問に虚《きょ》を衝《つ》かれて反応が遅れたダクシューだったが、細めた目を柔らかく下げて答えを返す。

「確かに、魔物は人間を襲うから怖いね。だけど君は、襲ったりしないのだろう？」

「はい。襲いません」

「だったら怖くなんかないよ？　討伐する必要もないと思うのだが？」

樹人の葉が、きらきらときらめいた。反応は悪くないようだと見て取ったダクシューは、言葉を続ける。

「ここで長話するのは、年寄りには辛《つら》い。城の中で話さないかい？」

「でも、この姿で人前に出るのは」

雪乃は少しばかり葉を萎《しお》れさせると、腕代わりの二本の枝を動かしながら、自分の体を見下ろす。会話といい動きといい、まるで人間のようだと、ダクシューは舌を巻く。

「では護衛のマントを貸そう。ノムル様が起きたら部屋に案内させるから、安心するといい」

にっこりと笑みを深めると、ダクシューは立ち上がって護衛に指示を出す。無言のまま頷《うなず》いた護衛はマントを外すと、雪乃をそれで包み込んで持ち上げた。

「わわっ」

頭まですっぽりと包まれてしまった雪乃は、何も見えなくなって慌てる。

「大丈夫だよ。じっとしておいで。応接室まで運んであげるだけだから」

「分かりました。お手間をおかけしますが、よろしくお願いいたします」

優しい老人の声に、雪乃は素直に従った。

ダクシューと護衛は森から出て、城に戻る。玄関ホール正面にある階段を二階まで上ると、通路を進み部屋の一つに入った。

壁に飾られている絵を動かして、小さな染みに見える穴に指を突っ込む。少し持ち上げてから手前に引っ張り、十五センチ四方ほどの板を外す。中には取っ手があり、時計回りに回すと壁が動き出して、下へ向かう階段が現れた。

「わー……」

その時、護衛が運んでいる雪乃を包んだマントの隙間から、ひょこんっと葉を出していたマンドラゴラが、くるくるくるんっと前方抱え込み三回宙返り一回捻《ひね》りで音もなく着地すると、素早く近くにあったソファの陰に隠れたのだった。

ダクシューと護衛は地下に続く隠し階段を下りていき、石畳《いしだたみ》の通路を進む。

鉄格子の嵌《は》まった部屋の前で止まり、扉に付いた鍵穴に鍵を差し込んだ。錆《さ》びた金属が擦《こす》れる嫌な音を立てながら、扉が開く。

まずは雪乃を連れた護衛が中に入り、壁際に向かう。そして小さな樹人をマントから取り出した。

「ふはあ。運んでいただいたのに、このようなことを言ってはいけないのかもしれませんが、ちょっと苦しかったです。……ん？」

がしょんっという音に反応して、雪乃は視線を下げる。

枝上の幹《くび》に金属の輪が首輪のように嵌《は》まり、そこから鎖が伸びていた。その先を追うと、壁に設置された金属板に繋がっている。いわゆる枷《かせ》というものだろう。

「んん？」

壁の金属板を、雪乃はじいっと見つめる。じいっと、じいいっと。見続けたところで変化はないのだが、見つめずにはいられなかった。

「どういう状況なのでしょう？　私は鎖に繋がれたのですか？　これはいったい？　領主様、そのお年で幼女趣味がおありですか？　しかもどんな変態プレイなのでしょう？　自首をおすすめします」

動揺して奇妙な思考回路になっている雪乃の言葉に、ダクシューと護衛は困惑を示した。酷《ひど》い誤解であるとでも言いたそうだ。実際にやっていることのほうが酷《ひど》いのであろうが。

「あの元奴隷のふざけた魔法使いが主人なだけあって、使い魔もずいぶんとふざけているな」

先ほどまでとは打って変わった低い声が、ダクシューの口から漏れ出る。優しそうな微笑《ほほえ》みは消え、蔑《さげす》みを含んだ冷えた眼差《まなざ》しを雪乃に降らせていた。

「え？　領主様？」

豹変《ひょうへん》したダクシューに、雪乃は再び混乱する。信じられない思いで二人の人間を見上げた。

「ふん。魔物ごときが気安く口を利くな。しかし情報を提供するのなら、殺さずに逃がしてやってもいい」

「だ、騙《だま》したのですか？」

雪乃の問いかけに、ダクシューは鼻で笑う。

「人聞きの悪い。魔物など、殺して然るべき存在。それなのに、生き残れる選択肢を与えてやるのだ。慈悲深い私に感謝するといい」

「そんな」

呆然と立ちすくむ雪乃の根《あし》が、よろりと後退《あとずさ》る。

人間に見つかれば討伐されると教えられていたが、そんな人間ばかりではないと信じていた。逆の立場ならば、雪乃は敵意を持たない樹人の子供に攻撃しようとは思わないから。

それに、ノムルは樹人の雪乃を受け入れてくれた。だから姿が人間と違っていても、受け入れてくれる人間は他にもいるはずだと思っていた。しかし現実は甘くないようだ。

樹人というだけで、酷《ひど》い扱いを平気でする領主の姿に、雪乃は悲しみを覚える。けれどそれ以上に彼女が心を痛めたのは、ノムルのことだった。

ここで雪乃が命を落とせば、ノムルとの約束を破ってしまう。彼の大切な人を、救えなくなってしまう。

そのことが何よりも心残りであり、雪乃は生き残るために思考を加速させる。

「分かりました。取り引きに応じます。どのような情報を差し上げればよろしいのでしょうか？」

素直に従う雪乃の態度に、ダクシューは満足そうに口角を引き上げた。この行動が、地獄の蓋《ふた》を開ける鍵となるとも知らずに。

「ではまず、ムツゴロー湿原の情報を貰おうか？　特に最近値上がりしているムッセリー草について」

元々希少な薬草であるムッセリー草だが、ここ一年ほどはさらに高騰しているらしい。

高価な薬草ゆえに手を出せる人間が少なく、需要量の増減はほとんどなかった。だがある要人がムッセリー草を必要とする病《やまい》を患《わずら》ったため、彼に取り入ろうとする者がこぞって手に入れようとしているそうだ。

その要人の病《やまい》が進行し、命を落とすまでは、高騰が続くだろうとダクシューは見ていた。

「私がムツゴロー湿原で見たムッセリー草は、二種類です」

きりりと姿勢を正して向き合った雪乃だったが、脳裏に現れた魔植物化したムッセリー草の幻覚に、ふるふると震えた。それでもきゅっと小枝《て》を握りしめ、意識を引き締める。

「一つは、毒ムッセリー草の群《むれ》に寄生するムッセリー草。もう一つは、単独で徘徊《はいかい》するムッセリー草です」

前半ははっきりと言えたのに、後半は尻すぼみになっていった。

「徘徊《はいかい》？」

植物に対して使われる言葉ではない。ノムルも似たような言い回しをしていたなと、ダクシューが眉をひそめる。

しかし相手は樹人と、樹人と行動を共にする変人だ。植物に対する認識が人間とは違うのだろうと、疑問を放り捨てる。

「毒ムッセリー草に対処できるのであれば、群《むれ》を討伐して手に入れるほうをおすすめします。毒ムッセリー草の情報はお持ちでしょうか？」

「ムッセリー草とよく似ているが、赤い斑点《はんてん》があり毒を持っている」

知識を引き出しながらダクシューは答えた。彼の脳裏にある毒ムッセリー草は、魔植物化していないただの毒ムッセリー草だ。巨大な苔玉《こけだま》でもなければ、毒も飛ばさない。

だから彼は、毒ムッセリー草の群生地に、ムッセリー草が混じって生えているのだと想像した。

「なるほど。確かに、広い湿原の中から一本だけ生えている薬草を探し出すよりも、他植物の群生地を目安にして探すほうが簡単だ」

ダクシューは雪乃の言葉に納得して頷《うなず》く。

「念のためだ。単独で生息しているムッセリー草の情報も聞こう」

昨日、ノムルはその話題に触れられると、勝手に向かってくるなどと、ふざけた答えを繰り返した。

あまりに不可思議な言動だ。ダクシューはノムルがムッセリー草を見つけ出すコツを掴み、独占しようとしているのだろうと睨《にら》んでいた。

雪乃はふるふるふると震える。それでも意を決して、言葉を絞り出す。

「う、蠢《うごめ》いていました」

ふるふると震え続ける彼女を冷めた目で見下ろしながら、ダクシューが顔をしかめる。

「答えたくない、ということか？　ノムル・クラウに情報を秘匿《ひとく》するよう、命じられたか？」

「い、いえ、そのようなことはありません。アレを説明するとなると、蠢《うごめ》くもの、としか」

小枝《て》で顔を覆《おお》って、先ほどよりも激しく震える樹人の幼木。

これ以上ムッセリー草についての情報を聞き出すには、時間がかかりそうだと判断したらしいダクシューは、次の薬草に移る。

「では、グログロ草はどうだ？」

ムッセリー草について言葉を濁していたノムルだったが、グログロ草に話題が移ると、さらに口を閉ざしたのだ。

問われた雪乃は無になった。両枝を下ろし、突っ立ったまま動かない。別に擬態をしているわけではないのだが、動けない。

「どうした？　グログロ草に関しても、口止めされているのか？」

「いえ、ソノヨウナコトハ、アリマせん。しかシ、私にハ不要な植物デシタので、それホド詳しクハ存知上げマセン」

流暢《りゅうちょう》に話していたはずの樹人の言葉が、歪《いびつ》な片言になる。

グログロ草は、大人向けの薬として高額で取り引きされている。怪我や病気の治療には使わないため、雪乃は採取していない。

「見たことだけでいい。話せ」

高圧的な態度で詰《つ》め寄《よ》られて、雪乃はなんとか記憶を引き出そうと頑張ってみる。けれど少し端っこが出てきただけで思考は停止して、がくがくぶるぶると震えてしまった。

ノムルでさえ拒絶反応を起こす存在に、雪乃が耐えられるはずがないのだ。

黙秘する彼女に焦《じ》れたダクシューが、護衛の男に視線を向け、雪乃を顎《あご》で示す。頷《うなず》いた護衛は剣の柄《つか》に手をかけ、抜き放つ。

――樹人は枝葉を落とした程度では死なないと、彼らは知っていた。

一方、雪乃が地下室で枷《かせ》に繋がれた頃、隠し通路に入る手前の部屋でこっそりと抜け出していたマンドラゴラは、必死に城の中を駆けていた。

人間が近付くと廊下の隅に寝転んだり、花瓶の花に混じって水分補給をしたり、絵にくっ付いてポーズを取ったりしてやり過ごしながら、廊下を走り、階段を上り、再び廊下を走っていく。

「わー」

ちょっと疲れて休憩を挟みながらも、マンドラゴラは駆け続けた。

目的の部屋の前まで辿《たど》り着《つ》き、緊張が解けて葉を揺らそうとしたマンドラゴラは、困ったように立ち尽くす。

「わー……」

最後の難関、ラスボス『木の扉』の出現である。

小さなマンドラゴラにとっては、あまりにも大きく重い敵だ。たった一株で立ち向かえる相手ではない。それでもマンドラゴラは果敢に挑んでいく。

「わー！」

全身を使っての根当《たいあ》たりを食らわし。

「わーっ！」

助走を付けての跳び蹴りを放ち。

「わー……」

根《からだ》を預けて押してみた。けれどラスボス『木の扉』は、まったくダメージを負っていない。

絶望的な状況だ。だがマンドラゴラは諦めない。廊下の端まで行き、根《せなか》を壁に貼り付けるようにして目一杯の距離を取ると、一目散に駆け出す。

「わあーっ！」

最高のタイミングで床を蹴り、『木の扉』に向かって渾身《こんしん》の跳び蹴りを炸裂させ——

「わー？」

炸裂させる前に、反撃された。

突如《とつじょ》動いた『木の扉』によって、弾き飛ばされる。

「わー……」

小さなマンドラゴラは抗《あらが》うこともできずに空中を舞う。そしてくるくるりんと、後方伸身三回宙返り二回捻《ひね》りを決めて着地した。二股の根は床を踏みしめ微動だにしない。

「わーっ！」

落下の衝撃を緩めるために折り曲げていた二股の根を伸ばすと、ぴしっと根を反《そ》らしてふんぞり返る。減点するところなど微塵《みじん》もない、見事な着地である。

「何やってんだ？　というか、なんでお前がここに？」

根を捻《ひね》って上を見ると、ノムルが重いまぶたの隙間から呆《あき》れた目で見下ろしていた。

眠っていたところを、マンドラゴラの声で起こされたのだろう。しかしすでに、トレードマークである帽子もローブも身に付けている。

「わー？　わーっ！」

扉が開いて目的の人物が現れていることに気付いたマンドラゴラは、即座に駆け寄りノムルの足をべしべしと葉で叩《たた》く。それから廊下を少し戻ると、根を止めて振り返った。

「どうした？　まさか、ユキノちゃんに何かあったのか？」

「わー！」

眠たげだった表情を一気に鋭くして問うたノムルに、マンドラゴラはきりっとした根で頷《うなず》く。ノムルは考えるより先に、マンドラゴラを掴み上げて部屋に戻る。

「わーわーっ！」

しかし窓枠に足をかけたノムルの手に、葉が叩《たた》き付《つ》けられた。

「森じゃないのか？　誰かに捕まったのか？」

「わー！」

「くそっ」

最悪な展開だと、ノムルは空いている手で髪を掻《か》き毟《むし》る。

「わー……」

思わず強く握りしめた手の中では、マンドラゴラが断末魔を上げていた。

「おい、伸びてないでさっさと案内しろ」

「わ？　わー？」

誰のせいだ？　と聞きたげに、マンドラゴラはノムルをじとりと睨《にら》む。だが今は言い争っている暇などない。

「わー！」

葉で廊下の先を示すと、走り出したノムルを誘導して雪乃のもとへ急いだ。

ぎらりと光る刃が、雪乃の視界の端を掠《かす》める。ひゅっという風鳴りが響いて頬葉を撫《な》でた。

息を呑んで硬直する小さな樹人は、そろりと視線を動かす。特に痛みは感じないが、幹《み》が縮む思いに息を詰《つ》める。

自分の顔がどうなっているのか見えないが、石造りの部屋には先ほどまでなかったはずの緑色の葉が、ひらひらと舞っていた。細く短い枝も、ぱらぱらと床に転がっている。

「まだ立場が分かっていないようだな？　こちらはいつでもお前を仕留めることができるのだ。むろん、魔物のお前を切り刻んだところで、私が罪に問われることはない。死にたくなければ隠さず情報を吐き出すがよい」

銀色の切っ先が視界の最前列に陣取り、縦に動く。

はらりと舞い落ちていく葉を、雪乃の視線は静かに追いかける。床の上に切られた断面が触れると、葉は倒れるように横たわった。

雪乃は視界を閉じる。

ダクシューがまだ何か騒いでいるようだったが、雪乃の内にまでは届かない。湖の底に沈んでいくように、心から波が消え、静かな世界が広がっていく。

「百聞は一見に如《し》かずという言葉があります」

視界を開いた彼女は、抑揚《よくよう》のない淡々とした声で言う。脈絡のない台詞《せりふ》に、ダクシューが訝《いぶか》しげに眉を跳ね上げる。

「言葉で説明するよりも、実物をご覧になっては如何《いかが》ですか？」

ダクシューに対する雪乃の感情は、冷め切っていた。

「ほう？」

突然変わった樹人の幼木の雰囲気に警戒しつつも、ダクシューは顎《あご》をしゃくって続きを促《うなが》す。妙な行動をしたら伐《き》り倒《たお》すようにと、護衛に目で合図を送りながら。

「幾《いく》つかの薬草を、土が付いたままの栽培できる状態で採取しています。それをあなたに譲ってくださるよう、私からノムルさんに頼んでみましょう」

雪乃の提案は、旨《うま》い話に聞こえるはずだ。しかしダクシューは乗らない。

「ムツゴロー湿原の奥地で繁殖する固有種は、栽培には適さない。今までも試みられたが、湿地を作って移植しても育たず枯れてしまう。残念だったな。もっと有益な情報を提供すれば、これ以上傷付くことはなかったかもしれない」

風が揺れ、欠けた葉が数枚落ちていく。視界の端でそれを見つめていた雪乃だったが、瞬《まばた》きの間に視線を断ち切って、ダクシューに戻す。

「私は樹人です。私の力を使えば、栽培できない植物はありません」

半分は本当だが、半分は出鱈目《でたらめ》である。

吸収した植物は自分の体に生やせるが、普通に地面で育てられるのかは、まだ確かめていない。どちらにせよ、グログロ草はお断りだが。

はっと息を呑んだダクシューの顔が、みるみる綻《ほころ》んでいく。

「なんと、樹人にそのような能力があったとは。素晴らしい提案だ。こんなに重要な情報を隠していたとは。ノムル・クラウめ、私を虚仮《こけ》にしおったな。いいだろう。取り引きに応じよう。しかし最低でもムッセリー草とグログロ草は提供してもらう。それでお前を解放してやろ、う？」

意気揚々《ようよう》と垂れていた言葉が、そこで途切れた。階段の上から禍々《まがまが》しい気配が地を這《は》うように落ちてくる。

反射的にダクシューと階段との間に立った護衛だったが、一瞬後には震え出し、身に付けている鎧《よろい》がかちかちと音を立て始めた。

日々鍛錬《たんれん》している男でさえそんな有様だ。平穏に生きてきたダクシューが、耐えられるはずがない。無意識に振り返りはしたものの、それ以上は己の意思で動くこともできず、腰を抜かしてへたり込んだ。


石の階段を、こつん、こつんと一歩ずつ音を立てて、おぞましい気配が下りてくる。ついに最後の段となった時、暗闇の中から影が伸びた。

「わー？」

可愛らしい幼い少年のような声と共に、ひょっこりと緑の葉が顔を出す。

「おお、マンドラゴラではありませんか。いつの間に外へ出ていたのでしょう？」

「わー！」

いつもと変わらぬ調子で声をかけた雪乃に、マンドラゴラはぴょんことノムルの手を蹴って下り、駆け寄った。

「わー？」

「心配してくれたのですか？　大丈夫ですよ。ありがとうございます」

葉をきらめかせて、さわりと揺らす雪乃。しかしマンドラゴラの表情は晴れない。床に散らばる雪乃の葉や小枝を見て、葉を萎《しお》れさせた。

「わー……」

「お馬さんに食べられた時もすぐに治りましたから、きっと明日には元通りです」

「わー」

和《なご》やかに会話する、小さな樹人とマンドラゴラ。穏やかな光景だが、その一角を除けば、正反対の空気が立ち込めていた。

「おい、何してんだ？」

「ひいっ⁉」

地獄の底から這《は》い出《で》てきたかのようなノムルの声を聞き、ダクシューは逃げようとする。だが腰だけでなく手足の関節からも力が抜けていて、その場から一歩分も動けない。護衛も耐えきれず、剣を落として尻餅《しりもち》を突いた。

吹雪が舞い荒れそうなほどの、凍り付いた眼差《まなざ》し。魔王の再来を思わせる、息も詰《つ》まる重く禍々《まがまが》しい威圧。

ダクシューはようやく、自分が誰に手を出したのか理解した。

たった一人で国を滅ぼし、幾《いく》つもの町を壊滅させた、魔法使いたちの頂点に立つ男。

噂《うわさ》を聞いていている間は、ダクシューもまた、ノムルを恐れていた。しかし実物を見て、彼はノムルを侮《あなど》ったのだ。

身に付けている装《よそお》いは、ダクシューから見ればゴミ同然。なぜ処分しないのか理解できない、ぼろ布だ。体も痩《や》せ細《ほそ》り、髪も髭《ひげ》もまともな手入れがなされていない。

所詮、噂《うわさ》は噂《うわさ》。なにせ魔法ギルド総帥ノムル・クラウについて伝わっている噂《うわさ》といえば、あまりに荒唐無稽《こうとうむけい》で現実味がなく、信憑性《しんぴょうせい》に欠けるものばかりだ。

きっと魔法使いたちが、魔法ギルドの地位を押し上げるために吹聴していたのだろうと考え直す。そしてノムルを組み伏せるのは容易《たやす》いだろうと、ダクシューは思い上がってしまった。

だが、みすぼらしい外見こそが、真実を覆《おお》い隠す虚像だったのだ。

気付いても、すでに遅い。

圧倒的な強者の怒りを買って生き延びる術《すべ》など、ダクシューには思い描けなかった。

「あ、ノムルさん。お願いがあるのですけど」

張りつめた空気の中に、少女の声が割って入る。

ノムルは無言のまま雪乃を見た。無残に切り落とされて、歪《いびつ》な形となった頭。床に散らばる小枝や葉。そして枝上《くび》の幹に嵌《は》められた鉄の首輪。

鋭く目を細めたノムルは、雪乃の前へ足を進める。膝《ひざ》を突いて彼女を拘束する首輪を摘《つま》むと、指先に力を込めた。ばきんっと甲高《かんだか》い音がして、鉄の首輪は砕け落ちる。

ダクシューと護衛の目が見開かれ、彼らは更なる恐怖に襲われた。

一方の雪乃も、ぽかんと自分の枝上《くび》の幹を見下ろし、それからノムルを見る。

「ノムルさん、馬鹿力だったんですね」

感心しているが、たぶん気にするべき点はそこではない。

「で？　お願いって何？　こいつらをユキノちゃんと同じように、枷《かせ》に繋いでちょっとずつ切り刻めばいいのかな？」

「ひいっ⁉」

先ほどとは違う優しい声音だが、ノムルの目も、声の奥にこもった感情も、決して優しくなかった。

比喩《ひゆ》でも脅しでもなく、本当にやる気だと察したダクシューと彼の護衛は、短い悲鳴を上げてがたがたと震え出す。しかし助けを求めたくとも、声が出てこない。

全身を瘧《おこり》のように震わせる二人からは、かちかちと歯を打ち合わせる音が絶えず響く。

「いえ、そのようなことは望みません。スプラッタは苦手ですから」

雪乃が拒否する言葉を聞いて、ダクシューたちがほっとしたのは束の間だ。

「大丈夫だよ？　ユキノちゃんは外で待っていてくれればいいからね。ぜーんぶ、俺に任せればいいんだよ？」

ノムルはまったく取り合うことなく、強行しようとしている。

身を震わせながら、ダクシューと護衛は、雪乃とノムルの会話を祈るように凝視し続けた。

「お気持ちはありがたいのですが、できましたら、領主様に薬草を分けてあげてはくださらないでしょうか？」

「ユキノちゃん？」

雪乃に対しては表情を和《やわ》らげていたノムルの気配が、凍り付く。

「あのさ、人がいいのも程々にしなよ？　こいつらが何をしようとしたのか、分からないわけじゃないだろ？　それにユキノちゃんの正体を見られたんだ。生かしてはおけないよ」

ノムルは欲の権化と化した男を冷たく見下ろしながら、淡々と判決を下す。

「ですから、栽培用に採取した薬草を分けていただけないかと。領主様のご希望は、ムッセリー草とグログロ草だそうです。ムッセリー草はノムルさんも必要ですから、代わりの薬草で構わないと思います。ジュンジュンサイとか」

傷付けられたことに憤《いきどお》るどころか、彼らの要望を叶えようとする雪乃の思考が理解できず、ノムルは顔をしかめた。

けれど痛ましく削《けず》られた葉を怪しくきらめかせる小さな樹人を見て、彼女もかなり怒っているのだと気付く。

「分かった。ユキノちゃんのお願いじゃ仕方ないね」

「ありがとうございます」

「わー」

雪乃とノムルの胸のうちを知らないダクシューと護衛は、自分たちが助かったのだと安心し、脱力する。そして樹人という魔物に絆《ほだ》されているノムル・クラウを、内心で嘲笑《ちょうしょう》した。

「んじゃ、グログロ草とー、ジュンジュンサイとー、後はー」

魔法空間から取り出した希少な薬草が、床に並べられていく。ダクシューは震えながらも、目を輝かせて凝視した。

一時は命さえ危ぶむほどの恐怖を覚えたが、結果として愚かな樹人の幼木により、ダクシューは歴代の領主たちが成《な》し遂《と》げることのできなかった、湿原の薬草を栽培するという偉業を達成するのだ。得られる富も名誉も莫大なものになると皮算用し、怯《おび》えながらも喜色を隠しきれない。

「これくらいでいいかな？」

「はい。ありがとうございます」

「わー」

床に並ぶ薬草は八種類。希少な薬草と共に、ダクシューの記憶にはない植物も混じっていた。とはいえ、ムツゴロー湿原でノムル・クラウが手に入れてきたのだ。奥地にしか生息していない未発見の薬草だろうと、舌舐《したな》めずりする。

「それじゃあ出立《しゅったつ》しようか？」

「はい」

「わー！」

「マンドラゴラは、ここから出る前に戻っとけよ？」

「わー……」

葉を下げて項垂《うなだ》れながらも、雪乃の幹を登って枝葉に潜《もぐ》り込《こ》むマンドラゴラ。

ノムルは雪乃のローブを取り出して準備を整えると、腰を抜かしたままの領主主従はそのままに、雪乃を抱きかかえて階段を上っていく。

隠し扉が設置されていた部屋まで戻ると、ノムルは壁の細工を操作して扉を閉めた。それから杖《つえ》の柄《つか》を隠し扉に当て、軽く弾く。

ごとりと嫌な音を残し、雪乃とノムルはその部屋を出る。ノムルの足下からは、地下に向かって魔力が流れ落ちていった。


地下に取り残されたダクシューは、ノムルが消えるなり口元を緩めて笑い出した。

「ふははは。馬鹿な男と魔物だ。これで私は――」

しかしすぐに、溢れ出る笑いが、違和感を覚えて止まる。薬草が、風もないのに動いた気がしたのだ。

そんなはずはない、気のせいだと、再び笑おうとした時、はっきりとした変化が彼の目に飛び込んでくる。床に並んでいた薬草がもぞもぞと動き出し、急激に成長を始めたのだ。一気にダクシューの背丈を超え、禍々《まがまが》しく育っていく。

主従の顔から笑みが消え去り、ノムル・クラウへの恐怖とは違う種類の恐怖で、血の気《ちのけ》が引いていく。

「ひいっ!?」

小さな悲鳴が二つ、揃《そろ》って発せられた。

護衛は床に落としていた剣を拾おうと慌てて手を伸ばす。だが魔植物が吐き出した粘液が剣にかかり、煙を上げて錆《さ》びていく。剣を諦めた彼は主《あるじ》を置き去りにして、一目散に階段を駆け上った。

「お、おいっ！　私を置いていくな！　クビにするぞ⁉」

罵倒《ばとう》しながらダクシューもほうほうの体《てい》で必死に後を追って階段を上る。

もっとも、上ったところで光明は見えない。先に上りきった護衛は扉を開けることなく、叩《たた》きながら救いを求めて叫んでいた。

「何をしている？　さっさと開けろ！」

「あ、開きません！」

体当たりもしているが、扉はびくともしない。

そんなことをしている間にも、階段の下から、ずるずると蠢《うごめ》くモノたちが這《は》い上《あ》がってくる。

「ギ、ギギー」

「ギョギョー」

「ボゲゲゲゲゲ」

耳障《みみざわ》りな音が地下室の壁に反響し、気味の悪さを増幅させる。

蠢《うごめ》くモノたちとの距離は、すでに間近に迫っていた。

「ぎいやあああーっ⁉」

「だずげでぇえーっ！」

主従の悲鳴が、城内に響き渡った。

驚いた使用人たちが声のする部屋を覗くが、そこに人影はない。カーテンの裏も、テーブルの下も、ソファの陰も、捜してみたが誰もいなかった。

「ギュギャギュギャギャ」

「グロロロロ」

人の悲鳴だけでも不気味だというのに、共に聞こえてくるのは、魔物のものらしき得体の知れない鳴き声。使用人たちは震え上がり、部屋から離れていく。

城の主であるダクシューに指示を仰《あお》ごうにも、彼の姿はどこにも見当たらなかった。宿泊していたはずのノムル・クラウとその連れも姿を消している。

奇声が聞こえてくる壁の向こう側が怪しいことは一目瞭然《いちもくりょうぜん》だが、主人の許可なく破壊するわけにはいかない。

「冒険者ギルドのドブルク様に連絡を」

執事サチガンの指示で、冒険者ギルドに使いが走る。

そうしてようやく発見されたダクシューと彼の護衛は、正気を失っていた。ついでに第一発見者となってしまった気の毒な人間たちも、地下から出てきた魔植物たちによって、トラウマを植え付けられたとか。

その後ダクシューは、危険生物を密かに開発、繁殖させていた罪で捕らえられた。事情聴取では、常人には理解できない異常な話を繰り返し、心神喪失として処理されたという。

ダクシューの供述には喋《しゃべ》る樹人の話もあったのだが、誰も信じなかった。

エピローグ

「――ごめんなさい」

城を囲む森の中にある一本の小道。雪乃はノムルに抱えられて、町に向かっていた。

「何がー？」

「私のせいで、また貴族様を粛清《しゅくせい》させてしまいました」

ノムルにまつわる黒い噂《うわさ》。それが今度の件で一つ増えた。

なのに、虚《きょ》を衝《つ》かれたように一瞬だけ笑みを消したノムルは、すぐに口元を緩める。胡散臭《うさんくさ》い作り笑いではなく、自然な優しい微笑《びしょう》が零れていた。

彼は雪乃の枝葉に頬を寄せる。

「ふみゃっ？　なんですか？　お髭《ひげ》が、お髭《ひげ》がちくちくするのです。セクハラ禁止です！　ふんにゅーっ！」

ぐいぐいとノムルは押してくる。雪乃は小枝《て》を突っ張り、引き離そうと力を込めた。

「えー？　いいじゃん、このくらいー」

小枝が肌に食い込んでも気にすることなく、ノムルは不満そうな声を上げながらさらに頬を寄せる。

「お髭《ひげ》には負けませんよ？　ふんっにゅー！」

全力で枝を伸ばして突っ張る雪乃。ノムルはたまらず口を大きく開けて笑う。

「気にしなくていーよ？　今さら悪評の一つや二つ増えたところで、変わらないから。それに今回は、俺の意思でやったことだからねー」

ノムルはどこか誇らしげで、嬉しそうだ。

なんとかノムルの腕から逃げ出した雪乃は、地面にぺしゃりと着地する。立ち上がってローブに付いた砂を払っていると、大きな手が差し出された。

雪乃はじろりと睨《にら》み上《あ》げるが、ノムルは楽しそうに笑うばかりだ。反省する気はないらしい。はふうっと息を吐いて大袈裟《おおげさ》に項垂《うなだ》れてから、諦めたように雪乃は小枝を大きな手に重ねる。

「ユキノちゃん」

「なんでしょう？」

ゆっくりと、二人は歩き出す。

「今夜からは一緒に寝ようね？」

「ご迷惑をおかけしてしまいましたが、今後はもっと気を付けます。だから気を遣わなくても大丈夫ですよ？」

樹人の雪乃と違い、ノムルは人間だ。野宿よりも宿の寝台で眠ったほうが体を休めることができる。そう思って断ったのだが、彼は「ええー？　俺と一緒に寝るのは嫌？　寂しいなー」と、哀愁を漂《ただよ》わせ始めた。

「い、嫌というわけではありません。ただ、ノムルさんのお体が心配だっただけで」

紅葉した雪乃がたどたどしく言うと、ノムルはにっこりと笑う。

「それなら大丈夫。野宿には慣れているから」

「そこまで言うのなら、分かりました。でも無理はしないでくださいね？」

「はーい」

自由なノムルに呆《あき》れているのに、維管束《いかんそく》がこそばゆく感じる。自分が抱いている感情が理解できなくて、雪乃は窺《うかが》うように隣を歩くノムルを見上げた。

草色のローブ。山の高いつば広帽子。黒く長い杖《つえ》。かつて元の世界で出会った不思議な男の姿が、重なる。

雪乃は、はっと息を呑む。

「おとーさん？」

無意識に、その単語が零れ落ちた。

「うん？　何か言った？」

「な、なんでもありません！」

慌てて顔を逸《そ》らしたが、気付かれないようにもう一度、そうっとノムルの姿を確かめる。

(あの時、『おとーさん』が捜していた『ユキノちゃん』は、もしかして……)

雪乃の頬葉が緩み、ほんのり紅葉していく。

「どうかしたの？」

不思議そうに視線を落としたノムルの大きな手に、雪乃はきらめく葉を揺らしながら抱きついた。

「ふふ。なんでもありません。これからもよろしくお願いしますね、おとーさん」

「――っ⁉」

息を呑んだノムルの、足が止まる。雪乃は楽しそうに笑う。

ノムルは頭を抱えるように帽子の中に手を突っ込みながら、しゃがみ込んだ。

「あー、もう。本っ当にユキノちゃんって油断できないよねー。ほら、行くよ？」

「はーい」

「わー！」

立ち上がったノムルに小枝《て》を引かれ、雪乃は歩き出す。

柔らかな風が葉を揺らす中、次なる薬草を求めて雪乃たちはパーパスの町を後にするのだった。

RC Regina COMICS
追放された最強聖女は、街でスローライフを送りたい！
1～2
原作◎やしろ慧
漫画◎オミクニ
大好評発売中！
待望のコミカライズ！
〝聖女〟と呼ばれるほどの魔力を持つ治癒師のリーナは、ある日突然、勇者パーティを追放されてしまった！理不尽な追放にショックを受けるが、彼らのことはきっぱり忘れて、憧れのスローライフを送ろう！……と思った矢先、幼馴染で今は貴族となったアンリが現れる。再会の喜びも束の間、勇者パーティに不審な動きがあると知らされて——!?
アルファポリス 漫画
検索
B6判／各定価:748円（10%税込）

この作品に対する皆様のご意見・ご感想をお待ちしております。

おハガキ・お手紙は以下の宛先にお送りください。

【宛先】

〒150-6008 東京都渋谷区恵比寿 4-20-3 恵比寿ガーデンプレイスタワー 8F
(株) アルファポリス　書籍感想係

メールフォームでのご意見・ご感想は右のＱＲコードから、
あるいは以下のワードで検索をかけてください。

アルファポリス　書籍の感想　検索

ご感想はこちらから

本書は、「アルファポリス」(https://www.alphapolis.co.jp/) に掲載されていたものを、改稿、加筆のうえ、書籍化したものです。

『種族《しゅぞく》：樹人《じゅじん》』を選《えら》んでみたら
異世界《いせかい》に放《ほう》り出《だ》されたけれど何《なん》とかやってます

しろ卯（しろう）

2021年 5月 5日初版発行

編集ー黒倉あゆ子・倉持真理
編集長ー塙綾子
発行者ー梶本雄介
発行所ー株式会社アルファポリス
〒150-6008 東京都渋谷区恵比寿4-20-3 恵比寿ガーデンプレイスタワー8F
TEL 03-6277-1601（営業） 03-6277-1602（編集）
URL https://www.alphapolis.co.jp/
発売元ー株式会社星雲社（共同出版社・流通責任出版社）
〒112-0005 東京都文京区水道1-3-30
TEL 03-3868-3275
装丁・本文イラストーれんた
装丁デザインーAFTERGLOW
（レーベルフォーマットデザインーansyyqdesign）
印刷ー図書印刷株式会社

価格はカバーに表示されてあります。

落丁乱丁の場合はアルファポリスまでご連絡ください。

送料は小社負担でお取り替えします。


ISBN978-4-434-28801-2 C0093

アルファポリス「第12回 恋愛小説大賞」

大賞・読者賞W受賞作が

待望のコミカライズ!

ある日突然、前世の記憶を取り戻し、今世での振る舞いを省みた侯爵令嬢ユリアンヌ。贅沢三昧の生活に、弟妹いじめ、婚約者へのつきまとい……。悪行の限りを尽くした彼女のゲスな性格と肥えた見た目は、前世で読んだファンタジー小説の悪役令嬢そのものだった!「どうせこの先〝ざまぁ〟される運命なら、身も心も綺麗にしてからがいい!」そう考えた彼女は、ダイエットと共に全力の家族孝行を始めて……!?

アルファポリス 漫画 検索

B6判/定価:748円(10%税込)
ISBN:978-4-434-28800-5